NAMORANDO COM UM VAMPIRO

NAMORANDO COM UM VAMPIRO

TRADUÇÃO DE
LÍGIA AZEVEDO

intrínseca

JENNA LEVINE

Copyright © 2024 by Jennifer Prusak

Todos os direitos reservados, inclusive o direito de reprodução total ou parcial em qualquer formato. Direitos de tradução acordados com Berkley, um selo da Penguin Publishing Group, uma divisão da Penguin Random House LLC.

TÍTULO ORIGINAL
My Vampire Plus-One

COPIDESQUE
Camila Carneiro

REVISÃO
Júlia Moreira
Giselle Brito

PROJETO GRÁFICO
Daniel Brount

DIAGRAMAÇÃO
Henrique Diniz

DESIGN DE CAPA
Colleen Reinhart

ILUSTRAÇÃO DE CAPA
Roxie Vizcarra

CIP-BRASIL. CATALOGAÇÃO NA PUBLICAÇÃO
SINDICATO NACIONAL DOS EDITORES DE LIVROS, RJ

L645n

    Levine, Jenna
        Namorando com um vampiro / Jenna Levine ; tradução Lígia Azevedo. - 1. ed. - Rio de Janeiro : Intrínseca, 2025.

        Tradução de: My vampire plus-one
        ISBN 978-85-510-1333-5

        1. Romance americano. I. Azevedo, Lígia. II. Título.

| 24-95606 | CDD: 813 |
| | CDU: 82-31(73) |

Meri Gleice Rodrigues de Souza - Bibliotecária - CRB-7/6439

[2025]
Todos os direitos desta edição reservados à
EDITORA INTRÍNSECA LTDA.
Av. das Américas, 500, bloco 12, sala 303
22640-904 – Barra da Tijuca
Rio de Janeiro – RJ
Tel./Fax: (21) 3206-7400
www.intrinseca.com.br

Para os agentes do caos.

UM

Texto em fonte Comic Sans vermelha em um site amador antigo

CASO TENHA INFORMAÇÕES SOBRE ESTE:

CRIMINOSO
VAMPIRO MALIGNO
CARA HORRÍVEL

<u>POR FAVOR</u>, ENTRE EM CONTATO <u>IMEDIATAMENTE</u> COM OCOLETIVO_1876@HOTMAIL.COM

AMELIA

DESDE QUE VIREI CONTADORA, MINHA FAMÍLIA E MEUS AMIGOS gostam de me provocar com aquela piadinha de "só existem duas certezas na vida: a morte e os impostos".

No entanto, ela perdeu toda a graça, depois que a ouvi pela centésima vez. Para mim, uma mulher solteira de trinta e quatro anos prestes a se tornar diretora de uma empresa de contabilidade importante, as únicas certezas da vida eram um vício intratável em cafeína sempre que a época de declaração de imposto de renda chegava e uma família quase sempre bem-intencionada me importunando por causa das minhas escolhas de vida.

A maioria das pessoas não entendia que eu amava meu trabalho. Amava que o Código Tributário fizesse todo o sentido, amava como ele sempre tinha a resposta para quem soubesse fazer a pergunta certa. Contabilidade era algo complexo, mas também objetivo, organizado e consistente de uma maneira que a vida raramente era.

Acima de tudo, porém, eu amava ser boa no que fazia. Era difícil superar a empolgação de saber que pouquíssimas pessoas seriam capazes de fazer meu trabalho tão bem quanto eu.

No entanto, na noite em que meu mundo virou de cabeça para baixo, eu estava questionando minhas escolhas de vida pela primeira vez. Foi bem na época da declaração, sempre a mais movimentada, e naquele ano ainda mais do que o normal. Principalmente, por causa de um cliente que era um verdadeiro pesadelo.

Eu nunca havia trabalhado com uma organização com um orçamento tão alto quanto o da Fundação Wyatt. Eu estava cuidando da declaração sozinha, uma prova de confiança de Evelyn Anderson, a diretora da Butyl e Dowidge a quem eu respondia diretamente com mais frequência. Essa era a parte boa. A parte ruim era que, horas depois de receber os documentos, ficou claro que se tratava do cliente mais desorganizado que eu já tinha visto.

A Fundação Wyatt era, usando uma palavra que não seria encontrada no Código Tributário, uma zona. O conselho parecia não fazer ideia de como tocar uma entidade sem fins lucrativos, e o diretor financeiro, incapaz de seguir instruções simples. Ele vinha me mandando documentos diariamente, alguns referentes a anos para os quais eu já havia explicado que a Receita não olhava mais, e muitos outros que traziam informações conflitantes.

Eu tinha menos de três semanas para resolver tudo e enviar a declaração da Wyatt. Fora as declarações de todos os outros clientes, que vinham sendo negligenciadas.

Eu era boa trabalhando sob pressão. No entanto, apesar de ser contadora, eu ainda era *humana*. E estava perto de surtar.

Sentia falta de dançar Taylor Swift no meu apartamento em Lakeview. Sentia falta de passar tempo com Gracie, minha gata temperamental. Mais que tudo, sentia falta da minha cama. Principalmente, de passar pelo menos sete horas nela toda noite.

Naquele dia, eu havia saído de casa bem cedo para tentar correr atrás do atraso com a declaração dos outros clientes antes que a documentação diária da Wyatt chegasse. Horas depois, estava tão concentrada na planilha de Excel que, quando senti o celular vibrar com várias mensagens, quase caí da cadeira.

Revirei a bolsa até encontrar o telefone. Coloquei os óculos, que havia tirado horas antes, porque ficar olhando para a tela do computador embaçava minha vista. Eu precisava marcar uma consulta com o oftalmologista, mas aquilo teria que esperar o fim do prazo da entrega das declarações. Assim como tudo que eu vinha adiando da minha vida pessoal.

Sorri quando vi que as mensagens eram de Sophie, minha melhor amiga. Fazia duas semanas que ela passava no meu apartamento toda noite para colocar comida para Gracie e receber a correspondência enquanto eu trabalhava até sabia-se lá que horas.

SOPHIE: A rainha Gracie está alimentada e sua correspondência está na bancada
SOPHIE: Ela me pediu pra te perguntar quando você volta
SOPHIE: Em gatês, claro
SOPHIE: Gracie acha que você anda trabalhando demais

Sorri. Sophie era uma ótima amiga. Verifiquei as horas. Já eram seis e meia.

Merda.

Se eu não quisesse me atrasar para o jantar mensal da minha família, precisava sair do trabalho em menos de dez minutos. E não estava nem perto de terminar tudo o que tinha para fazer.

AMELIA: Vou jantar com minha família hoje
AMELIA: Pede desculpa pra Gracie por mim?

SOPHIE: Gracie vai te perdoar, relaxa
SOPHIE: Ela é uma gata, afinal

SOPHIE: Mas eu não sou, e fico preocupada
com você trabalhando tanto
SOPHIE: Tá tudo bem?

Não, pensei. Mas não ia despejar meus problemas em Sophie. Ela tinha filhos pequenos, *gêmeos*, e o marido, que era advogado, estava em São Francisco já fazia três semanas acompanhando depoimentos. Sophie sabia bem o que era estar sobrecarregada, não precisava ficar me ouvindo reclamar.

AMELIA: Tá tudo bem, só ando ocupada
AMELIA: Diz pra Gracie que pretendo chegar em casa às 21h30
AMELIA: Faz carinho nela e pede desculpa por mim, por favor

SOPHIE: Pelo menos vai ter alguma coisa lá que
você possa comer dessa vez?

AMELIA: É um restaurante italiano, então espero que sim

As únicas opções de carne que eu comia eram peixe e frutos do mar, sem contar que na época da pós-graduação minha intolerância a lactose piorou tanto que eu tive que cortar leite e derivados. No entanto, desde que meu irmão havia tido gêmeas, oito anos antes, minhas restrições alimentares tinham perdido a importância nas reuniões familiares. Como minhas sobrinhas ainda eram novas, só íamos a restaurantes nada chiques, com pratos infantis e ambientes barulhentos. Além disso, meu pai gostava demais de carne vermelha para topar ir a um vegetariano.

Mas tudo bem. Eu era a única solteira da família. E não tinha filhos. Para tentar agradar, eu só concordava com o que todos preferissem. Talvez por ser a filha do meio, desde que me entendia por gente eu procurava não dar trabalho. Às vezes, estava com sorte e meus pais escolhiam um restaurante com pelo menos algumas opções de massa sem queijo e sem carne, como talvez fosse o caso naquela noite. Às vezes, dava azar e precisava esperar até chegar em casa para comer.

Como se seguisse a deixa, minha barriga escolheu aquele momento para roncar alto.

SOPHIE: Bom, comprei comida chinesa pras crianças.
Elas já estão meio inquietas, então vamos pra casa, mas vou deixar um pouco pra você na geladeira.

AMELIA: Você é incrível
AMELIA: Quando Marcus volta?

SOPHIE: O último depoimento é na quinta
SOPHIE: Ele chega na sexta
SOPHIE: ESPERO

AMELIA: Ele precisa ficar encarregado de todas as fraldas por pelo menos uma semana quando voltar

SOPHIE: No mínimo um mês

Sorri para o telefone, grata por Sophie. Torcia para que, quando Marcus voltasse, ela tirasse um tempinho para si. Estava sempre ajudando todo mundo, inclusive eu. Merecia uma mãozinha de vez em quando.

AMELIA: Valeu mesmo
AMELIA: Você é demais
AMELIA: Quando o período da entrega das declarações de imposto de renda passar, vou levar você em um restaurante legal, não quero nem saber

O jantar com minha família provavelmente iria até as nove, e eu não achava que teria forças para voltar ao escritório depois. Então, enfiei os documentos mais recentes da Wyatt na bolsa e prometi a mim mesma que terminaria de dar uma conferida neles em casa.

O trigésimo segundo andar continuava movimentado quando fui pegar o elevador. Tentei não me sentir culpada por ir embora em um horário que alguns diretores considerariam *cedo*.

Para ficar até tarde naquela noite, teria que furar com a minha família. E me sentir culpada por *isso* com certeza acabaria com a minha noite.

....

APESAR DE O SISTEMA DE CLIMATIZAÇÃO DO PRÉDIO NUNCA SER desligado, o saguão sempre ficava friozinho no inverno, por conta das enormes janelas que iam do chão ao teto. Aquela noite não era exceção. Ainda assim, parecia muito mais frio lá fora. Do outro lado da porta giratória, as pessoas passavam com o corpo ligeiramente curvado, ansiosas para entrar no prédio e se livrar do clima desagradável. O friozinho do início da primavera sempre me fazia questionar o que levou meus tataravós a se estabelecerem em Chicago e não na Califórnia quando chegaram aos Estados Unidos. Alguns centímetros de neve compactada pelo tráfego de pedestres formavam uma crosta gelada sobre a calçada.

Fechei bem o casaco preto acolchoado e peguei as luvas finas de couro que guardava no bolso. A estação de metrô ficava a alguns quarteirões. Por mais frio que parecesse estar, eu poderia aguentar andar até lá.

Preparada para o pior, passei pela porta giratória e comecei a caminhar depressa no ar cortante da noite.

Estava tão preocupada com o trabalho que não havia terminado, com a alta probabilidade de que chegaria atrasada *de novo* para encontrar minha família e com o fato de que precisaria compensar Sophie de alguma maneira por ter deixado comida para mim na geladeira, mesmo eu estando distante nas semanas anteriores, que não vi o cara de chapéu fedora preto e sobretudo azul que estava literalmente correndo pela calçada antes de trombar comigo.

— O *que*...

O impacto me fez derrubar tudo que eu estava carregando. A bolsa, as luvas que estava prestes a colocar, o estresse que me acompanhara o dia todo, como um bolo na garganta — tudo caiu na calçada congelada.

A papelada que eu havia enfiado na bolsa minutos antes aterrissou em uma poça de neve derretida.

Olhei feio para o cara que havia trombado comigo.

— O que foi isso?! — gritei.

— Desculpa.

O chapéu estava tão enfiado na cabeça dele que cobria a maior parte do rosto. E, apesar de ter se desculpado, o cara não soava arrependido. Parecia distraído, o corpo pronto para a ação, como se em milésimos de segundos ele fosse disparar na direção em que estava indo antes de trombar comigo.

— Como se você ligasse — murmurei.

O cara olhou para minhas coisas no chão e só então se deu conta de que a culpa daquilo era dele. A poça de neve derretida não perdera tempo: os relatórios financeiros da Wyatt ficaram molhados a ponto de se tornarem ilegíveis. Eu precisaria voltar ao trabalho para imprimir tudo de novo, e não tinha tempo para aquilo.

E... ai, meu Deus, e se meu laptop tivesse quebrado? Peguei a bolsa na mesma hora para me certificar de que o MacBook havia sobrevivido. Por sorte, parecia estar tudo bem com ele.

— Desculpa mesmo — disse o cara. — Mas, olha, já que faz quase um minuto que você está me segurando aqui, pode me fazer um favor?

Era muita cara de pau. Ele poderia ter quebrado meu computador!

— Você ainda vai *me* pedir um favor?

Eu estava prestes a dizer ao cara onde podia enfiar aquele pedido...

Então, ele inclinou a cabeça para a direita e empurrou o chapéu um pouco para trás, e pude ver o rosto dele pela primeira vez.

Fiquei sem palavras.

Talvez o estresse de passar várias noites seguidas no escritório finalmente estivesse cobrando seu preço. Devia ser aquilo. Ou talvez fosse porque havia mais de um ano que eu não saía com ninguém, e mais de cinco que não namorava sério. Independentemente do motivo, naquele momento, o cara parecia mais bonito do que tinha direito, dadas as circunstâncias. Ele era alto, devia ter quase um metro e noventa, e como eu mesma não era baixa, o chapéu bem enfiado em sua cabeça havia me impedido de ver seu rosto. Mas agora eu podia dar uma boa olhada nele...

As maçãs do rosto eram pronunciadas, o maxilar marcado estava coberto por uma leve barba loiro-escura, que não devia ser feita havia três dias. A pele era bem branca e os olhos, claros, talvez azuis. Era difícil ter certeza, já que a maior parte de seu rosto ainda estava escondida, mesmo com o reposicionamento do chapéu.

Loiros de olhos azuis sempre foram meu tipo. Algo que às vezes me levava a tomar decisões das quais me arrependeria depois. Principalmente quando o cabelo loiro e os olhos azuis vinham acompanhados de ombros largos e uma cintura fina.

E era o caso do babaca de chapéu.

Naquele momento, reparei que ele usava uma camiseta preta com os dizeres A CULPA É DO BEZOS escrito em letras vermelhas e uma saia xadrez vichy cor-de-rosa que não tinha nada a ver com o casaco e o chapéu, mas ainda assim as roupas não afetavam o apelo dele. Na verdade, talvez até contribuíssem para o visual Chris Pine sujinho.

Fechei os olhos e balancei a cabeça enquanto tentava me recompor. Eu estava precisando de férias. Assim que o prazo da declaração passasse, iria comprar uma passagem para algum lugar quente e ensolarado.

Eu me forcei a desviar os olhos. Aquilo era ridículo. Eu era ridícula.

— Não vou te fazer favor algum — consegui dizer.

— Por favor — insistiu ele. Sua voz não soava mais distraída; na verdade, transmitia uma urgência que me impressionou. — Não vai demorar muito. Será que você poderia rir, por favor? Como se estivéssemos numa conversa normal e eu estivesse dizendo algo engraçado?

Fiquei olhando para ele, embasbacada com o pedido absolutamente aleatório.

— Desculpa, mas... *quê?*

— Estou tentando evitar umas pessoas. — Ele falava baixo e muito rápido, como se tivesse pouco tempo. — Por isso eu estava correndo quando isso... quando a gente...

Ele fez um gesto que abarcava nós dois e a papelada estragada aos meus pés.

— Você quase me atropelou porque estava tentando evitar alguém?

Aquilo era absurdo. Por outro lado, explicaria por que ele estava correndo desenfreadamente por uma calçada congelada às seis e meia de uma terça-feira à noite. De repente, mesmo contrariada, fiquei preocupada. E se aquele cara estivesse em perigo?

Como se para validar minha preocupação, ele olhou para trás, virando a cabeça de forma frenética. Quando voltou a me encarar, seu olhar transmitia um medo genuíno.

— Desculpa, não posso entrar em detalhes agora. Então será que você pode... rir? Se pensarem que a gente está tendo uma conversa longa e fascinante, talvez achem que não sou o homem que estão procurando e... passem direto. — Ele ficou em silêncio por um momento, depois mordeu o lábio, analisando minha expressão perplexa. — Ou então você pode me beijar.

Meu queixo caiu.

— Beijar você?

Eu estava chocada. Não beijava desconhecidos. Nunca. Pelo menos não desde um fim de semana caótico com minhas amigas em 2015. E as circunstâncias eram bastante diferentes. Envolviam miçangas coloridas e uma quantidade de álcool inapropriada para uma contadora com um prazo a cumprir.

Uma parte pequena de mim, no entanto, provavelmente a parte que não beijava ninguém havia mais ou menos um ano e não transava havia um século, imaginou como seria beijar aquele desconhecido um tanto bizarro. Ele era bonito, bonito demais, apesar de suas peculiaridades. A confiança, o modo como falava, a audácia latente nos olhos azuis...

Eu podia apostar que ele beijava como se o mundo estivesse acabando.

Eu podia apostar que seria *fantástico*.

O cara ergueu as mãos para se defender, como se tivesse interpretado meu silêncio perplexo como ultraje.

— Ou não! Tudo bem! Foi por isso que sugeri a risada. Um beijo de mentirinha é sempre uma boa forma de despistar pessoas, fora que também é muito divertido, para ser sincero, mas a gente realmente não se conhece. E você parece bem brava comigo, então imagino que prefira soltar uma risada falsa a me beijar.

Ele falava tão rápido que eu mal conseguia acompanhar. Era como ouvir um disco sendo reproduzido no dobro da velocidade normal. Continuei olhando para o cara, estupefata. Claro que eu não iria beijá-lo, de jeito nenhum, apesar da tentação momentânea. E rir... Nessa situação que estava longe de ser engraçada... Parecia quase absurdo. Eu tinha feito um semestre de Teatro na Universidade de Chicago, mas havia sido minha pior nota em toda a graduação. O que diziam sobre os contadores era verdade: a maioria de nós não tinha senso de humor, e uma parte ainda menor sabia atuar.

— Acho que minha risada falsa não vai convencer ninguém. Não sei fingir — admiti.

— Claro que sabe.

— Não sem motivo.

Ele pareceu confuso.

— Bom, você não precisa convencer ninguém. É só... rir.

O cara soou tão sincero que, de repente, eu soube que aquela história bizarra era verdade. Eu não achava que pudesse ajudá-lo, mas o que perderia tentando, além de alguns minutinhos preciosos?

— Tá — murmurei. Respirei fundo e dei tudo de mim. — Hahahahahahahahaha! — soltei, embora permanecesse rígida como uma tábua, com as mãos fechadas ao lado do corpo. — Ai, que engraçado! — acrescentei, alto, para garantir.

Foi ridículo. Só esperava que ninguém do trabalho tivesse me visto ou ouvido. Uma pessoa com pretensões de se tornar diretora não se comportava *daquele jeito*.

O cara ficou só olhando para mim, enquanto eu continuava me forçando a rir.

— Você não estava brincando — disse ele, incrédulo. — Você não sabe *mesmo* fingir.

Fiz cara feia.

— Eu avisei.

— Verdade — admitiu ele.

Um instante depois, o cara jogou a cabeça para trás... e riu também.

Qualquer pessoa passando pensaria que ele havia acabado de ouvir a piada mais engraçada da sua vida. O corpo todo vibrava, a mão se movimentava no ar como se fosse tocar meu ombro, só para que, no último minuto, ele a levasse à barriga.

Por mais falsa que fosse, a risada daquele homem era contagiante. Antes que me desse conta do que estava acontecendo, eu havia começado a rir — dele, daquela situação ridícula —, sem que ninguém precisasse mandar. Sem precisar fingir. Eu me senti leve, o que não acontecia em época de declaração de imposto de renda, muito menos com um desconhecido.

Depois de um tempo, as risadas morreram. Um momento de silêncio se estendeu entre nós, acompanhado do barulho onipresente do trânsito de Chicago. O cara olhou para trás, na direção de onde viera. O que quer que tenha visto, ou não, fez sua postura relaxar.

— Acho que despistamos ele. — Ele conferiu mais uma vez. — Obrigado. Estou te devendo uma. — Então acrescentou, abruptamente: — Você é contadora, Amelia Collins?

— Como... como você sabe meu nome? E o que eu faço? — gaguejei.

Um táxi passou por nós, buzinando e espirrando um pouco de neve derretida e enlameada em mim. Ignorei e afastei uma mecha de cabelo do rosto enquanto tentava me recompor.

O babaca de chapéu deu de ombros.

— Sou bom em reconhecer contadores.

Antes que eu pudesse lhe perguntar o que aquilo queria dizer, ele ergueu um canto da boca em um meio sorriso. Tentei não reparar em como sua boca volumosa parecia macia quando ele fez isso.

E então, rindo, o cara indicou com a cabeça a papelada que havia caído da bolsa e que permanecia a meus pés, em uma pilha empapada. Eu me senti uma idiota.

— Naquele papel diz "Declaração de imposto de renda da Fundação Wyatt". — Ele apontou, desnecessariamente. Uma rajada de ar fez as abas de seu casaco esvoaçarem em torno das pernas. — E embaixo diz "Amelia Collins". Não sei muita coisa sobre... bom, sobre nada. Mas sei que declarações de imposto de renda e contadores andam lado a lado. E é razoável imaginar que Amelia Collins seja você.

Droga, eu não deveria achar a voz dele sexy ao dizer aquilo. Mas não consegui evitar. Era uma voz grave, suntuosa, suave, tão pecaminosa quanto lençóis de seda. Mesmo quando me acusava de ser algo tão corriqueiro quanto uma contadora.

— É — admiti, ainda mais sem graça. — Sou eu.

O cara abriu um sorriso de verdade, que apareceu e foi embora, como a névoa ao amanhecer. Estremeci, por motivos que não tinham a ver com a noite fria.

Ele pigarreou.

— Tenho que ir. Mas como a colisão foi em parte culpa minha...

— *Em parte?* — repeti, em tom de desdém.

Ele deu de ombros.

— Se você não fosse tão distraída, provavelmente teria me visto antes. Mas, sim, sou parcialmente culpado...

Ele se ajoelhou e recolheu os papéis que haviam caído da bolsa. Então, se levantou e os devolveu.

Estavam ensopados. Não serviam mais para nada. Eu os peguei mesmo assim, a ponta dos dedos encostando de leve nas mãos dele no processo. O cara não estava de luva, e suas mãos pareciam picolés.

Devia estar ainda mais frio do que eu imaginava.

— Obrigada — falei, um pouco sem fôlego.

— De nada. — O cara se levantou e limpou a frente da calça. — Agora tenho que ir. Mas me avise se eu puder fazer alguma coisa por você também. — Ele me lançou uma piscadela. — Te devo uma.

A oferta não significava coisa alguma, claro. Eu nunca mais o veria. Pensei no que dizer diante de um comentário tão estranho vindo de um desconhecido.

Antes que eu respondesse, ele balançou a cabeça.

— Boa sorte com o que quer que você esteja indo fazer assim distraída, Amelia Collins.

Sem dizer mais nada, ele se virou e foi embora.

— Que cara esquisito — murmurei.

Eu não era do tipo que me abalava facilmente, mas o que tinha acontecido entre nós dois...

O que quer que fosse, havia me abalado.

No entanto, não tive tempo de pensar a respeito. Precisava pegar o metrô, encontrar minha família e trabalhar mais um pouco, não podia desperdiçar nem mais um segundo considerando a peculiaridade daquele desconhecido e como sua risada havia me deixado atordoada.

DOIS

**Trecho dos Anais do saber vampírico,
décima sétima edição**

"Índice de organizações vampíricas notáveis", pp. 2313-4

O COLETIVO

Relatos diretos de vampiros da corte de Guilherme, o Grande, sugerem que o Coletivo, como é conhecido hoje, foi formado na Inglaterra do século XI como um clube que reunia jovens diletantes de famílias de vampiros poderosas. Embora o Coletivo ainda cumpra uma função social para os atuais integrantes, sua missão foi alterada de maneira dramática ao longo dos séculos, expandindo para muito além do escopo original.

No momento, o grupo tem três focos primordiais. Primeiro: celebrar a linhagem pura (integrantes precisam descender diretamente de um dos Oito Fundadores). Segundo: criar novos vampiros. E terceiro: punir delitos que muitos na comunidade consideram menores.

Embora historicamente a comunidade vampírica tenha feito vista grossa para a maior parte dos disparates do Coletivo, ele tem chamado mais atenção nos últimos anos. Alguns de seus críticos mais ferrenhos argumentam que um grupo tão abastado e celebrado deveria encontrar algo melhor para fazer com seu tempo.

REGINALD

ME RECOSTEI NA POLTRONA DE COURO DE FREDERICK ENQUANTO relia o bilhete do Coletivo. O papel já estava amassado de tantas vezes que eu havia mexido nele desde que o recebera em casa, quatro noites antes.

Eu tinha que admitir que receber uma ameaça escrita no que parecia ser sangue, ainda que cheirasse a xarope de framboesa, me impressionara. Demonstrava um comprometimento admirável, ainda que o propósito fosse me matar.

— Por um lado — começou Frederick —, a fúria dessas pessoas não me surpreende.

Pelo que me pareceu a milésima vez em quatro dias, lembrei as circunstâncias que haviam levado àquilo.

— Se fiz uma cagada...

— Se? — repetiu Frederick, incrédulo.

— Tá, tá — concedi. — Fiz uma cagada. Admito isso. Mesmo assim, não entendo por que ainda estão bravos comigo. Já faz *bastante* tempo.

Frederick se levantou e começou a andar de um lado para outro da sala de estar, as mãos entrelaçadas às costas. Sempre fazia aquilo quando estava refletindo. E sempre havia sido o mais sensato de nós dois.

Era uma das coisas que o tornavam tão irritante. O cara não conseguia nem escolher o jantar no banco de sangue de South Side sem passar dias refletindo sobre as opções. Por outro lado, era o motivo pelo qual eu recorria a Frederick em situações daquele tipo.

— Tem razão — disse ele, afinal. — Faz mais de um século. Nem eu guardei rancor de você por tanto tempo.

Frederick parou de andar para admirar a pintura nova que a namorada dele havia pendurado atrás do sofá de couro. Embora "pintura" não fosse a palavra certa para descrever. Cassie dizia que trabalhava com materiais reutilizados. O quadro para o qual Frederick olhava continha canudinhos do McDonald's e um monte de outras coisas coladas. *Tesouros*, segundo Cassie. Para mim, parecia lixo.

Mas haveria tempo para criticar a suposta arte de Cassie depois. Naquele momento, eu precisava me concentrar em me manter vivo.

— Seria de imaginar que eles tivessem encontrado algo melhor com que se preocupar nos últimos cento e cinquenta anos — murmurei.

Frederick ergueu uma sobrancelha.

— Tipo o quê?

— Tipo... ah, sei lá. — Balancei a cabeça e passei uma das mãos distraidamente pelo cabelo. — A mudança climática.

Frederick me lançou um olhar cético.

— Falando sério — insisti. — A mudança climática é mais importante para os vampiros do século XXI que um deslize em uma festa mais de cem anos atrás que *talvez* tenha resultado em uma pequena calamidade.

— Pequena calamidade? — repetiu Frederick, incrédulo.

Eu não corava mais. Não tinha como, porque o sangue parava de fluir quando a pessoa se transformava. No entanto, se *pudesse* corar, provavelmente faria isso naquele momento.

— Dependendo do ponto de vista, daria até para dizer que salvei a triste vidinha daquelas pessoas.

Eu me virei antes que pudesse ver a cara que Frederick sem dúvida faria depois do meu comentário. Amassei a carta do Coletivo e a joguei no chão. Se Frederick tivesse uma lareira, eu a atiraria nela, para ver o papel pegar fogo, se desintegrar e virar cinzas... Nunca tive a oportunidade de jogar uma carta com uma ameaça à minha vida no fogo, mas imaginava que a sensação devia ser boa. No entanto, embora a situação de Frederick fosse confortável e a casa dele estivesse repleta dos confortos quase que exclusivos de pessoas que viviam em situação confortável, a lareira dele não funcionava.

Assim, a carta idiota permaneceu ali, como um cardápio amassado de fast-food, em vez de desaparecer nas chamas, uma opção muito mais satisfatória.

— Tira isso do chão — disse Frederick. Ele olhou para a carta amassada como se fosse cocô de cachorro. — Cassie vai chegar do trabalho daqui a pouco.

Dei uma risadinha.

— Ela é desleixada — respondi. — Não vai se importar.

Frederick olhou feio para mim. As diferenças entre ele e a namorada em relação ao cuidado com a casa eram um dos poucos motivos de atrito entre os dois, até onde eu sabia. Apesar de que criticar a própria namorada humana por deixar meias sujas em cima da mesa era muito diferente de quando seu amigo fazia o mesmo.

Principalmente quando o cara estava tão apaixonado pela dita-cuja quanto Frederick estava por Cassie. Ele não falava sobre planos para o futuro com frequência, mas eu sabia que pretendia pedi-la em casamento em breve.

O que me desconcertava.

Eu não conseguia nem imaginar como seria querer se aproximar tanto de alguém. Principalmente de um humano e, portanto, mortal. Não sentia aquele tipo de coisa fazia séculos. Desde que…

Bom.

Desde que.

Mas o amor fazia bem ao meu velho amigo. O humor de Frederick melhorara bastante. Depois que Cassie entrara em sua vida, passara até a sorrir de vez em quando. Eu nunca diria aquilo aos dois, mas torcia por eles. Ainda que não compreendesse muito bem o que tinham.

Então, segurei a língua e me rendi: peguei a carta com a ameaça e a enfiei no bolso, para não ter mais que encará-la.

— Obrigado — disse Frederick.

— Imagina. Acho que já vou indo, então.

Eu precisava ir para casa, pensar em como lidaria com aquela confusão.

— Antes disso… — Frederick encostou no meu braço. Parecia preocupado. — Acha que aquela mulher pode ter desconfiado de que você não era humano?

Pensei no meu encontro com Amelia Collins. A mulher de cabelo loiro-escuro e olhos brilhantes. Alta. Furiosa comigo. Em outras circunstâncias, seria bem o meu tipo. Eu sabia que era um erro contar a Frederick, mas assim que entrei no apartamento, deixei escapar o ocorrido.

O problema era que eu tinha uma quedinha por gente de contabilidade. A mente organizada dessas pessoas era um contraste delicioso ao meu modo de vida intencionalmente errático. Mas eu não tinha tempo de pensar em como seria a risada verdadeira de Amelia Collins, ou em qual seria a sensação de segurar aquela mãozinha quente que eu tocara por um breve momento. Nós nunca mais nos veríamos.

E o principal: ela era *humana*. Eu tinha desistido de dormir com mortais no fim dos anos 1970. Embora talvez eu pudesse contratá-la para me ajudar com minha declaração de imposto de renda depois que a situação atual estivesse resolvida. Minhas finanças eram um caos. Um dos lados positivos de viver para sempre e ter vantagens claras sobre os humanos era que o dinheiro sempre parecia me encontrar, por mais que eu tentasse evitá-lo. Eu precisava de uma boa contadora, que me ajudasse a entender a situação das coisas.

E poderia apostar que Amelia Collins era boa no que fazia.

Poderia apostar que ela era boa em muitas coisas — menos em dar uma risada falsa.

Frederick pigarreou. Ainda aguardava uma resposta.

— Ela... não teve tempo de reparar em mim — menti. — Pedi desculpas, como o cavalheiro que sou, e vim correndo pra cá.

Frederick não precisava saber que eu estava mentindo. Por sorte, pareceu acreditar em mim. Apenas assentiu, então deu um passinho para trás para verificar o que eu estava vestindo.

— Você deveria pegar umas roupas minhas emprestadas. Vestido assim, chama muita atenção.

Olhei para minha roupa. O conjunto de camiseta preta e saia cor-de-rosa era meu preferido desde que eu o descobrira em um brechó, no mês anterior. Frederick tinha razão, ainda que eu não gostasse de admitir, mas qual era o sentido da vida se a pessoa tinha que ser igual a todo mundo? No entanto, até eu tinha que reconhecer que me destacar naquele momento podia ser algo ruim.

— Vou sentir falta das minhas camisetas de banda — falei, pesaroso.

— Eu sei.

— E do Peludão.

Frederick assentiu, solidário. O que foi legal da parte dele, porque eu sabia que meu amigo odiava meu estilo.

— Quando você não precisar mais passar despercebido, pode voltar a se vestir dessa maneira espalhafatosa.

Eu mal podia esperar por aquilo.

Com sorte, viveria o bastante para aproveitar.

— Aqui — disse Frederick, pondo um objeto retangular e fino em minhas mãos. — Cassie me pediu para dar isso a você.

Reconheci vagamente a coisa como um daqueles diários com capa florida que a livraria do centro deixava perto do caixa. Meu primeiro planner, dizia em cor-de-rosa na frente.

— Por que Cassie pediu para você me dar isso? — A pergunta me pareceu bastante razoável.

Frederick levou a mão a meu ombro. Fiquei olhando para ela, desconfiado.

— Você passou por bastante coisa — respondeu ele, com delicadeza.

— E sei que não quer falar com o dr. Leicenster sobre...

— Aquele homem é um charlatão — intervim.

— Duas pessoas razoáveis podem discordar nesse sentido — argumentou ele. — Cassie... *Nós dois* achamos que, se você está passando por algo assim e não quer procurar ajuda profissional, pelo menos pode escrever a respeito, para ver se ajuda a organizar seus pensamentos.

Eu não entendia como escrever sobre meus sentimentos faria com que eu me sentisse melhor. Tampouco tinha energia para discutir. Estava cansado, abalado e com fome.

Só queria ir para casa.

— Vou pensar a respeito — menti. A primeira biblioteca de rua que visse no caminho iria receber uma doação. — Agradece a Cassie por mim.

TRÊS

Trecho do planner de R. C., escrito em caneta preta

Missão: Viver cada dia com coragem, compaixão e curiosidade. Tentar me tornar a melhor versão de mim mesmo e inspirar as pessoas ao meu redor. (Preciso de uma missão melhor, porque a que veio como sugestão é ridícula.)

Como estou me sentindo: Estressado. Ansioso. Distraído.

Papéis que desempenho na vida: Amigo, inimigo, amigo tóxico, vampiro, metalofonista amador.

Objetivos do dia:

1. Não me destacar (usando roupas sem graça)

2. Evitar ser morto

3. Escrever no planner (a maioria das coisas que Cassie considera uma boa ideia na verdade é uma má ideia, mas por que não? Não custa tentar)

Para amanhã: A mesma coisa de hoje. E tirar o lixo.

AMELIA

LEVEI MAIS TEMPO DO QUE EU GOSTARIA PARA PARAR DE FICAR remoendo a estranha interação com o babaca de chapéu.

Pensei nele durante todo o trajeto até o metrô, apesar de ficar repetindo para mim mesma que devia esquecer aquela história. E se ele estivesse mesmo em perigo? Ele era estranho, mas não parecia mal da cabeça. E eu não achava que o cara estava inventando coisas; era uma história esquisita demais para que alguém criasse aquilo do nada.

Eu não conseguia esquecê-lo — ou, sendo sincera, não conseguia esquecer aqueles olhos azuis impressionantes, a maneira como os ombros largos esticavam a camiseta ridícula que ele usava. Pelo menos, não até chegar ao Italian Village, o restaurante em River North que minha família havia escolhido para o jantar.

Assim que abri a porta do restaurante, fui recebida pelo aroma agradável de alho assado. Fiquei com água na boca.

Estava quase meia hora atrasada. Minha mãe provavelmente faria um comentário passivo-agressivo a respeito. Talvez sobre como eu iria acabar ficando doente se continuasse trabalhando tanto.

Embora entendessem o interesse do meu irmão pelo Direito, a aplicação prática das habilidades matemáticas que minha carreira envolvia fazia tanto sentido para meus pais quanto a caça de lebrílopes. Não era que não aprovassem. Só não entendiam por que alguém iria *querer* fazer aquilo, muito menos a filha deles. Muito menos se implicasse trabalhar horas sem fim ao longo de vários meses todos os anos.

Seu eu tivesse sorte, os comentários da minha mãe naquela noite não passariam de passivo-agressivos.

De qualquer maneira, a julgar pelo aroma delicioso que me recebeu assim que pisei no restaurante, pelo menos a comida iria ser boa.

O Italian Village era relativamente novo e estava gerando um burburinho nas redes sociais entre os entendidos de comida de Chicago. Por isso, estava mais lotado do que o normal para uma terça-feira à noite naquele bairro. Fui levada até uma mesa grande mais para os fundos, à qual meus pais, meus irmãos Sam e Adam, seus cônjuges, meu sobrinho Aiden, de dezoito meses, e minhas sobrinhas Ashley e Hannah, de oito anos, já estavam sentados.

O celular de Adam se encontrava em cima da mesa, na frente das crianças, que olhavam em transe para o que quer que houvesse na tela. Meu irmão havia vencido a discussão que sempre tinha com a esposa, Jess, quanto a se deviam ou não deixar os filhos terem acesso a eletrônicos quando saíam para jantar.

— Desculpe o atraso — falei, passando entre as cadeiras dos meus pais e a parede para me sentar no último lugar livre, no outro lado da mesa.

Quase mencionei a estranha interação com o cara do chapéu para explicar a hora, mas acabei decidindo não tocar no assunto. Como descreveria o que quer que tivesse sido aquilo? Eu mesma mal havia compreendido. Era mais fácil usar a velha desculpa, que eles já deviam estar esperando.

— O trabalho está... vocês sabem. Uma loucura.

— A gente sabe — disse Sam, com um sorrisinho. — Mas que bom que você conseguiu vir.

Sam estava em seu segundo ano em um escritório de advocacia no centro financeiro da cidade. Como eu, trabalhava até tarde. Diferente de mim, conseguia chegar a tempo nos nossos jantares mensais. O marido dele, Scott, devia ter algo a ver com aquilo. Scott dava aula de inglês e era o oposto do estereótipo do professor distraído — o qual eu conhecia bem, como filha de professores de história e de inglês aposentados. Ele estava sempre atento aos detalhes e era extremamente pontual. Eu desconfiava de que controlava os horários de Sam também, programando alarmes sempre que meu irmão precisava ir a algum lugar.

Eu adorava sair com Sam e o marido dele. Ainda que nossos horários quase nunca batessem, sempre nos divertíamos quando nos encontrávamos.

Felizmente, minha mãe não pareceu incomodada com o atraso. Estava envolvida em uma conversa com Scott, sentado ao seu lado, e nem notou minha chegada. Ela tinha mestrado em literatura inglesa do século XIX e dera aulas para o ensino médio ao longo de trinta anos. Também fora uma leitora voraz a vida toda. Quando meu irmão nos apresentou Scott, pareceu realizada. Sam gostava de brincar que Scott era o filho preferido dela.

Sinceramente, talvez fosse verdade.

— Que bom que conseguiu se juntar a nós, Ame. — Meu pai estava sentado na ponta da mesa, em frente às minhas sobrinhas. Eu ouvia a voz grave e estrondosa dele sem dificuldade, apesar do restaurante barulhento.

— Você deve estar bem ocupada com as declarações, né?

Ele dizia a mesma coisa, palavra por palavra, todo março e abril desde que eu tinha começado a trabalhar com aquilo, havia sete anos. Na boca de outras pessoas, o comentário repetitivo e pouco criativo soaria depreciativo e até irritante. E, embora fosse *um pouco* depreciativo e irritante vindo dele, eu sabia que não o fazia porque não aprovava meu trabalho. Só não sabia o que mais comentar. Não havia nada mais distante de história europeia do século XX do que fazer a declaração de imposto de renda de entidades sem fins lucrativos.

— É — falei. — Estou superocupada mesmo.

— Boa menina. — Meu pai sorriu para mim, depois voltou a analisar a carta de vinhos que tinha nas mãos quando cheguei. — Aceita um Chardonnay? Pedi uma garrafa.

Eu não bebia muito. Muito menos durante a semana. De repente, no entanto, a ideia de tomar um vinhozinho para relaxar depois de um dia movimentado parecia maravilhosa.

— Pode ser — falei.

— Também vou querer — disse Adam, fazendo caretas para Aiden, que tinha perdido o interesse no iPhone e parecia à beira de um chilique.

— Eu também — falou minha mãe, então sorriu para meu pai antes de se virar para o restante do grupo. — Agora que estamos todos aqui: vocês receberam o convite da Gretchen?

Sam levantou os olhos do cardápio.

— Que convite?

— Ela vai se casar em maio! — Minha mãe parecia animadíssima. — O nosso chegou hoje. Tia Sue disse que estão todos convidados.

Eu me esforcei para não resmungar.

Affe.

Outra prima ia se casar?

De repente, eu mal podia esperar para que o vinho chegasse. Porque naquele momento eu sabia exatamente como a noite ia transcorrer. Meus pais não iriam me importunar com delicadeza por eu estar trabalhando demais.

Iriam me importunar com delicadeza porque eu continuava solteira.

Quanto menos eu tivesse que suportar sóbria, melhor.

— O nosso chegou ontem — disse Jess. — As meninas estão loucas pra rever os primos.

Ashley e Hannah não deram sinal algum de que aquilo era verdade. Pareciam alheias à conversa, tendo trocado o celular de Adam pelo exemplar de uma revista adolescente aberto à frente delas na mesa.

O garçom reapareceu naquele exato momento com a garrafa de vinho. Olhei nos olhos dele e fiz sinal para que a colocasse à minha frente. O garçom assentiu como se compreendesse, e a colocou ao meu alcance. Mas pode ter sido só minha imaginação.

— Alguém quer vinho? — ofereci, animada, mas ninguém me ouviu.

— Estou tão feliz pela Gretchen — comentou minha mãe, com um suspiro. Então, se inclinou para mim e acrescentou, quase sussurrando: — Você sabe como ela sofreu com o último término.

Eu não sabia como Gretchen havia sofrido com o último término. Tudo que eu sabia sobre a vida romântica dela era que, no segundo ano do ensino médio, ela se encontrava escondida com o namorado de dezenove anos, sobre o qual os pais nada sabiam. Minha mãe tinha três irmãos, e meu pai, quatro. Vários deles haviam se casado mais de uma vez. Nossa família era grande demais para que eu conseguisse acompanhar a vida de todo mundo.

Gretchen sempre pareceu legal, mas eu mal a conhecia. Na verdade, depois do velório da nossa avó, cinco anos antes, eu só a vira no casamento de outros primos.

E, nos últimos cinco anos, eu havia ido a mais casamentos do que conseguia contar nos dedos.

— Ah, sim — falei, torcendo para soar no mínimo empática. — O término. Foi horrível.

— Ela ficou quase dois anos solteira antes de conhecer Josh. — Minha mãe balançou a cabeça e fez *tsc-tsc*. — E agora está com quase trinta e cinco. Tia Sue estava começando a pensar que Gretchen tinha desistido. É tão bom ver alguém que não abriu mão de encontrar o amor, não acha?

Minha mãe me olhou de um jeito que me era familiar demais.

Senti meu estômago embrulhar.

Então a gente iria mesmo começar aquilo.

Eu não era contra namorar ou contra a instituição do casamento em si. Ou mesmo contra festas de casamento. Quatro meses antes, tinha ido a uma despedida de solteira em Nashville, de uma amiga da pós, que consistira em visitar uma série de bares e ir a um show de drag que por si só valera o preço da passagem de avião.

Festas de casamento podiam ser divertidas. O amor era algo digno de celebração.

No entanto, o casamento de Gretchen não poderia ser mais diferente da viagem a Nashville. Ninguém lá sugerira que havia algo de errado comigo por ser solteira, ou que eu precisava fazer algo para mudar isso. Metade das mulheres que tinham ido também era solteira. Ou pelo menos eu acho que sim. Afinal, eu não havia sido a única a enfiar dinheiro na cueca daqueles strippers todos.

Eu não era próxima o bastante de Gretchen para ser incluída em qualquer festa que ela pudesse estar planejando para antes do casamento. Tudo que me aguardava eram alfinetadas da minha mãe e das irmãs dela sobre como eu deveria trabalhar menos e sair mais, fora uma sensação geral de estar sob os holofotes da solidão.

Eu gostava da minha vida. Gostava da minha carreira, da minha gata, do meu apartamento. Gostava dos meus amigos. Na maior parte do tempo, não tinha problema algum em estar solteira, ainda mais considerando que meu último relacionamento havia acabado com mais lágrimas do que eu gostaria de derramar em uma única semana.

Como eu, Matt era contador. Tinha cabelo escuro e cheio, usava óculos de bibliotecário que ficavam muito bem nele e fazia amor como fazia todo o resto: com dedicação e referências frequentes ao Código Tributário. Ele quase não se dava conta de como era atraente, parte do motivo pelo qual comecei a sair com ele, mas nosso relacionamento deixava muito a desejar. E o próprio Matt também deixava muito a desejar, como vim a descobrir, tanto como pessoa quanto como namorado. Fiquei arrasada quando soube que ele estava me traindo com uma mulher do trabalho dele — mesmo que eu tivesse certeza de que nunca mais queria ouvir alguém falando sobre reavaliação de ativos quando eu estava prestes a ter um orgasmo.

De qualquer maneira, depois de Matt, eu havia passado a encontrar toda a satisfação de que precisava no trabalho, nos amigos e em um vibrador de confiança.

Não podia mencionar a última parte à minha mãe, claro. Só queria que ela, e o restante da minha família, aceitasse que eu não precisava estar em um relacionamento romântico para me sentir completa. Meu histórico inclusive sugeria que eu estava melhor sozinha.

Não comentei isso com minha mãe, que ainda fingia estar falando apenas dos relacionamentos sofríveis de Gretchen, enquanto me olhava à espera de uma reação.

Dei corda, fingindo não perceber aonde aquilo iria parar. Qual era o sentido? Eu passava por aquilo antes do casamento de toda santa prima, fazia anos. Desde que tudo tinha ido ladeira abaixo com Matt.

— Quase dois anos solteira — repeti. — Coitada. Que coisa horrível.

Fazia pelo menos o dobro que eu estava solteira, mas quem estava contando?

— Horrível! — gritou Aiden.

Aparentemente, ele tinha perdido o interesse em Adam e tentava participar da conversa dos adultos.

Minha mãe o ignorou.

— Seu convite vai incluir acompanhante — prosseguiu ela, sem perceber minha irritação. Sua voz era pouco mais que um sussurro. — Confirmei com tia Sue. Então você pode levar alguém. Vai ser legal.

Minha mãe sabia muito bem que eu não estava namorando. Também sabia que eu não era do tipo que ficava com alguém sem compromisso. Tia Sue talvez tivesse dito que eu poderia levar alguém, mas todo mundo já sabia que eu apareceria sozinha.

Assim como em quase todos os eventos da família.

— Ótimo — falei, sarcástica, talvez um pouco alto demais. Voltei a pegar a garrafa de vinho. — Vou levar meu namorado, então.

Eu nunca havia vivenciado um daqueles momentos de disco arranhado, quando a conversa, o ruído ambiente e o próprio tempo parecem parar de repente. Mas naquele momento eu soube como era. Assim que as palavras saíram da minha boca, Adam e Jess ficaram quietos. Sam olhava para mim, os olhos bem arregalados. Aiden desviou a atenção do celular. Imitando os adultos, ele se voltou para mim.

E minha mãe...

Ela estava *radiante*.

Levei mais tempo do que deveria para perceber que, de alguma maneira, perdi o controle da situação, porque minha família levou a brincadeira a sério. Eu era mesmo tão ruim em fazer comentários sarcásticos que ninguém tinha percebido?

— Você está *namorando*? — perguntou minha mãe, como se o Natal tivesse chegado mais cedo.

Mal consegui ouvi-la, com o barulho das engrenagens do cérebro girando.

Abri a boca para corrigi-la. Para dizer que não, eu continuava solteira como sempre...

Então a fechei, enquanto uma ideia simplesmente ridícula tomava forma em minha mente.

Talvez eu andasse mesmo trabalhando demais e aquilo estivesse mexendo comigo. Talvez os poucos goles de vinho que havia tomado tivessem batido rápido demais por conta da barriga vazia.

De qualquer maneira, talvez — *talvez* — deixá-los pensar que eu estava namorando faria com que largassem do meu pé por um tempinho. Pelo menos até que o casamento de Gretchen passasse, quando os comentários da minha mãe sobre relacionamentos voltariam a ser uma perturbação esporádica.

As palavras que saíram da minha boca em seguida me surpreenderam.

— É, estou namorando.

Minha voz soava como se viesse de outro lugar. Pensei brevemente na interação que havia tido com o babaca de chapéu. Fora tão difícil fingir, enquanto para ele aquilo vinha naturalmente. *Se aquele cara pudesse me ver agora*, pensei, me achando meio maluca.

— Que bom que ele vai poder ir comigo ao casamento — acrescentei, porque minha família continuava me encarando em um silêncio perplexo. — Ele vai adorar.

Afundei um pouco mais na cadeira e me servi do vinho com as mãos trêmulas. Já havia bebido mais que o necessário para um jantar de família em uma terça-feira à noite. Mas, já que estava tomando decisões questionáveis, por que não mergulhar de cabeça?

— Ele é bonito? — cochichou Jess no meu ouvido.

Cada partezinha de mim que poderia entrar em pânico fez exatamente isso.

— Hum... é — respondi, porque pareceu a coisa certa, em meio à confusão. — Ele... é. Ele é bem bonito.

Não soei nem um pouco convincente, mas Jess sorriu mesmo assim. Depois de conferir se Adam não estava olhando, ela levantou o punho para me dar um soquinho de aprovação.

Fingi que não vi e afundei ainda mais na cadeira.

— Estou ansiosa pra conhecer o rapaz — comentou minha mãe, sonhadora.

Éramos duas.

Eu me esforcei para sorrir para ela, embora estivesse surtando por dentro.

QUATRO

Trecho dos Anais do saber vampírico, décima sétima edição

"Índice de eventos históricos notáveis", p. 1193

Acredita-se que o incêndio criminoso que ficou conhecido como O Incidente tenha ocorrido na noite de 22 de outubro de 1872, em uma festa realizada em Sebastopol, na propriedade do conde Wyatt Contesque. Embora relatos de sobreviventes forneçam um quadro inconsistente dos acontecimentos, a maioria concorda em três pontos:

1. O Incidente ocorreu de fato, e foi o pior incidente criminoso a culminar na morte de um vampiro que qualquer um dos presentes havia presenciado.
2. Na manhã posterior ao Incidente, vários supostos itens pertencentes ao sr. Reginald Cleaves (ver: "Índice de vampiros notórios", pp. 1123-4) e um bilhete bombástico que acredita-se ter sido escrito pelo mesmo foram encontrados no local.
3. Na falta de outras pistas, muitos acreditam que Reginald Cleaves tenha sido o culpado.

Nenhuma medida legal foi tomada até hoje contra Cleaves, devido ao fato de que a maior parte dos especialistas concorda que as provas contra ele são, no máximo, circunstanciais. Ademais, uma minoria, ainda que bastante efusiva, dos sobreviventes insiste que o caso não passou de fruto da imaginação vívida do conde após o consumo de sangue com alucinógenos.

De qualquer modo, o nome de Cleaves permanece ligado ao Incidente no imaginário popular. O Coletivo (ver: "O Coletivo", pp. 982-3) permanece comprometido em levá-lo à Justiça por conta da morte de seus genitores (coloquialmente conhecidos como os Oito Fundadores), muitos dos quais compareceram à festa do conde Wyatt Contesque e constam no grupo dos desaparecidos.

Para uma lista dos vampiros que se acredita que tenham morrido no Incidente, ver o Apêndice IX.

REGINALD

EU SABIA QUE HAVIA ALGO DE ERRADO NO MINUTO EM QUE ENTREI em casa.

Não sabia como tinham conseguido entrar. Não *deveriam* ter conseguido entrar. A proibição à invasão de domicílio estava tão impregnada em nosso DNA quanto o desejo por sangue. Significava que não podíamos entrar em uma casa sem a permissão expressa de quem morava ali.

Ou, pelo menos, deveria significar.

Eu sempre tive uma intuição extraordinária, mesmo quando ainda era humano. A última vez que me arrepiara daquele jeito fora segundos antes de os fundadores do Coletivo transformarem a maior parte das pessoas do meu vilarejo, incluindo eu, em vampiros, mudando minha vida para sempre.

Acendi a luz da cozinha e me virei devagar, tentando absorver tudo aquilo. Embora minhas sinapses estivessem a toda e meu instinto me dissesse para correr, não havia ninguém ali. E nada estava fora do lugar. A panela que eu usava para aquecer minhas refeições do banco de sangue de North Shore estava de molho na pia, como eu a deixara horas antes. O metalofone, única conexão que eu mantinha minha vida humana, permanecia na estante.

Assim como minha posse mais preciosa: uma pintura a óleo de Edward Cullen, cintilante e magnífico, olhando melancolicamente para o horizonte, que ficava na parede acima da pia.

(Não estava nem aí para o que Frederick achava de *Crepúsculo*. Eu amava Edward Cullen. Conseguir ler mentes? *Épico*. Mais uma vez, me perguntei se a menina nitidamente fumada que havia me vendido o quadro quinze anos antes realmente acreditava no que dizia quando comentou que o brilho da pintura era mágico.)

Peguei a faca de serra do meu conjunto e a segurei com as duas mãos. Havia sido uma compra fútil, considerando que eu não precisava cortar alimentos, mas fiquei feliz em tê-la enquanto avançava pelo corredor, acendendo todas as luzes no caminho. Tentando não ser tomado pelo medo, procurei acessar a fúria que havia servido de combustível para alguns dos maiores erros que eu cometera em meu primeiro século como vampiro, mas não foi tão fácil assim.

Eu tinha mudado muito desde aquela época.

Gostava de pensar que era uma pessoa razoavelmente inteligente, mas, apesar de parecer, não era muito forte. Só podia confiar em minhas presas para me defender, e não seriam de muita ajuda contra os idiotas que me perseguiam. Eles também eram vampiros, afinal. Uma estaca de madeira viria bem a calhar — no entanto, por motivos óbvios, eu não tinha uma.

Foi só quando entrei no quarto e acendi a luz que descobri o que haviam feito.

Meu sangue gelou ainda mais quando me deparei com a figura de papelão de quase um metro do Conde, da *Vila Sésamo*, ao lado da cabeceira da cama, parecendo tão confortável que era como se morasse ali. Ele era roxo, tinha olhos arregalados e um sorriso permanente no rosto. Um dos três dedos de sua mão estava estendido à frente, como se estivesse contando alguma coisa importante quando o fotografaram.

Até onde eu sabia, podia muito bem ser o caso.

Eu não via *Vila Sésamo* desde o fim da década de 1970. O Conde ainda aparecia? Não que eu me importasse. Eu sabia o bastante do mundo moderno para reconhecer os personagens, apesar de não acompanhar mais o programa.

A grande pergunta era: o que ele estava fazendo ali?

Revirei o quarto atrás de algo que pudesse explicar aquilo, mas a imagem do Conde e meu pânico crescente eram as únicas coisas que não estavam lá antes.

Quando me virei para o guarda-roupa, eu me deparei com o bilhete. Uma flecha de madeira o atravessava, prendendo-o no lugar. Tinha uma única palavra, rabiscada em letras maiúsculas com o que parecia ser sangue:

VOLTAREMOS

Merda.

Com dificuldade, arranquei o bilhete e a flecha do guarda-roupa, deixando um buraco feio na madeira. Embora eu admirasse o comprometimento daqueles cretinos, o proprietário iria me matar.

Mas eu teria tempo para me preocupar com o cheque caução depois. Se tudo desse certo.

Eu achava que estava conseguindo me esconder do Coletivo.

Aparentemente, não. Usar as roupas sem graça de Frederick e sair apenas quando necessário não seria o bastante.

Por Hades, aquilo era irritante.

Eu precisava fazer alguma coisa para que saíssem do meu pé.

Mas o quê?

No meio-tempo, já que haviam encontrado meu apartamento, eu precisava ir para outro lugar. E rápido.

CINCO

Minuta da reunião de março do conselho do Coletivo

- Compareceram: Guinevere, Patricia Benicio Hewitt, Giuseppe, Alexandria, Philippa, Gregorio, John, srta. Pennywhistle, Maurice J. Pettigrew
- Não compareceram: George
- Início: 21h15
- Hinos em memória dos Oito Fundadores conduzidos por: Alexandria

PAUTAS ANTIGAS:

- <u>Venda anual de bolos na escola St. Margaret's</u>: Sucesso absoluto! Número de crianças humanas assustadas: aumento de 57% em relação ao ano passado. Número de humanos exsanguinados: aumento de 25% em relação ao ano passado. Recrutamento: seis integrantes adicionados à família. (Uma salva de palmas para a srta. Pennywhistle, por todo o trabalho para garantir que o evento deste ano fosse bem-sucedido.)
- <u>Busca por Reginald Cleaves</u>: Descobrimos que o homem responsável pela morte de nossos genitores mora em Chicago, Illinois. Ocupamos uma casa a oeste da cidade para monitorar seus movimentos.

- Infelizmente, Cleaves está ciente de nossas intenções e se esconde à plena vista usando roupas mais modestas que de costume. Acreditamos que isso se deva em grande parte à decisão de Giuseppe de colocar uma figura de papelão do Conde, da Vila Sésamo, no quarto de Cleaves sem a aprovação do conselho. Embora isso tenha comunicado devidamente nossa fúria quanto ao INCIDENTE relacionado ao <u>conde</u> Wyatt Contesque, a execução foi tão sutil quanto o comportamento de um vampiro no nascer do sol. Giuseppe foi repreendido por agir sem a aprovação do conselho e aconselhado a não fazer algo tão tolo novamente.

- Como o restante da comunidade vampírica não está comprometido a fazer o monstro ingrato pagar por sua atuação no INCIDENTE, cabe a nós fazê-lo. Ninguém capaz de dar um fim tão cruel não só à vida de nossos genitores, mas de seu próprio genitor, deve poder se esquivar da justiça.

NOVAS PAUTAS

- <u>Nova iluminação do castelo</u>: Discussão adiada para abril, quando o humano responsável pelo projeto estará presente. Lembrete: ele está trabalhando para nós. NÃO PODEMOS MORDÊ-LO.
- Reunião encerrada às 22h15
- A reunião de abril terá início às 21h15. George ficará encarregado das bebidas.

AMELIA

POUCO DEPOIS DA REVELAÇÃO INESPERADA DE QUE EU ESTAVA namorando, meu sobrinho Aiden deu um chilique desastroso capaz de rivalizar com Chernobil. A atenção de todos imediatamente se concentrou em tentativas de fazer com que ele se acalmasse.

Eu não estava acostumada a me sentir grata a uma criança. Meu sobrinho, no entanto, havia quebrado um galho para mim se recusando a ser acalmado por vídeos de gatos no YouTube. Quando saímos do restaurante, Adam e Jess pareciam arrasados, e eu até tentei me sentir mal por eles, mas só conseguia ficar aliviada por não ser mais o centro das atenções.

Não durou muito, no entanto. Recebi mensagens de Sam e da minha mãe antes mesmo de chegar à estação.

SAM: Parabéns pelo boy, hein?
SAM: Estou feliz por você. E tentando não ficar chateado por você não ter me contado antes.
SAM: ♥

MAMÃE: Seu pai e eu estamos muito felizes em saber que você vai levar alguém ao casamento.
MAMÃE: Faz tanto tempo que você está solteira que já andávamos preocupados.
MAMÃE: Mal podemos esperar para conhecer o sortudo. Como ele se chama?

Era uma boa pergunta. E eu não fazia a menor ideia de como responder.

Quando cheguei ao meu apartamento em Lakeview, já eram quase dez da noite, ou seja, fazia quase quinze horas que eu havia saído para trabalhar. Minha cabeça doía devido à combinação de vinho com cansaço e a confusão que eu mesma havia criado.

Quando entrei, parte da ansiedade que me acompanhava o dia todo desapareceu.

Larguei a bolsa no chão, ao lado do banquinho preto onde Gracie, minha gata tricolor, se encontrava empoleirada, tal qual uma coruja peluda e rabugenta. Aquela casa era meu santuário. Cada livro e cada quinquilharia tinha seu lugar, o termostato e a pressão da água estavam sempre perfeitamente calibrados, e todo o estresse que marcava o restante da minha vida era proibido ali.

Enquanto tirava o casaco e pegava um cabide no armário, notei que Gracie me observava, com ar de julgamento. Para uma gata de nove anos de idade, ela era muito boa em sentir cheiro de bebida, e fazia uma cara impressionante de "você ficou fora até bem tarde hoje, hein?". A expressão dela me dizia que sabia que eu havia bebido demais para uma terça-feira e mentido para minha família sobre ter um namorado. Também me dizia que eu deveria ter chegado horas antes, para brincar.

— *Miau* — repreendeu Gracie.

Eu não conseguia nem ficar brava.

— Eu sei — concordei.

— *Miau* — repetiu Gracie, sentida.

Tá, aquilo era um pouco demais.

— Olha, hoje foi um dia bem difícil.

Parte de mim sabia que era ridículo discutir com uma gata. A outra parte precisava que ela entendesse.

Gracie, no entanto, preferiu pular para a bancada da cozinha, onde Sophie havia deixado a correspondência.

Bem ali, em cima de um exemplar da revista dos ex-alunos da Universidade de Chicago e da última edição de *Fãs de Gatos*, estava o convite de casamento sobre o qual minha mãe havia comentado.

Olhei para Gracie, cansada. Ela parecia ter desistido de condenar minhas escolhas de vida, e se atinha a lamber a pata direita da frente.

— Não quero abrir — falei.

Em vez de me apoiar, Gracie deixou claro que nossa conversa estava encerrada, pulando da bancada para o sofá da sala. Aquele era o lado negativo de dividir um apartamento com um animal: dificilmente eu conseguia validação quando precisava.

— Tá — murmurei, concluindo que não havia sentido em adiar o inevitável.

Pelo menos Gretchen havia mandado o convite para o meu endereço, em vez de fazer como minha prima Sarah, que havia enviado para o escritório. A sugestão de que eu passava mais tempo da minha vida no trabalho que em casa só tornara tudo ainda pior.

Respirei fundo e rompi o lacre do envelope com o dedo.

Dentro, havia outro envelope. Na frente, uma caligrafia roxa graciosamente inclinada dizia:

Amelia Collins e acompanhante

Tive que admitir que o convite era muito bonito. Eu nem sabia que faziam papel-cartão em uma gramatura tão alta.

Sr. e sra. Madden
e sr. e sra. Whitlock
Têm a honra de convidar para o casamento de seus filhos

GRETCHEN ELIZABETH
e
JOSHUA COLE,

a ser realizado dia 14 de maio, sábado, às 17h, no clube de campo Twin Meadows, em Chicago, Illinois.
A cerimônia será seguida de uma festa.

Outro casamento da família no Twin Meadows. Metade dos meus primos era sócio, então aquela parecia ser a regra.

Dentro do envelope, encontrei dois convites brancos menores. Um deles era para a festa de noivado, na casa de tia Sue, no sábado.

Droga.

Perto demais.

O outro era para um fim de semana só de casais nas cabanas de nossa família em Wisconsin, na semana seguinte. Meu bisavô tinha sido proprietário de um terreno extenso no condado de Door. Depois que ele morrera, meu avô construíra uma cabana para cada um de seus quatro filhos. Quando eu era pequena, a família inteira passava duas semanas lá todo verão.

Minhas lembranças do lugar envolviam caminhadas, pescaria, fogueiras e mordidas de mosquito. Eu sempre amei viagens em família, mas aquele parecia um lugar estranho para um evento pré-casamento. Por outro lado, o que eu sabia a respeito, certo?

Então, duas ideias preocupantes me ocorreram.

Primeiro: minha família esperaria que eu levasse o namorado inexistente a todos esses eventos?

Segundo: como eu encontraria alguém a tempo?

De qualquer maneira, eu precisava responder às mensagens da minha mãe e de Sam. Ainda estava em dúvida se levaria aquela história adiante, mas precisava dizer a verdade pelo menos a Sam. Desde pequenos, nós contávamos tudo um ao outro. Eu era uma péssima mentirosa, e de jeito nenhum conseguiria continuar mentindo para ele.

AMELIA: Sam, por favor, não conte pra ninguém até eu decidir o que fazer
AMELIA: Mas eu só disse que estava namorando de brincadeira
AMELIA: Aí todo mundo ACREDITOU, e eu achei que talvez fosse uma maneira de fazer o papai e a mamãe pararem de me encher pra sair com alguém

Ele respondeu na mesma hora.

SAM: Eita. Tá bem
SAM: Faça o que for melhor pra você ♥
SAM: Não vou contar pra ninguém, mas depois me fala o que você decidir

AMELIA: Claro
AMELIA: Obrigada
AMELIA: Te amo ♥
AMELIA: Avisa quando você e Scott toparem ver um filme

SAM: Pode deixar
SAM: Desculpa ser chato, mas fiquei preocupado quando você demorou pra responder
SAM: Tomou cuidado na volta?

Revirei os olhos.

AMELIA: De novo isso?

SAM: Não posso mais me preocupar com minha irmã?

Até alguns meses antes, Sam demonstrava o que eu acreditava ser um nível de preocupação normal de irmão. No entanto, andava estranhamente nervoso. Na semana anterior, tentara me convencer a andar com uma estaca de maneira na bolsa quando saísse à noite.
Aquele foi o limite para mim.

SAM: Você não tem ideia de como é perigoso, Ame
SAM: Assassinos e ladrões podem seguir você até em casa
SAM: Ou sei lá
SAM: Vampiros

Tive que rir.

AMELIA: Ladrões?
AMELIA: Vampiros?????
AMELIA: Você anda jogando videogame demais

SAM: Ei, estou jogando uma quantidade normal
SAM: Você deveria começar a jogar também, depois de entregar todas as declarações de imposto de renda
SAM: Mas não é isso
SAM: Só estou dizendo que a gente nunca sabe o que pode estar à espreita

Voltei a rir, balançando a cabeça.
Pelo menos meu irmão se preocupava comigo.

AMELIA: Tomei cuidado, tá bom?

SAM: Mentirosa

AMELIA: Talvez
AMELIA: Mas você não precisa se preocupar comigo. Morei a vida toda em Chicago. Não é como se eu fosse deixar a bolsa aberta no metrô nem nada do tipo.
AMELIA: Bom, vou indo lá. Preciso pensar no que dizer pra mamãe sobre esse namorado imaginário
AMELIA: Te amo

Pronto. Já tinha resolvido a mais fácil das duas conversas.

Abri as mensagens da minha mãe e mordi o lábio inferior enquanto pensava.

Eu iria mesmo fingir que estava namorando? Iria mesmo levar alguém ao casamento? Conseguiria sustentar uma mentira desse tamanho?

Se soubesse que os comentários da família sobre minha vida amorosa inexistente se limitariam ao dia da festa, provavelmente poderia deixar passar e não me importar. No entanto, minha mãe sempre me cutucava mais do que o normal nas semanas que antecediam a um casamento da família. Antes do de Sam, ela listava nomes de filhos solteiros dos amigos dela toda vez que nos víamos. No da minha prima Sarah, minha mãe chegara ao ponto de me apresentar a três caras na própria festa.

Fora os comentários inadequados que tia Sue fazia quando eu aparecia sozinha.

Eu não precisava disso na minha vida agora.

Principalmente considerando a sugestão nada sutil de que minha vida estava incompleta. O que me ofendia mais do que eu conseguia dizer. Eu tinha uma gata que era como uma filha, bons amigos e uma carreira de que gostava. Ainda que minha família não compreendesse por quê.

E daí se eu trabalhava tanto que não tinha tempo para namorar? Por mim tudo bem. Eu não estava impedindo meus irmãos, ou Gretchen, de se casarem. O que importava se eu não queria o mesmo para mim?

Talvez encontrar um cara aleatório para fingir ser meu namorado nesses eventos me garantisse alguns meses de paz.

Voltei a olhar para a letra bonita do envelope e reli várias vezes: *Amelia Collins e acompanhante*.

Dane-se, pensei.
Eu não tinha nada a perder.
Essa talvez fosse a ideia mais maluca que já tive. Certamente era bastante infantil. Mas talvez se provasse uma das melhores também.
Só o tempo diria.
Escrevi para minha mãe.

AMELIA: Estou louca pra vocês se conhecerem também!

Deixei o telefone de lado para não ver a resposta dela, caso enviasse uma.
Devagar, contei até dez, depois me levantei e fui à cozinha. Encontrei a garrafa de vinho de quando Sam e Scott vieram jantar comigo, algumas semanas antes. Ainda tinha metade, o que era muito conveniente.
Tomei um gole direto do gargalo. Por que não? Não havia alguém ali para me julgar — Gracie já estava dormindo.
A bebida me deu coragem para escrever para Sophie.

AMELIA: Oi
AMELIA: Fiz um negócio que pode ser muito genial ou muito idiota
AMELIA: Vai saber
AMELIA: Pode falar? Preciso da sua ajuda

SEIS

Carta escrita às pressas em tinta vermelha em um papel amassado

Freddie,

Suas roupas são tão chatas quanto uma missa, mas você me ajudou muito hoje à noite. Por um segundo, achei que tivessem me visto, mas eu estava com o disfarce perfeito.

Vou aceitar sua oferta de pegar mais algumas emprestadas, se não tiver problema. Não sei quando. Você vai saber que passei por aí quando suas roupas sumirem. É muito ruim não poder me vestir de maneira "espalhafatosa", como você chamou, mas imagino que possa voltar a fazer isso quando essa história estiver resolvida.

Bom, obrigado outra vez. (Viu? Sou, SIM, capaz de agradecer. Às vezes.)

R.

AMELIA

O GOSSAMER'S NÃO ERA UM CAFÉ MUITO BOM. A COMIDA GENÉRICA parecia feita em uma cozinha industrial em algum outro lugar, as bebidas tinham nomes bobos e os preços seriam mais apropriados para Manhattan que para Chicago.

No entanto, ficava no meio do caminho entre meu apartamento e o de Sophie, de modo que era uma opção conveniente para ambas. Fora que não era muito barulhento, o que o tornava um lugar bom tanto para trabalhar como para conversar.

Quando cheguei, Sophie já estava na mesa dos fundos que a essa altura já era praticamente nossa. Estava usando um vestido xadrez vermelho e branco que ficava uma gracinha em seu corpo esguio. Sophie sempre fora a mais estilosa de nós, e isso não mudou nem com os gêmeos, nem com sua decisão de ficar em casa com eles.

Ela já tinha uma bebida fumegando à sua frente. Diante de uma cadeira vazia, meu café americano de sempre — que o estabelecimento hipster chamava de Somos Vivazes, por motivos que iam além da minha compreensão — aguardava por mim. Quando Sophie viu que eu me aproximava, abriu um sorriso grande que fez com que eu me arrependesse de ter contado aquele plano meia-boca a ela.

— Você cortou o cabelo — comentei. — Ficou ótimo.

— Ficou mesmo — concordou Sophie, jogando alguns cachos pretos por cima do ombro. — Mas vamos direto ao assunto. Não foi pra você elogiar minha aparência que viemos aqui.

Fiz uma careta.

— Quase não vim — admiti, me jogando na cadeira diante dela. — Dez minutos no Tinder foram o suficiente para eu perceber que foi uma péssima ideia.

— Nossa, eu ia te matar se você não viesse. — Ela se inclinou na minha direção, tão animada que os olhos castanho-escuros brilhavam. — Até chamei uma babá.

Senti uma pontada no peito ao pensar em como Sophie tinha pouco tempo para si.

— Quando foi a última vez que você chamou uma? — perguntei.

Ela não fazia aquilo com muita frequência, mesmo com Marcus passando semanas fora de casa. No mês seguinte, eu iria *obrigá-la* a chamar uma babá para fazer as aulas de arte que estava planejando lhe dar de presente.

Sophie ignorou minha pergunta e apontou para um homem sentado do outro lado do café, mudando de assunto, como sempre fazia quando eu tentava convencê-la a tirar um tempinho para si mesma.

— E aquele cara? — perguntou Sophie.

Dei risada.

— Falei pra você esperar até eu chegar antes de começar a avaliar os candidatos.

— Você disse que não está rolando nos aplicativos. E quando é mesmo que precisa apresentar o namorado de mentirinha para sua família?

— O jantar é no domingo.

— Faltam quatro dias. — Sophie ergueu quatro dedos diante do meu rosto, caso eu não tivesse ouvido. — Não temos tempo a perder. E se os aplicativos não estão ajudando... — Ela deu de ombros. — Você não pode me culpar por ser proativa. E deveria pelo menos dar uma olhada no cara antes de dizer não.

Suspirei. Sophie tinha razão. Resignada, olhei para o lugar que ela apontava.

O cara parecia ter mais ou menos a minha idade. O cabelo loiro-escuro estava todo bagunçado, como se ele nem tivesse se dado ao trabalho de penteá-lo depois de acordar. O restante, no entanto, era aceitável. Mais do que aceitável, na verdade. Especialmente a maneira como a camiseta de manga comprida verde com botões se agarrava aos ombros e o peitoral largo. Os óculos de armação grossa na ponta do nariz não deveriam funcionar, mas, de alguma maneira, caíam *muito* bem.

A atenção dele estava dividida entre um caderno em que às vezes fazia anotações e uma revista que tinha dragões na capa. Ela me lembrava dos livros que meus amigos nerds da faculdade usavam para estudar antes de se reunirem para jogar RPG.

Tentei analisá-lo. Seria ele um entusiasta de jogos de tabuleiro particularmente bonito? Um bibliotecário sexy? Julgar as pessoas pela aparência, no entanto, nunca tinha sido meu forte. Principalmente em um caso como aquele, porque quanto mais eu olhava, mais impactada ficava.

— E aí? — perguntou Sophie.

Eu me virei para ela, um pouco atordoada.

— De jeito nenhum.

Eu ainda não sabia se conseguiria seguir em frente com aquela farsa, mas tinha certeza de que não daria certo com alguém que eu achava atraente.

Sophie olhou para mim.

— Qual é o problema? O cara é bonito!
Ela tinha razão. Procurei uma resposta plausível.
— Ele está lendo uma revista com dragões na capa — falei, como uma boba.
— E daí? Nerds estão na moda. Agora eles são atraentes.
Eu duvidava de que aquilo fosse verdade, mas deixei passar. Voltei a olhar para a mesa do cara e notei que ele segurava a revista de cabeça para baixo, parecendo concentrado.
Identifiquei aquilo como um mau sinal.
— Ele está lendo a revista de ponta-cabeça — falei.
— Melhor ainda.
Fiquei só olhando para Sophie.
— Como pode ser melhor ainda?
— Mostra que ele tem senso de humor.
— Acho que só mostra que ele é esquisito.
— Tá bom, tá bom. — Sophie cedeu. — Mas isso faz do cara um forte candidato, porque sinceramente... — Ela bateu o indicador na mesa. — Aparecer com alguém um pouco excêntrico pode ser a maneira perfeita de mostrar à sua família que você não vai ficar necessariamente melhor se estiver acompanhada. — Sophie fez silêncio por um momento, depois acrescentou: — Fora que o cara tem que ser pelo menos um pouco esquisito pra topar participar disso.
Ela estava certa.
— Você não acha que é uma péssima ideia e que eu não deveria nem estar pensando a respeito? Porque talvez seja.
— Não. É uma ótima ideia. — Sophie me dirigiu um olhar que usava desde o ensino fundamental, que basicamente queria dizer "pare de tentar me enrolar". — E você concordava com isso quando me ligou pra contar ontem à noite.
Tomei um longo gole de café, só para poder me esconder da minha melhor amiga.
— Eu não estava no meu melhor momento — murmurei.
Era verdade. Tinha tomado quase uma garrafa inteira de vinho ao longo da noite e estava ouvindo *Midnights*, da Taylor Swift, em looping quando havia ligado. Não me encontrava no auge do pensamento crítico.

No entanto, mesmo à luz fria do dia, não tinha perdido totalmente o ímpeto que me levara a elaborar o plano.

— Só não entendo por que minha família se importa tanto com o fato de eu estar solteira.

— É irritante — concordou Sophie. — E por isso mesmo acho sua ideia genial.

Hesitei.

— Acha mesmo?

— Acho — disse Sophie. — Você merece ficar em paz, mas evita confronto, então nunca vai impor o limite que sua família precisa.

Suspirei. Minha terapeuta provavelmente me incentivaria a mandar minha família parar ou simplesmente aceitar que eles eram assim e aprender a ignorar. Só que eu andava tão ocupada com o trabalho que fazia meses que não ia a uma consulta.

— Um namorado de mentirinha parece mesmo uma solução mais fácil — concordei.

— Pois é. Todo mundo sai ganhando. Principalmente eu. Pensar na Amelia boazinha, angelical, inteligente e certinha aparecendo em um evento familiar com um esquisitão que conheceu no Tinder, no metrô ou em um café vai me manter entretida pelo menos até o meio do ano que vem.

Sorri, apesar de tudo.

— Que bom que minhas confusões divertem você.

— Divertem, mesmo.

Sophie sorriu.

— Mas eu não sou sempre certinha.

— Ah, tá! — desdenhou. — Quando foi a última vez que você foi multada por estacionar em local proibido?

Senti as bochechas esquentarem.

— Nunca levei uma multa.

— Qual foi a nota mais baixa que você tirou na faculdade?

Ela só estava implicando comigo. Sophie sabia muito bem que eu havia sido a melhor aluna da turma tanto no ensino médio quanto na faculdade. Não me dignei a responder.

Ela insistiu, no entanto, implacável como uma professora de spinning.

— E quando foi a última vez que você mandou seus pais te deixarem em paz?

Engoli em seco.

— Nunca fiz isso.

— Pera, é sério?

— É. — Balancei a cabeça. — Não passei pela fase de adolescente rebelde. Eu só fazia o que eles mandavam. O que esperavam de mim.

Sophie balançou a cabeça.

— Amelia... Essa ideia não só é perfeita como deveria ter sido colocada em prática vinte anos atrás. — Sophie apoiou a caneca na mesa e se inclinou para a frente, cruzando os braços. — Aposto que se você levar o nerdão ali no casamento da sua prima, sua tia-avó Brunhilda nunca mais vai te encher o saco por ser solteira.

Dei risada.

— Não tenho uma tia-avó Brunhilda.

— Então sua prima Brunhilda — disse Sophie, diminuindo a importância daquilo com um gesto rápido da mão.

Balancei a cabeça, achando graça, depois arrisquei outra olhada para o cara, bem quando ele deixava a revista de lado.

Seus olhos azuis encontraram os meus.

De repente, com uma sensação vertiginosa que eu normalmente associava com montanhas-russas e fazer uma apresentação diante de uma plateia, eu o reconheci.

Era o babaca de chapéu da noite anterior.

Estava escuro quando trombamos na rua, e a maior parte do rosto dele tinha ficado na sombra. Fora que ele havia trocado a estranha combinação de peças por uma roupa muito mais convencional. No entanto, eu não tinha dúvida de que era ele.

Ficou evidente que o cara também me reconheceu. Os olhos se arregalaram em surpresa, o canto dos lábios volumosos se curvou. Então seus olhos se normalizaram e ele voltou a escrever furiosamente no diário.

Ele não tinha dito que estava me devendo uma? Provavelmente não havia sido sincero, mas aquilo aumentava as chances de que concordasse.

Caso eu pedisse sua ajuda.

Sophie pigarreou.

Merda. Eu estava encarando. Voltei a me virar para ela na mesma hora.

— Bom, como você está decidida... — começou Sophie.

— Eu nunca disse isso.

— ... vamos pensar em alguns critérios básicos — prosseguiu Sophie, como se não tivesse sido interrompida. — Pra ajudar você a decidir quem escolher entre as *várias* opções.

Só porque eu gostava de listas, ignorei o sarcasmo. Critérios cuidadosamente avaliados contribuíam para decisões bem embasadas. O único problema era que eu não fazia ideia de por onde começar.

— O que você acha que deveria constar na lista? — perguntei, me sentindo mais boba do que nunca.

— Que bom que perguntou. — Sophie pegou um bloco de notas da bolsa e escreveu CRITÉRIOS PARA NAMORADO DE MENTIRINHA em cima, em letras maiúsculas. — Vamos começar pelo mais fácil. Imagino que você não queira um criminoso que acabou de sair da prisão.

Pisquei algumas vezes.

— Isso.

— Sem... envolvimento... com crimes — disse Sophie enquanto anotava. — Ótimo. Próxima questão: idade.

Pensei a respeito.

— Talvez entre trinta e poucos e trinta e muitos? Vai ser esquisito se ele for jovem demais, e facilmente impressionável. E se for muito mais velho, também.

— Faz sentido — concordou ela. — Fora que alguém muito jovem, que ainda acredita no amor ou sei lá o quê, poderia acabar se apaixonando por você.

Dei risada. Fazia quase dez anos que Sophie estava casada, e ela continuava tão apaixonada pelo marido como quando os dois haviam se conhecido, na faculdade. Eu tinha certeza de que ela acreditava "no amor ou sei lá o quê". Sua disposição a parecer cínica só provava quão boa amiga era.

— Ninguém vai se apaixonar por mim — falei.

— Você não tem como saber — rebateu ela. — Esses namoros de mentirinha sempre acabam se transformando em amor verdadeiro.

— Você não sabe do que está falando.
— Sei, sim — insistiu ela. — Já li sobre isso.
Ergui uma sobrancelha.
— Onde?
— Nos livros.
— Nos livros? — repeti, rindo.
— Olha... — De repente, Sophie falava sério. — Não importa o que as dezenas de livros que li sobre o tema têm a dizer. Meu ponto é: há um risco. Tipo, olhe só para você.
— Como assim "olhe só para você"? — perguntei.
Fazia bastante tempo que éramos amigas, e eu sabia que Sophie achava que minha pele branca de quem parecia que nunca tinha visto a luz do sol, as olheiras quase permanentes e o cabelo que não se decidia entre loiro e castanho me tornavam irresistível. No entanto, meu espelho e meu histórico de relacionamentos discordavam.
— Você sabe do que estou falando. Mas voltando: o nerd ali parece se encaixar no critério de idade. — Ela arriscou olhar para mim. — E não tem cara de criminoso.
Dei risada.
— Não sei se só de olhar dá pra dizer se um cara é um criminoso ou não, mas...
— Ele também é muito bonitinho.
Meu coração palpitou. Era verdade. E aquela boca...
Quem eu estava tentando enganar? O cara era mais do que "bonitinho".
Franzi o nariz, tentando esconder que concordava.
— Não sei se ele é tudo isso.
— Affe. — Ela bufou. — Faz uma eternidade que Marcus e eu estamos juntos, mas, se não estivéssemos, eu é que não dispensaria o nerd.
Eu me virei para observá-lo, fingindo pensar no que ela dizia.
— Acho que... — comecei a falar, mas a frase morreu no ar. — Acho que, se vou fazer isso, seria melhor nem achar o cara bonito.
— Provavelmente — concordou Sophie. — Você se apaixonar pelo cara pode ser tão inconveniente quanto ele se apaixonar por você.
Revirei os olhos.

— Não tem risco de eu me apaixonar.

E não havia mesmo. Fazia mais de cinco anos que eu não gostava de alguém de verdade. Minha experiência com Matt devia ter me curado daquele mal.

— Sei — disse Sophie, descrente. Então ela arrancou a lista do bloco e me estendeu a folha. — Preciso ir, infelizmente. A babá só pode ficar até as oito. Mas continue você. Assim vai ficar mais fácil escolher alguém.

Eu realmente não tinha como discordar da ideia da lista. Se ia seguir com aquele plano maluco, fazia sentido ter alguns critérios.

— Tá — concordei. — Vou continuar.

Sophie beijou minha testa.

— Então tá, a gente se vê depois. E me conta se for falar com o bonitão da outra mesa.

— *Se* eu falar, prometo que você será a primeira a saber.

No entanto, enquanto Sophie ia embora, eu me dei conta de que tinha poucos dias para encontrar alguém, então talvez fosse melhor tentar com ele mesmo. O cara se encaixava em todos os critérios.

E já tinha dito que estava me devendo uma.

Ele era meio estranho, fato. Ali no café até parecia normal, mas na noite anterior... Por outro lado, eu também era meio estranha, não? Todo mundo era, de uma maneira ou de outra.

E se ele acabasse sendo muito bizarro...

Bom. Não era como se a gente fosse continuar se vendo depois do casamento de Gretchen.

Guardei a lista que havia feito com Sophie na bolsa.

Estava decidida a ir até a mesa do cara para apresentar minha proposta ridícula.

Assim que criasse coragem.

SETE

Trecho do planner de R. C., escrito em caneta azul, com várias palavras riscadas

Missão: Viver cada dia com coragem, compaixão e curiosidade. Tentar me tornar a melhor versão de mim mesmo e inspirar as pessoas ao meu redor.

Como estou me sentindo:

Distraído. (Entrei neste café para tentar recuperar minha habilidade cognitiva, ou o que quer que o site explicando o que era um planner tenha falado, mas Amelia Collins está AQUI com uma amiga. E ela não para de ME OLHAR.)

Confuso. (Como nos cruzamos DUAS VEZES em 24 HORAS em uma cidade com milhões de habitantes?? E por que ela está me encarando desse jeito?)

Objetivos do dia:

1. Ignorar Amelia

2. Me concentrar neste planner e na revista que peguei de um adolescente a caminho daqui para usar como disfarce (o Coletivo não está procurando por alguém usando as roupas sem graça de Frederick e lendo uma revista sobre dragões e masmorras)

3. Tá, ela parece estar tentando se decidir se vem falar comigo ou não. Parece nervosa. Nem sinal da determinação de ontem à noite. (Por Hades, ela é bonita. Ando tão distraído com tudo que até tinha me esquecido disso.)
4. Tá, tá, ela ESTÁ MESMO vindo falar comigo. Merda, MERDA, depois eu conto

AMELIA

QUANDO CHEGUEI À MESA DO CARA, CRAVEI AS UNHAS NA PALMA da mão, tentando me manter concentrada no momento.

Ele fechou o caderno em que estava escrevendo na mesma hora e o deixou de lado. Depois, voltou os olhos azuis surpreendentemente vívidos para mim.

— Hum... olá.

Hesitei, mordendo o lábio inferior.

— Preciso de um favor.

Odiei como minha voz saiu baixa e nervosa. Mas era tarde demais para voltar atrás. Puxei a cadeira à frente dele e me sentei.

Ele arregalou os olhos em surpresa.

— Você precisa de um favor?

Reuni coragem enquanto ele me olhava. De perto, nem tinha como mentir para mim mesma, fingindo que o cara não era bonito. Eu me forcei a lembrar que aquilo não importava. O importante era que ele topasse.

— Isso — confirmei.

Ele se recostou na cadeira e cruzou os braços.

— Não costumo fazer favores.

A voz dele emanava superioridade. Fiquei olhando para o cara, embasbacada que alguém lendo uma revista com um dragão na capa pudesse ser tão convencido.

— Quer saber? Esquece.

Eu ia pensar em alguma outra maneira mais adulta de lidar com a situação. Não precisava recorrer a mentiras. Eu era adulta. Era *contadora*. Não ia me prestar a esse papel.

Afastei a cadeira e me levantei para ir embora.

— Espere — disse ele, e soou como uma súplica. — Não terminei.

— Você ia dizer mais alguma coisa, depois de deixar claro que não faz favores?

Ele balançou a cabeça.

— O que eu disse foi que não *costumo* fazer favores. Mas atrapalhei sua noite ontem, e disse que estava devendo uma pra você. — O cara deu de ombros. — Não achei que você fosse levar a sério, até porque não achei que fosse te rever. Mas agora que estamos aqui... posso pensar no seu caso. Dependendo do que você precisar, claro.

Ele fez um sinal para que eu voltasse a me sentar, mas hesitei. Que tipo de pessoa tinha como política não fazer favores? Eu não tinha muitas opções, no entanto.

— Obrigada — falei, voltando a me sentar na cadeira de que acabara de sair.

— De nada. Então... do que você precisa, Amelia Collins?

Eu podia fazer aquilo. Respirei fundo, endireitei a postura e disse:

— Preciso de alguém que finja ser meu namorado no casamento da minha prima.

Ele ficou olhando para mim. Um grupo de adolescentes barulhentos passou por nossa mesa a caminho do balcão. Nem demos atenção a eles.

— Desculpe, mas... quê?

— Sei que parece loucura...

— Parece mesmo — concordou. — Parece loucura total.

— Juro que vai fazer todo o sentido depois que eu explicar. — Refleti por um momento, e corrigi: — Juro que vai fazer *algum* sentido.

— Sou todo ouvidos.

Ele deu um meio sorriso, como se estivesse achando graça. Droga, aquela boca era uma distração *enorme*. Então, me ocorreu que eu ainda não sabia seu nome. Não havia colocado "saber o nome dele" na lista de critérios, mas parecia uma informação essencial.

— Pode me dizer seu nome antes?

Ele ergueu uma sobrancelha.

— Por quê?

— Você sabe o meu, mas tenho pensado em você como o babaca de chapéu. — Aquilo arrancou uma risada surpresa dele. Droga, por que até a risada do cara precisava ser atraente? — Parece injusto.

O meio sorriso dele se transformou em um sorriso irônico.

— Então você tem pensado em mim?

Eu sempre pensei que "ficou vermelha como um pimentão" era só modo de falar, mas estava enganada.

— Nem um pouco — menti. — Quero dizer, tirando ontem à noite, quando você quase me matou atropelada na calçada.

— Você tem um talento excepcional para o drama, considerando que é contadora.

— Tenho um talento mediano para o drama, considerando que sou contadora — retruquei, me sentindo meio descontrolada. Falar com aquele homem era como tentar andar em linha reta em um navio afundando.

— O que dá no mesmo que dizer que não tenho o menor talento para o drama. E olha quem está falando... Ontem à noite você estava de chapéu fedora e sobretudo, mesmo a temperatura estando abaixo de zero. Parecia até que... que...

Deixei a frase no ar, me faltavam palavras.

Ele fez uma careta.

— Que eu queria chamar atenção?

— Isso — falei. — Exatamente. Você parece ser superdramático, para ser sincera.

— Em geral, esse comentário me agradaria — disse ele, parecendo muito insatisfeito. — Mas, dadas as circunstâncias atuais, não fico feliz que minha tentativa de me misturar não tenha funcionado.

Eu não fazia ideia do que o cara queria dizer com aquilo, e não me importava. Estávamos nos desviando do assunto. Perdendo tempo.

— Vai me dizer seu nome ou não vai? — falei.

— Ah — disse ele, como se tivesse acabado de lembrar que eu estava ali. — Vou. Reginald.

— Reginald? — Era... um nome bastante incomum para alguém da minha idade. — É seu nome de verdade?

— Por que eu diria um nome de mentira?

Dei de ombros.
— Parece algo que você faria.
Ele riu.
— Justo. Mas Reginald é mesmo meu nome.
— E seu sobrenome?
Ele suspirou.
— Meu sobrenome é Cleaves. Meu nome completo é Reginald Cleaves. Agora que sabe quem eu sou, vai me explicar por que precisa que eu finja ser seu namorado?
Certo. Aquilo.
— Reginald... Na verdade, posso te chamar de Reggie?
— Por quê?
— É um pouco menos estranho que *Reginald*.
Ele deu de ombros.
— Como quiser.
— Então, Reggie — comecei de novo. Como poderia explicar a situação a ele de uma maneira que não me fizesse parecer uma adolescente petulante? Talvez fosse impossível. — Minha família é meio passivo-agressiva em relação ao fato de eu estar solteira. A coisa piora muito sempre que uma prima minha decide se casar. E acabei de descobrir que chegou a vez da minha prima Gretchen. Então pensei... — Não terminei a frase, procurando uma maneira de colocar o que tinha acontecido em palavras. — Pensei que, se eu aparecesse no casamento com um suposto namorado, as pessoas me deixariam em paz.

O sorriso irônico tinha retornado ao rosto de Reggie. Sinceramente, eu não podia culpá-lo. Estaria com a mesma cara se estivesse no lugar dele.

— E quando você me viu aqui, cuidando da minha vida, achou que eu me encaixaria no papel.

— Isso.

— Por quê? — Reggie cruzou os braços sobre a mesa e se inclinou em minha direção. — A gente não se conhece, mas acho que já demonstrei que não sou exatamente uma pessoa boa, ou mesmo confiável. Não apenas atropelo contadoras inocentes na calçada como leio revistas de cabeça para baixo. *De propósito*.

Ele apontou para a revista que havia deixado de lado com um brilho tão autodepreciativo nos olhos que não consegui evitar dar um sorrisinho.

— Não ligo pra isso.

— Não?

— Não. — Encarei-o. — Você é um *serial killer*?

O sorriso dele fraquejou. A mão que descansava na mesa se fechou.

— Como?

— Tudo o que espero do meu namorado de mentira é que ele não seja um criminoso violento, um assassino, ou coisa do tipo. — Dei de ombros.

— Não sou muito exigente. Só estou pedindo algumas horas do seu tempo, não sua mão em casamento. Depois da festa, você nunca mais vai me ver. E se quer saber por que pensei em você...

— Você pensou em mim por causa da minha beleza devastadora e do meu charme irresistível — disse ele, com falsa seriedade. — Não foi?

Suas palavras me fizeram corar.

— Hum... não.

Fiquei tentando encontrar a melhor maneira de dizer *pensei em você porque não vou ter tempo de encontrar outra pessoa para o jantar da tia Sue no domingo, e você parece esquisito o bastante para concordar com o plano, e se eu aparecer com alguém meio péssimo talvez meus pais percebam que há coisas piores que eu continuar solteira, e porque, sim, acho você bonito e estranhamente charmoso, mas isso não tem nada a ver*, de um jeito que não soasse ofensivo e não me fizesse parecer ainda mais patética do que eu me sentia.

— Você pensou em mim porque apareci no lugar certo na hora certa — disse Reggie, como se tivesse lido minha mente.

Ele nem se dera ao trabalho de fazer soar como uma pergunta. Foi como se ele estivesse falando sobre o clima.

Hesitei. Era mais fácil admitir logo.

— Estou sem tempo. Preciso de alguém o mais rápido possível. E como você mesmo disse, está me devendo uma.

Para minha surpresa, Reggie se recostou na cadeira e riu, alto o bastante para que os adolescentes fazendo o pedido no balcão se virassem para olhar.

— Adorei — disse ele, ainda rindo. — Famílias precisam de lembretes para não se meter no assunto dos outros há séculos. Eu topo.

Fiquei de queixo caído.

— Não acha que é um plano absurdo?

— Ah, é mais do que absurdo. E é por isso que eu topo. Vai ser ótimo poder ajudar você ao mesmo tempo que faço algo tão hilário assim. — Reggie suspirou, mexendo na caneca de café. Então acrescentou, em um tom muito mais contido: — E estou mesmo te devendo uma.

Se a voz dele já era sexy quando ele estava sendo um babaca convencido, quando usava um tom conciliador...

Eu não queria nem saber como concluiria a frase.

Felizmente, quando Reggie voltou a falar, foi muito objetivo:

— Tá, se vamos fazer isso... o que eu preciso saber?

Refleti por um momento. O que ele precisava saber antes de começarmos?

Pensei em todos os caras do Tinder com quem eu havia saído que esperavam sexo no primeiro encontro. Era melhor já tocar logo no assunto.

— Sexo não faz parte do acordo — falei.

Reggie tossiu. O que quer que esperasse que eu dissesse, nitidamente não era aquilo. Ele se ajeitou na cadeira depois de se recuperar do susto.

— Eu... tá. Entendido.

— Isso não tem nada a ver com sexo — insisti.

— Não, claro que não — concordou ele na mesma hora. — Não achei que fosse o caso. É um daqueles clássicos acordos platônicos de namoro de mentirinha.

Suspirei de alívio por dentro. Pelo menos aquilo já havia sido esclarecido.

— Também preciso avisar que tem um jantar antes do casamento. Se você puder ir... Acho que seria bom você aparecer em pelo menos um evento antes do casamento em si, pra convencer o pessoal.

— Faz sentido — concordou ele, passando a mão no queixo. — Sua família vai estar focada na noiva no dia do casamento, e não em mim. Ou em nós. O impacto vai ser muito maior em outro evento.

Droga, ele era bom naquilo.

— Foi o que pensei — falei. — Mas confesso que estou me guiando só pelos meus instintos. Ainda não...

— Pensou em tudo?

Fiquei revoltada, tanto pelo comentário como pelo fato de que ele tinha acertado.

— Como você sabia o que eu ia dizer?

Ele riu.

— Se tem algo que sei reconhecer em outra pessoa é quando ela começa a agir por impulso. — Reggie inclinou a cabeça na minha direção para acrescentar: — Porque eu mesmo tendo a funcionar assim.

Aquilo não me surpreendeu.

— Bom, não é nem um pouco o jeito como *eu* tendo a funcionar.

— Não é? — Ele ficou olhando para mim. — Vamos pensar nas duas vezes em que nos encontramos. Na primeira, você saiu correndo do escritório sem olhar aonde ia, na segunda, você pediu ajuda a um completo desconhecido para fingir para sua família que você tem um namorado.

— Fique sabendo que... que eu sou *contadora* — retruquei, me sentindo uma idiota.

— Eu sei disso. — Ali estava de novo, a suavidade em seu tom com a qual eu não sabia lidar. — Aliás, combina com você. A carreira.

Eu tampouco sabia como lidar com *aquilo*.

— É — falei, como uma boba. Precisava recuperar um pouco do controle da situação. — Bom, o jantar é no domingo em Winnetka. Começa às seis e meia. Minha mãe disse que o traje é casual, mas provavelmente estão esperando que todos estejam meio arrumadinhos. — Olhei para ele, tentando avaliar sua reação. — Você vai poder ir?

Achei que Reggie fosse pegar o telefone para verificar se tinha algo marcado. No entanto, ele respondeu sem hesitar:

— Estou livre no domingo às seis e meia e *adoraria* ir com você.

Mexi a caneca para me distrair do fato que ele havia estendido o "adoraria" como se estivesse falando sério.

— Ótimo. — Meu Deus do céu, o que eu estava fazendo? — Então, combinado.

— Combinado.

— Já vou avisando que não sei se a comida vai ser boa — acrescentei.

— Principalmente se você for intolerante a lactose ou só comer peixe.

— Balancei a cabeça. — Se por azar tiver essas duas restrições, como eu, provavelmente só vai poder comer pão e legumes.

Ele ergueu uma sobrancelha.

— Não se preocupe comigo. Não costumo comer em eventos assim.

— Ele pigarreou e baixou o olhar para a caneca. — Mas por que sua família não serve algo que *você* possa comer? Eles não sabem das suas restrições alimentares?

Revirei os olhos.

— Sabem, e como. Mas tendem a não pensar em mim quando planejam as coisas.

Ele pareceu seriamente afrontado.

— E fazem você se sentir obrigada a ir mesmo assim?

Dei de ombros.

— Acabei me acostumando com o fato de que eles ignoram quando eu peço opções vegetarianas. Agora nem tento mais. — Quando Reggie permaneceu em silêncio, olhando para mim, acrescentei: — Em geral, tento comer alguma coisa antes de encontrar com eles. Não tem problema.

Eu não queria que Reggie achasse que aquilo era importante, porém, a julgar pela intensidade de sua expressão e pelo maxilar tensionado, ele achava que era. A reação dele me incomodava um pouco. Tornava mais difícil continuar fingindo que o fato de que minhas necessidades não eram levadas em conta nos eventos da família não me magoava.

Um momento depois, ele pareceu deixar para lá e pigarreou.

— Tá. Então tem o jantar no domingo. Mais alguma coisa?

Meu rosto pegou fogo. De jeito nenhum eu iria convidar um desconhecido para me acompanhar em um fim de semana só de casais com a minha família em Wisconsin.

— O jantar de domingo é o mais importante. Mas... — Desviei o rosto, prendendo uma mecha de cabelo atrás da orelha. — Eu aviso se aparecer mais alguma coisa.

Reggie assentiu.

— Está bem. Seu cartão de visita?

Fiquei olhando para a mão estendida dele. Seus dedos eram compridos e graciosos. Eu me perguntei se ele tocava violino ou outro instrumento delicado. Certamente tinha mãos para tal.

Parecia injusto que aquelas mãos pertencessem a um homem que eu não veria mais depois do casamento. Eu apostava que ele era *muito* bom com elas.

Pare com isso, disse a mim mesma. *Essa não é a questão.*

— Por que você precisa do meu cartão? — perguntei, desviando os olhos de suas mãos com alguma dificuldade. — E por que acha que carrego cartões por aí?

— Se vamos mesmo fazer isso, precisamos entrar em contato de alguma forma — disse ele. — Imagino que seu cartão de visita tenha as informações necessárias.

Ah. Tá.

— E, como você é contadora, imagino que carregue cartões com você — concluiu Reggie.

— Normalmente carrego mesmo — confessei, pensando no porta-cartões metálico que eu tinha deixado no escritório na noite anterior. — Mas não estou com eles agora. Eu... ando meio esquecida.

Reggie pareceu entender. Ele pegou o celular, digitou a senha e o passou para mim.

— Então, vamos fazer do jeito antigo. Me passe seu número.

Olhei para a tela. Fiquei mais do que surpresa ao ver os contatos que ele tinha gravados.

Em parte porque eram só dois.

E principalmente porque eu sabia quem eram.

Sabia quem Frederick Fitzwilliam era só de nome, mas conhecia Cassie Greenberg fazia anos.

Ela era a melhor amiga de infância do meu irmão. Não éramos muito próximas na época, mas Cassie sempre tinha me parecido uma pessoa impulsiva, com quem as coisas simplesmente aconteciam, em vez de exigirem um esforço ativo. Ela era simpática, no entanto, e vinha sendo uma boa amiga para Sam ao longo dos anos.

A última notícia que eu havia recebido dela era de que tinha conseguido um emprego como professora de artes e estava namorando Frederick. O que...

É.

Bom para ela.

Mas era muito estranho que os dois únicos contatos na agenda daquele cara fossem da melhor amiga do meu irmão e do namorado dela. Nada de pais nem irmãos... só Cassie e Frederick.

— De onde você conhece a Cassie? — perguntei.

De repente, a sequência de coincidências começou a me parecer estranha demais para não passar disso. Encontrar com a mesma pessoa dois dias seguidos já era bizarro o bastante. E ainda aquilo?

— Você conhece a Cassie?

A surpresa no rosto dele parecia genuína demais para não ser. O que foi estranhamente reconfortante. Se tudo não passasse de um plano muito elaborado para me roubar ou me matar, Reggie não pareceria e soaria tão chocado.

— Conheço. É a melhor amiga do meu irmão.

— Seu irmão... — Fiquei olhando para Reggie enquanto ele processava o que eu havia acabado de dizer. Após um momento, seus olhos se iluminaram. — Sam — disse ele, estalando os dedos. — Você é irmã do Sam.

Um arrepio percorreu minha espinha.

— Você conhece o Sam?

— Só de nome — respondeu. — Sei que o melhor amigo de Cassie é um cara chamado Sam. Cassie é namorada do meu...

A frase foi interrompida enquanto ele parecia procurar a palavra certa para descrever o namorado de Cassie.

Ergui uma sobrancelha.

— Namorada do seu...? — repeti.

— Frederick. O outro contato no meu telefone. Frederick e eu somos... — Ele passou uma das mãos pelo cabelo. — A gente se conhece há muito tempo.

— Tenho uma melhor amiga assim também — comentei. — Sophie. A gente se conhece desde o ensino fundamental. — Quando Reggie não respondeu, perguntei: — Você e Frederick também são amigos de infância?

Ele fechou um pouco a expressão.

— Não — disse apenas, e não pareceu interessado em se explicar.

O que era justo. Ele não me devia uma explicação.

— Bom, agora você tem três contatos — falei, digitando meu nome e meu número antes de devolver o telefone.

— Pelo visto, sim.

Passei meu telefone para Reggie e não consegui desviar o olhar de suas mãos graciosas enquanto ele digitava o nome e o telefone.

— Você não fala com seus pais? — perguntei.

Ele piscou algumas vezes.

— Por que a pergunta?

Dei de ombros.

— É estranho você não ter mais ninguém na agenda, além de dois amigos. Só isso.

Reggie me observou por um longo momento.

— Não tenho mais contato com a minha família.

Aquilo me deixou triste. Minha família me deixava louca, mas éramos bem próximos. Eu amava todos, e nem conseguia me imaginar não falando com eles.

— Sinto muito — falei, e sentia mesmo.

Reggie sorriu, embora o sorriso não alcançasse os olhos.

— Tudo bem — disse ele. — Já tive bastante tempo pra me acostumar.

— Reggie olhou para o pulso, embora não estivesse usando relógio. — Ah, olha só a hora. Preciso ir. Tenho uma consulta.

— Uma consulta às oito da noite de uma quarta-feira? — perguntei, surpresa.

Ele ignorou o comentário e estendeu uma mão.

— Mas antes... Não sou advogado, mas acho que acabamos de fazer um acordo. Então precisamos apertar as mãos. — Reggie pigarreou. — Para tornar tudo oficial.

Fiquei olhando para a mão dele. A ideia de apertá-la me deixava empolgada, de um jeito inesperado.

Ele estava certo. Eu *não tinha* pensado direito. Decidira que o acordo não envolvia sexo, mas não me ocorrera que provavelmente precisaria tocá-lo de alguma maneira, no mínimo na frente da minha família.

Afinal, queríamos convencer todo mundo de que éramos um casal. E casais se tocavam.

Eu precisava me controlar. Se não conseguia lidar com um simples aperto de mãos em um café, como conseguiria tocá-lo na frente da minha família?

Eu podia fazer aquilo.

Tinha que fazer aquilo.

Respirei fundo. Então, recorrendo à mesma fonte que havia me ajudado a passar no exame de suficiência para contadores, apertei a mão dele. A minha pareceu minúscula em sua mão macia e surpreendentemente fria.

Eu não fazia ideia de que tinha tantas terminações nervosas. De alguma maneira, senti aquele aperto de mãos até os dedos do pé.

— Boa noite, Amelia — disse Reggie, a voz suave como seda, ainda segurando minha mão. Ele não parecia disposto a soltá-la, embora tivesse acabado de dizer que precisava ir. — Mal posso esperar para fingir ser seu namorado.

Se fosse possível entrar em combustão espontânea, aquele último comentário teria me feito explodir em chamas. Reggie tinha um sorriso travesso no rosto, como se soubesse exatamente o que aquelas palavras estavam fazendo comigo.

Minha voz pareceu vir de muito longe quando falei, antes que conseguisse me segurar:

— Também mal posso esperar para fingir ser sua namorada.

OITO

Trecho do planner de R. C., escrito ora em caneta azul, ora em caneta vermelha

Missão: Viver cada dia com coragem, compaixão e curiosidade. Tentar me tornar a melhor versão de mim mesmo e inspirar as pessoas ao meu redor. Viver uma vida sem missões.

Como estou me sentindo: Estressado, distraído (um pouco menos que ontem) e com fome (que nem ontem)

Vantagens de fingir ser o namorado de Amelia:

1. Melhor pegadinha do século
2. ÓTIMA distração da minha Situação Atual
3. Me passar por humano (provavelmente) vai me ajudar a evitar ser notado, nada de ruim acontece em casamentos humanos (porque são chatos demais!!!) e eles nunca pensariam em me procurar em Winnetka (a comunidade vampírica prefere Naperville)
4. Talvez ela me ajude com a declaração do imposto de renda
5. Talvez eu possa segurar a mão dela de novo
6. Ou quem sabe eu possa até beijá-la

Desvantagens de fingir ser o namorado de Amelia:

1. Frederick vai surtar quando descobrir, o que vai ser MUITO irritante
2. Acho que só

Dúvidas?

1. São muitas coincidências. A gente se trombar duas vezes? O melhor amigo de Cassie ser IRMÃO de Amelia? Estranho.
2. Como não tem um monte de caras se oferecendo para ajudar? Amelia é linda, inteligente etc. e tal. Não faz sentido precisar pedir isso a um desconhecido.

Objetivos do dia: Não contei que sou um vampiro e preciso fazer logo isso (não vou cometer o mesmo erro que Freddie cometeu com Cassie). Espero que Amelia receba a notícia melhor que Cassie. Espero que parte dela ache até legal que eu sou legal.

AMELIA

QUANDO CHEGUEI EM CASA DO GOSSAMER'S, VESTI UMA REGATA e um short de pijama, abri uma latinha de água com gás sabor maracujá e procurei "Reginald Cleaves" no Google.

Eu nunca havia namorado alguém de mentirinha. No entanto, a parte de procurar o cara no Google antes de começar a sair com ele não me parecia ser muito diferente de um namoro de verdade.

Fui rolando a tela dos resultados enquanto bebia minha água, a testa franzida.

Nenhuma das ocorrências era relacionada ao homem com quem eu havia acabado de tomar café.

O agente Archibald **Cleaves** organizou uma festa de despedida para Tom Cruise em sua casa em **Reginald** Way, North Hollywood...

No vídeo, **Reginald**, com a ajuda de um microscópio eletrônico da Universidade de Berkeley, divide o átomo em duas partes...

O vampiro fugitivo **R. C.** é procurado pelo assassinato de dezenas de convidados inocentes há quase dois séculos...

A última menção me fez parar na hora.
Vampiro fugitivo?
Quase *dois séculos*?
Cliquei no link, mais por uma curiosidade mórbida que por qualquer outra coisa.

Fui levada a um site amador que parecia ter sido criado vinte e cinco anos antes e não fora atualizado desde então. A página era tomada por um texto em fonte Comic Sans em um tom vermelho tão forte que tornava a leitura quase impossível. Passei os olhos, e uma risadinha me escapou quando cheguei a uma série de instruções.

O vampiro fugitivo R. C. é procurado pelo assassinato de dezenas de convidados inocentes há quase dois séculos!!!!
Nós, o Coletivo, somos a única organização vampírica que permanece dedicada a levá-lo à Justiça a qualquer custo.

CASO TENHA INFORMAÇÕES SOBRE ESTE:

CRIMINOSO
VAMPIRO MALIGNO
CARA HORRÍVEL

POR FAVOR, ENTRE EM CONTATO IMEDIATAMENTE COM OCOLETIVO_1876@HOTMAIL.COM

Revirei os olhos e fechei o site.

Algumas pessoas tinham muito tempo livre. Eu não era uma delas, e não estava a fim de mergulhar em conteúdos absurdos da internet àquela hora da noite.

Talvez eu tivesse digitado o sobrenome dele errado quando salvei o contato. Testei versões diferentes, para ver se obtinha resultados melhores.

Reginald Cleves.
Reginald Cleeves.
Reginald Cleives.

Nada funcionou.

A falta de resultados deveria ser preocupante, não? Talvez ele tivesse mesmo me passado um nome falso.

Bocejei e esfreguei os olhos. Era tarde, e eu estava exausta. O despertador tocaria às seis da manhã, e, se eu quisesse funcionar no dia seguinte, precisava ir para a cama.

Entender qual era a de Reggie podia esperar.

....

ACORDEI COM O CELULAR VIBRANDO ALTO NA MESA DE CABECEIRA. Em geral, eu colocava no silencioso antes de dormir. No entanto, depois de chegar em casa tarde e passar umas boas duas horas pesquisando inutilmente algum rastro de Reggie na internet, eu não havia conseguido cumprir todos os meus rituais noturnos.

Segundo o despertador, eram quase duas da manhã. Ninguém que eu conhecia ligaria àquela hora. Eu me virei e me escondi sob as cobertas, tentando ignorar quem quer que fosse. No entanto, em vez de desistir, a pessoa simplesmente voltou a ligar.

E ligou uma terceira vez.

Tateei a mesa de cabeceira. Quando meus dedos encontraram o celular, eu o aproximei do rosto para ver quem era antes de recusar a ligação.

Reggie.

Eu me sentei em um pulo.

Por que *ele* estaria me ligando no meio da noite?

Pensei no que eu estava vestindo — uma regata fina e short. E no fato de que estava na cama.

Grunhi. Que besteira.

Por que eu deveria me importar com o fato de que eu provavelmente estava toda desarrumada e com uma roupa reveladora?

Eu não estava nem aí.

Mesmo assim, passei a mão no cabelo antes de atender.

— Alô?

Fiz uma careta ao ouvir minha voz de sono.

— Amelia Collins. — A voz de Reggie me pareceu tão grave e agradável quanto no café. Ele parecia totalmente desperto. Diferentemente de mim. — É uma hora ruim?

Ele estava falando sério?

— São quase duas da manhã. Eu estava dormindo.

Silêncio.

— Droga. Desculpe. Nem me dei conta.

— Você nem se deu conta de que é de madrugada?

Reggie só podia estar brincando. Meu relógio biológico acompanhava o passar do tempo quase tão bem quanto meu celular. Não conseguia acreditar que nem havia passado pela cabeça dele que eu poderia estar dormindo.

— Sou mais da noite.

Eu me joguei de novo na cama e cobri o rosto com um braço.

— Por que me ligou?

Tarde demais, eu me dei conta de que, em vez de fazer aquela pergunta, eu deveria apenas ter desligado. Em minha experiência limitada, ligações feitas no meio da noite em geral envolviam sexo ou uma emergência. E eu não queria saber nem de um nem de outro.

— É tarde — disse Reggie, meio encabulado. — Eu... desculpe por ter acordado você. A gente pode conversar mais tarde.

Então não era sexo. Nem uma emergência.

— Agora já estou acordada — falei. — E amanhã estou ocupada. Se era importante o bastante pra você me ligar no meio da noite, pode falar.

— Tá. — Ele respirou tão fundo que deu para ouvir do outro lado da linha. — Quando cheguei em casa, me dei conta de que não combinamos o que vamos dizer à sua família sobre nosso *relacionamento*. — Reggie colocou tanta ênfase na palavra "relacionamento" que pude até vê-lo fazendo as aspas com as mãos. — Temos que resolver esse tipo de coisa antes de domingo.

Pisquei algumas vezes para o teto. *Droga.* Ele tinha razão. Nem tinha me ocorrido que precisávamos pensar em uma história sobre como havíamos nos conhecido. E deveria ter me ocorrido.

Eu era muito ruim naquilo.

— Não pensei em nada — confessei.

Eu queria acreditar que aquilo teria passado pela minha cabeça, mas ficara tão envolvida buscando um namorado de mentirinha que não havia tido tempo para pensar nos próximos passos.

Ele riu.

— Você realmente não pensou direito nesse plano...

— É — admiti, e me virei na cama. — Então... O que a gente diz pra eles?

— Só o básico. Onde nos conhecemos, há quanto tempo estamos juntos... — Ele ficou em silêncio por um momento. — A vez em que eu salvei você das garras de um dragão furioso. Esse tipo de coisa.

Pela voz de Reggie, eu sabia que ele estava sorrindo. Tive que rir, apesar da hora.

— Claro. Só o básico.

— Sei que você é uma pessoa ocupada, e já deixou claro que é uma péssima mentirosa. — Embora se tratasse de um insulto, seu tom não era cruel. Fora que eu não tinha o direito de ficar brava: Reggie estava certo. — Mas você conhece sua família melhor do que eu, então é melhor os detalhes ficarem por sua conta. Mesmo que um dos meus passatempos preferidos seja inventar histórias. — Depois de um momento, ele acrescentou: — E, se for parte de uma trama elaborada, melhor ainda.

— Por que isso não me surpreende? — perguntei, sem conseguir evitar um sorriso.

— Sou tão previsível assim?

Assenti, ainda que ele não pudesse me ver.
— É. Mais ou menos.
— Vou tomar como um elogio, mesmo que não seja. — Reggie riu. — Pense em algumas ideias e a gente discute por e-mail.
— Combinado.

Respirei fundo e soltei o ar devagar. Eu podia fazer aquilo. O pânico repentino de quando me dei conta de que havia me esquecido de algo crucial para o sucesso daquele plano começou a se esvair lentamente. De repente, pareceu tão tarde quanto era.

— Bom, agora preciso dormir. Boa noite.
— Espere. — Havia certa urgência na voz de Reggie. — Não foi só por isso que liguei. Na verdade, o outro assunto é mais importante.
— O quê?

Ele demorou a responder.
— Preciso contar uma coisa.

Fiquei esperando que Reggie prosseguisse. Quando aquilo não aconteceu e o único som que chegava do outro lado da linha era uma música que me lembrava vagamente da trilha sonora de *Crepúsculo*, repeti:
— O quê?
— Eu... não fui totalmente sincero com você — disse Reggie, hesitante. — Não *menti*, mas omiti fatos importantes.

Um alarme disparou na minha mente.
— Que fatos?

De novo, silêncio. Gracie, que dormia ao pé da cama, ergueu a cabeça e olhou para mim, como se também aguardasse uma resposta.
— Eu... não sei como dizer isso — admitiu. — Talvez faça você voltar atrás.

Ah, droga.
— Você tem namorada, né?

Não era difícil imaginar que alguém considerasse Reggie charmoso o bastante para sair com ele. O cara certamente era bonito, seria fácil despertar o interesse de alguém.

Reggie deu uma risadinha.
— Não, não é isso. Não tenho namorada.
— Você é *casado*?

Ele foi bem enfático em sua resposta:

— Não. Juro que não estou traindo ninguém de mentira.

— Então, fala.

Meu coração estava disparado. Pensei nas mensagens preocupadas que Sam vinha me mandando. Se Reggie tivesse ficha criminal, eu não poderia continuar com o plano.

— Você é um criminoso?

— Como?

— Tipo, você já foi preso por bater em mulher ou coisa do tipo?

— Ah, não — garantiu ele. — Não é isso.

— Você é um assassino?

Então, porque era madrugada e eu não estava em pleno controle de minhas faculdades mentais, o site escrito em Comic Sans sobre o grupo de vampiros justiceiros me veio à mente.

— Já sei. Você é um vampiro fugitivo, não é?

— Eu... — Reggie pigarreou, depois soltou uma risadinha nervosa. — Como você sabe?

Dei risada também. O cara gostava *mesmo* de inventar histórias.

— Beleza. Você é um vampiro fugitivo. — Voltei a me deitar e jogar um braço sobre o rosto. — Olha, é tarde e não estou muito interessada nessa história. Só preciso ter certeza de que você não vai me machucar. Pode me prometer isso?

— Juro que *nunca* machucaria você — disse ele, parecendo mais sincero do que nunca.

— Ótimo — falei. — Então está tudo certo.

O que quer que ele estivesse com medo de me contar, se não envolvia minha segurança física, não importava. As únicas exigências para meu namorado de mentirinha eram estar vivo, não ser um *serial killer* e estar disposto a desempenhar o papel.

Reggie parecia se encaixar bem.

E eu não o veria mais depois do casamento de Gretchen.

Naquele momento, precisava voltar a dormir, se quisesse sobreviver ao dia seguinte no trabalho.

— Você não se importa mesmo com isso? — perguntou Reggie, parecendo incrédulo. — Não... é uma questão?

Bocejei, já me ajeitando debaixo das cobertas.

— Por que seria uma questão?

Ele deu uma risada tão absurda que só pude concluir que estava brincando.

— Costuma ser coisa demais pra absorver. A maioria das pessoas não quer levar um namorado vampiro a um casamento.

Dei risada, admirada com o comprometimento dele com a brincadeira.

— Namorado de mentira — corrigi.

— Namorado de mentira — repetiu ele. — Mas mesmo assim.

Bocejei, morrendo de sono.

— O que posso dizer? Sou uma pessoa compreensiva.

— É mesmo — concordou ele, de novo parecendo sincero. — Quer perguntar alguma coisa?

Mordi o lábio, pensando a respeito. Aquela conversa até seria divertida, se não fosse madrugada. Mas era. E eu estava cansada demais para dar corda.

— Agora não, mas qualquer coisa eu falo.

— Tá bom — disse ele, afinal. — Hum, bom, fico feliz que não seja um problema para você. Só não conte para ninguém, por favor. A gente procura não sair falando, por motivos óbvios.

Beleza, amigão.

— Uhum — falei, já pegando no sono.

Quase dava para ouvir Reggie ponderando se dizia mais alguma coisa. Ele deve ter se dado conta de que eu estava quase dormindo, no entanto, porque falou apenas:

— Boa noite, Amelia. Desculpe ter acordado você. Durma bem.

Fechei os olhos, e obedeci.

NOVE

Troca de mensagens entre Reginald Cleaves e Frederick J. Fitzwilliam

REGINALD: Preciso de uma roupa pra domingo à noite

FREDERICK: Permaneço completamente contrário a essa história toda

REGINALD: Eu sei

FREDERICK: No que você estava pensando?

REGINALD: É uma ótima ideia, talvez ela faça minha declaração sem cobrar

FREDERICK: E considerando que a situação com o Coletivo deve se estender, não acha que deveria comprar suas próprias roupas?

REGINALD: Por que gastar com roupas chatas se posso pegar as suas?

FREDERICK: Minhas roupas não são chatas
FREDERICK: Cassie que compra

REGINALD: Elas funcionam pra você
REGINALD: Mas você sabe que gosto de chamar atenção

FREDERICK: Sei. Bom, estamos passando uns dias fora. Não tenho como emprestar mais nada no momento

REGINALD: Onde vocês estão?

FREDERICK: Em uma cidadezinha à beira-mar no Maine. O folheto dizia que o pôr do sol é lindo aqui e que a praia é ótima para caminhar
FREDERICK: Vou pedir Cassie em casamento
FREDERICK: Só espero ter coragem de perguntar o que ela quer fazer sobre "o lance todo da mortalidade", como você falou no outro dia

REGINALD: CARA. Que demais! Parabéns!

FREDERICK: Obrigado, estou animado ☺

REGINALD: E com um pouco de medo?

FREDERICK: Muito

REGINALD: Vai dar tudo certo
REGINALD: Posso entrar no seu apartamento enquanto você estiver viajando?

FREDERICK: De jeito nenhum
FREDERICK: Não depois do que você fez com a lareira

REGINALD: Já pedi desculpa

FREDERICK: E eu aceitei
FREDERICK: Mas você ainda não pode entrar lá sozinho

REGINALD: Tá, tá, vou escolher alguma coisa do meu guarda-roupa mesmo

FREDERICK: Só não usa o Peludão, nem nenhum figurino que você tenha roubado daquela companhia de teatro nos anos 1980, e nada de boá

REGINALD: Agora que você falou, é EXATAMENTE isso que eu vou usar

FREDERICK: Bom, problema de Amelia, e não meu
FREDERICK: Inclusive, imagino que ela tenha acabado aceitando a ideia de levar um vampiro como acompanhante, pelo visto?

REGINALD: Amelia ficou surpreendentemente de boa com a história toda

FREDERICK: É mesmo?

REGINALD: É! Eu nem imaginava
REGINALD: Achei que ela fosse surtar que nem a Cassie

FREDERICK: Eu também
FREDERICK: Na verdade, os Anais sugerem que de modo geral os humanos reagem à revelação de que alguém é um vampiro muito mal, com gritos, estacas de madeira e afins

REGINALD: Vai ver Sam contou pra Amelia sobre você, e agora ela pensa que somos todos inofensivos também

FREDERICK: Cassie disse que fez Sam jurar que não contaria
FREDERICK: E eu NÃO SOU inofensivo

REGINALD: Bonzinho, então. Bom, vai ver. o Sam achou que a promessa não se estendia à família dele

FREDERICK: Pode ser
FREDERICK: Mas como ela recebeu a notícia de que tem uma gangue de vampiros vingadores atrás de você?

REGINALD: Ela pareceu nem ligar que sou um vampiro fugitivo!

FREDERICK: Não é possível
FREDERICK: Tem certeza?

REGINALD: Acho que sim? Mas ela estava pegando no sono, vai ver entendi mal
REGINALD: Mando notícias

AMELIA

QUANDO ENTREI NA MINHA SALA NA MANHÃ SEGUINTE, MINHA assistente, Ellen, estava organizando alguns papéis em uma pilha.

— Desculpe — disse ela, olhando para mim. — A Fundação Wyatt mandou outra caixa de documentos ontem à noite. Já estavam aqui quando cheguei.

— Não precisa pedir desculpa. — Deixei a bolsa em uma das cadeiras de tecido azul reservadas às poucas pessoas que me visitavam no trabalho e me sentei à mesa. — Este é literalmente seu trabalho.

— Eu sei — disse ela—, mas fico preocupada que essa papelada vá acabar soterrando a gente.

Ellen se virou e foi embora, deixando-me sozinha com uma bela dor de cabeça.

Eu não consegui dormir direito depois do telefonema de Reggie. Não era todo dia que alguém que eu combinava de namorar de mentirinha me ligava no meio da noite, mas, aparentemente, quando acontecia, eu ficava com insônia.

As noites consecutivas sem dormir bem estavam cobrando seu preço.

Eu tinha planejado me dedicar a alguns clientes que vinha negligenciando desde que me encarregara da Fundação, mas a papelada que havia acabado de chegar tornava aquilo impossível.

Com sorte, aquela leva responderia às minhas perguntas mais recentes. Mas se eu tivesse recebido de novo coisas como materiais promocionais produzidos por estagiários para a página da Fundação no Facebook, ou convites para eventos de arrecadação de fundos da Sociedade de Exsanguinação, precisaria marcar uma conversa cara a cara com a diretoria financeira deles.

Eu estava prestes a começar a trabalhar quando Evelyn Anderson, a diretora a quem eu respondia com mais frequência, bateu à porta.

Ela nunca aparecia sem avisar. O que estaria acontecendo?

— Evelyn — falei, endireitando-me na cadeira. — Oi.

Com terninhos caros e cabelo perfeito, Evelyn era mais bonita e elegante aos cinquenta e sete do que a maioria das pessoas de trinta anos tinha o direito de ser. De repente, minha atenção se concentrou no que eu mesma estava usando: calça social escura o bastante para disfarçar o fato de que já deveria ter sido mandada para a lavanderia e o único casaquinho da pilha de roupa da cadeira do meu quarto que não estava coberto de pelo de gato.

Poderia ser pior, mas eu odiava não ter tudo sob controle. Quando minha casa estava bagunçada, minha vida ficava uma bagunça. Não me sentia eu mesma. Ficava à deriva, o que me deixava muito desconfortável.

— Como estão as coisas? — perguntou Evelyn.

Em meus sete anos trabalhando ali, eu podia contar em uma mão a quantidade de vezes que Evelyn Anderson havia puxado papo. Pigarreei, tentando disfarçar minha surpresa.

— Ah, você sabe — falei, procurando parecer casual. — Indo.

Evelyn se recostou no batente da porta e cruzou os braços esguios.

— Sei que a Fundação Wyatt é um pesadelo. E sei que você tem se esforçado muito.

— Obrigada — falei, grata pelo reconhecimento.

— Pensei que você podia fazer uma apresentação sobre eles para os diretores depois da entrega — sugeriu ela.

Senti o coração palpitar.

— Sério?

Evelyn assentiu.

— Quero que a empresa destine mais recursos a entidades sem fins lucrativos. — Ela sorriu para mim. — E acho que o trabalho excepcional que você tem realizado com a Wyatt vai me ajudar a convencer os outros diretores.

Eu nem conseguia acreditar no que estava ouvindo. Sabia que me tornar diretora era questão de tempo, mas ter a atenção das pessoas responsáveis por tomar aquela decisão só iria me beneficiar.

Embora não gostasse da ideia de passar mais um minuto que fosse debruçada sobre os documentos da Fundação e, no fundo, quisesse mesmo era dizer a Evelyn para nos livrarmos daquele cliente, reconheci aquilo como um elogio e uma oportunidade incrível.

— Eu adoraria fazer a apresentação — falei, e estava sendo sincera.

— Ótimo — disse Evelyn. — Então vou pedir que marquem uma reunião com você e os diretores para daqui a seis semanas. — Ela sorriu outra vez. — Assim você ainda vai ter um tempinho para se recuperar desse período conturbado.

— Muito obrigada.

Seis semanas seriam mais do que o suficiente para me preparar.

— Excelente. — Evelyn olhou para o relógio de pulso e fez uma careta. — Minha nossa, já são mais de nove. Estou atrasada para uma reunião. — Ela olhou para mim e acrescentou: — Não trabalhe demais hoje.

Concordei com a cabeça, embora já estivesse pensando em tudo que precisava fazer antes de ir para casa.

— Pode deixar — menti.

....

ALGUNS DOS DOCUMENTOS QUE A WYATT HAVIA MANDADO ERAM de fato relevantes, o que foi uma surpresa. A maior parte, no entanto, só me deixara mais confusa.

Que tipo de fundação investia na fabricação de seda na Transilvânia *e* fazia doações regulares a bancos de sangue da Europa Ocidental?

Quanto mais eu mergulhava na papelada que havia recebido aquela manhã, mais preocupada ficava que a Receita não fosse ver um grupo com uma atuação tão dispersa como merecedor do status de entidade sem fins lucrativos com direito a isenção de impostos. Se quiséssemos manter aquele cliente, eu precisava marcar uma reunião presencial com a diretoria financeira para tentar entender o sentido daquilo tudo.

Eu estava envolta em documentos e comendo um macarrão que havia pedido para o jantar quando minha mãe ligou. Fiquei olhando para o celular enquanto tentava decidir se atendia ou se só mandava uma mensagem depois, honrando a tradição dos millennials do mundo todo. Eu não falava com minha mãe desde o jantar em família e desconfiava de que ela estivesse ligando para perguntar sobre o namorado cujo nome ela ainda não sabia.

No entanto, minha mãe só ligava durante a semana em caso de emergência. Minha avó estava com noventa anos e morava sozinha. E se tivesse acontecido alguma coisa e ela estivesse me ligando para avisar?

Aquilo provavelmente valia o risco de acabar em uma conversa que eu não queria sobre Reggie.

— Oi, mãe — falei.

— Boa noite, querida.

Ela parecia sem fôlego, como às vezes acontecia depois da aula de ioga, mas não nervosa, nem preocupada. Suspirei de alívio. Minha avó estava bem. Logo em seguida, estremeci: só conseguia pensar em mais um motivo para minha mãe estar me ligando.

— Você tem um minuto?

— Tenho. — Coloquei o celular no viva-voz e o deixei na mesa. Se não era uma emergência, eu podia continuar comendo. — O que foi?

Ao fundo, eu ouvia os latidos da cachorrinha branca que minha mãe havia adotado recentemente. Chloe era um dos filhotinhos mais fofos que eu já tinha visto, parecia uma bola de algodão agitada. Não era à toa que meus pais a mimavam.

— Eu prometi ao seu pai que não faria isso, mas...
— Mas vai fazer mesmo assim. — Ouvi meu pai dizer ao fundo.
— ... não aguento esperar para saber os detalhes — continuou ela, ignorando o comentário dele e dando uma risadinha. — Quero saber tudo sobre seu novo *namorado*.

Fechei os olhos. Fazia anos que eu não namorava, portanto era normal que tivesse perguntas. Só gostaria de ter um pouco mais de tempo para pensar em uma história plausível antes que aquela conversa acontecesse.

O que eu poderia contar à minha mãe, considerando que "decidir o que dizer aos meus pais sobre Reggie" estava na minha lista de pendências a serem resolvidas antes do jantar na tia Sue, e que no momento eu não sabia nada sobre ele?

Recorri a um dos poucos detalhes que tinha à mão.

— O nome dele é Reginald, mas pode chamar de Reggie. — Não mencionei o sobrenome. Ainda não sabia se ele havia me passado seu nome verdadeiro, considerando a falta de menções a *Reginald Cleaves* na internet. Devia ser um mau sinal, mas eu não poderia me dar ao luxo de ficar remoendo o assunto. — Ele está ansioso pra conhecer todo mundo — acrescentei.

Aquilo devia ser verdade, considerando que um dos principais motivos de Reggie ter topado era o fato de achar divertida a ideia de enganar um bando de desconhecidos.

Chloe continuava latindo, provavelmente se perguntando por que não estava recebendo atenção.

— Só um segundo, querida — disse minha mãe. — Chloe precisa sair pra passear. Vou ver se seu pai pode levá-la.

Ela murmurou alguma coisa que não consegui entender. A resposta do meu pai ao fundo pareceu ser "mas não quero perder isso".

— Obrigada, John. — Ouvi minha mãe dizer. — O saquinho para o número dois está na gaveta ao lado da geladeira.

— Como estão as coisas com Chloe? — perguntei, tentando não rir do uso da expressão "número dois".

Se alguma vez na vida minha mãe tinha dito "cocô", eu não estava presente.

— Ah, ela é uma gracinha — disse, encantada. — Bom, mas voltando ao assunto... Você disse que o nome dele é Reginald?

— Isso.

— Lindo — comentou ela. — Como ele é?

Hesitei. Não poderia dizer: *Bom, mãe, ele é bem esquisito e não consegui encontrar nada a respeito dele na internet. Mas Reggie também é bem gato, e outro dia me pediu pra dar um beijo nele só para tentar despistar uns caras. Desde então não consigo parar de pensar em como teria sido.*

Eu deveria falar bem de Reggie? Imaginava que sim, mas e se criasse expectativas demais e eles ficassem horrorizados quando ele aparecesse no casamento, todo esquisitão?

— Ele... — Mordi o lábio, sem completar a frase. Não era mesmo boa naquilo. — O que você quer saber?

— Ah — disse minha mãe após um momento. Provavelmente não esperava ter que conduzir a conversa. — Vamos ver... Bom, pra começar: com o que ele trabalha?

Uma dúzia de respostas me ocorreram, mas nenhuma pareceu adequada. Eu não poderia dizer que Reggie era contador. Alguém que brincava sobre ser um vampiro no meio da noite nunca convenceria como contador. Ou como advogado. Ou como médico.

— Ele... trabalha com tecnologia — arrisquei, contorcendo o rosto ao perceber que não soava nem um pouco convincente.

Logo em seguida, no entanto, percebi que era perfeito. Não tinha ninguém da área na minha família, e meus pais não sabiam nada a respeito. Mesmo que Reggie também não soubesse, a chance de que alguém percebesse antes do casamento era mínima.

Fora que as excentricidades de Reggie se encaixavam com o estereótipo. Até onde eu sabia, podia muito bem ter acertado em cheio.

— Tecnologia? — repetiu minha mãe. — O que exatamente ele faz?

Droga.

— Ah... — Soltei uma risadinha nervosa. — Eu... nem consigo explicar direito. E Reggie vai adorar contar a vocês no domingo.

Por sorte, minha mãe pareceu acreditar naquilo.

— Que bom. Estou ansiosa para saber mais sobre o trabalho dele.

Eu também. Assim que desligasse o telefone, precisaria mandar um e-mail para Reggie avisando da carreira inventada.

— E onde vocês se conheceram? — perguntou minha mãe.

Milagrosamente, uma resposta me ocorreu de imediato.

— No escritório.

Tecnicamente, era verdade. Eu não estava *dentro* do escritório quando ele trombou comigo na calçada, mas estava em frente.

— No trabalho? — Minha mãe pareceu intrigada. Relaxei por um momento, até que ela perguntou: — Mas ele não trabalhava com tecnologia? Ou é contador?

— Hum. Não, ele... não é contador. — Droga. *Droga.* — Reggie não trabalha comigo. A gente só se conheceu aqui. — Como eu não sabia deixar as coisas no ar, completei: — Reggie faz alguns trabalhos para a empresa.

— Que bom — repetiu minha mãe.

Meu pai murmurou algo ao fundo. Ouvi Chloe latir de novo, depois uma porta se fechando. Aparentemente, os dois tinham saído para passear.

— Estou superanimada para conhecer Reggie no domingo. Foi uma boa ideia da tia Sue fazer um jantar para comemorarmos com Gretchen antes da loucura do casamento.

— É — concordei, sem me aprofundar. — Foi mesmo.

— Tenho que ir — disse minha mãe. — Minha aula de ioga começa em vinte minutos. Eu só queria dizer que seu pai e eu estamos muito felizes por você estar levando alguém ao casamento. Ficamos preocupados, você trabalha demais. Vai ser bom ver você feliz. — Fechei os olhos com força, tentando não responder àquilo. Ela prosseguiu: — Diga ao seu namorado que estamos ansiosos para saber tudo sobre o amor da sua vida.

Tive o impulso de dizer que meu relacionamento com Reggie não era sério o bastante para chamá-lo de *amor da minha vida.* Reflexo de todas as vezes em que tivera que lutar por um mínimo de espaço quando se tratava da minha vida pessoal.

No entanto, resisti. Dar a entender que o namoro não era sério faria toda a encenação perder o sentido.

— Pode deixar — falei, tentando soar sincera.

DEZ

De: Amelia Collins (ame.jean.collins09@gmail.com)
Para: Reginald Cleaves (rc69420@hotmail.com)
Assunto: O que vamos dizer à minha família

Oi, Reggie.

Minha mãe ligou quando eu estava no trabalho e fez algumas perguntas sobre você. Tentei falar o mínimo possível, porque ainda não combinamos nada, mas precisei inventar certas coisas na hora. Desculpa.

Na volta do trabalho, tive mais algumas ideias. Não são definitivas, então pode opinar. (No geral, acho que a gente deve optar por mentiras que tenham um pingo de verdade sempre que possível, assim fica mais fácil.)

a) <u>Onde nos conhecemos</u>: Eu disse que foi no escritório. (O que acho que quase é verdade.)

b) <u>Seu trabalho</u>: Eu disse que você é do ramo da tecnologia e às vezes faz trabalhos pra minha empresa. (Espero que não tenha problema.)

c) <u>Quando nos conhecemos</u>: Não falamos sobre isso, mas imagino que seja questão de tempo até alguém perguntar. Que tal há seis semanas? Se for mais, minha família vai perguntar por que não contei sobre você antes. Se for menos, vai parecer que a coisa ainda não é séria.

d) <u>Nosso primeiro encontro</u>: Também não falamos sobre isso, mas pensei que você podia ter me levado ao Encanto's, toda a minha família sabe que é meu restaurante preferido. Depois fomos ao Second City. (Eu adoro comédia de improviso, então seria um encontro plausível pra mim.)

O que acha? De novo, MUITO obrigada por isso. Você salvou minha vida.

Amelia

....

De: Reginald Cleaves (rc69420@hotmail.com)
Para: Amelia Collins (ame.jean.collins09@gmail.com)
Assunto: O que vamos dizer à minha família

oi

olha, posso garantir que nunca me disseram que salvei a vida de alguém. fico feliz em ajudar.

você conhece sua família melhor do que eu (que não conheço nem um pouco), então o que você preferir contar a eles está bom pra mim. não sei o que é ser "do ramo da tecnologia", mas posso fingir.

e um encontro normal pra você seria encanto's E second city?? você só deve namorar caras ricos. (não quer mesmo dizer que no nosso primeiro encontro, em vez de levar você a um restaurante, salvei você de um dragão cuspindo fogo?)

mas, falando sério, tá bom assim. que tal trocarmos algumas informações pessoais pra dar a impressão de que a gente se conhece pelo menos um pouco?

coisas aleatórias sobre mim:

cor preferida: vermelho

músico preferido do século passado: David Bowie

programa de TV preferido: a série original dos Muppets é a melhor coisa já feita na história da TV (não conheço tanto *Vila Sésamo*, mas devo mudar isso em breve)

R.

P.S.: quais são as coisas que alguém com quem você está saindo há seis semanas saberia?

....

De: Amelia Collins (ame.jean.collins09@gmail.com)
Para: Reginald Cleaves (rc69420@hotmail.com)
Assunto: O que vamos dizer à minha família

Reggie.

Gargalhei pela primeira vez em muito tempo com seu comentário sobre o dragão cuspindo fogo. Valeu.

Coisas que alguém com quem estou saindo saberia:

1. Minha cor preferida é azul (de qualquer tom)

2. Meu doce preferido é um empate entre panquecas e qualquer coisa que tenha chocolate

3. Pra relaxar, eu vejo vídeos no YouTube de uma mulher que mora em uma ilha perto do Polo Norte

4. Minhas férias dos sonhos seriam qualquer lugar que não tenha acesso a e-mail

Amelia

P.S.: Quanto a eu só namorar caras ricos, eu não disse que Encanto's e Second City seria um primeiro encontro *normal*, só *plausível*. Não tive namorados o bastante pra definir um padrão.

(E com o que você trabalha? Você sabe o que eu faço, mas eu não sei o que você faz, e isso é algo que uma namorada com certeza saberia.)

....

De: Reginald Cleaves (rc69420@hotmail.com)
Para: Amelia Collins (ame.jean.collins09@gmail.com)
Assunto: O que vamos dizer à minha família

Amelia,

no momento, estou entre empregos.

acho que conheço esse canal do YouTube. ela tem um cachorro, um namorado barbudo e sempre anda com uma espingarda, caso encontre um urso polar ou uma morsa? é fascinante. gosto de ver quando não consigo pegar no sono. mas não sei se gostaria de morar tão perto do polo norte. passar quatro meses do ano só vendo a luz do sol, não é vida. (embora uma noite de quatro meses pareça algo interessante.)

não era piada o que falei do dragão, mas, se fez você rir, ótimo. sinto muito se fazia "muito tempo" que você não gargalhava. (isso também não é vida.)

R.

....

De: Amelia Collins (ame.jean.collins09@gmail.com)
Para: Reginald Cleaves (rc69420@hotmail.com)
Assunto: O que vamos dizer à minha família

Reggie,

Você está procurando emprego? Então não está trabalhando agora? (Não estou julgando, só queria entender direito.)

Quanto à ilha próxima ao Polo Norte, tenho certeza de que assim que chegasse lá eu concordaria que morar em um lugar tão frio não vale a pena, mas no momento um lugar a milhares de quilômetros de distância, onde minha vida não me alcançaria, parece divino.

....

De: Reginald Cleaves (rc69420@hotmail.com)
Para: Amelia Collins (ame.jean.collins09@gmail.com)
Assunto: O que vamos dizer à minha família

Isso, já faz um tempo que não trabalho.

E eu concordo com o que você disse sobre a ilha.

R.

ONZE

*Trecho do planner de R. C., dia 4, escrito
em caneta azul, vermelha e verde.*

Missão: Viver cada dia com coragem, compaixão e curiosidade. Tentar me tornar a melhor versão de mim mesmo e inspirar as pessoas ao meu redor. Não passar vergonha no jantar.

Como estou me sentindo: Ansioso por causa de hoje à noite, o que é BESTEIRA. E daí se Amelia não gostar da minha roupa? (NÃO importa)

Objetivos do dia:

1. Revisar histórico do nosso relacionamento enviado por e-mail

2. Pesquisar mais informações sobre planners na internet. Escrever em um tem sido surpreendentemente divertido e terapêutico (fora que fazia séculos que eu não cedia a um impulso criativo deste tipo). Talvez haja pessoas com quem eu possa trocar ideias a respeito?

AMELIA

NENHUMA DAS MINHAS ROUPAS PARECIA ADEQUADA PARA O jantar da tia Sue.

Eu tinha terninhos, calças sociais e camisas para o trabalho. Roupas para a academia, calças jeans e camisetas para ficar em casa e para ir à feira aos sábados, quando conseguia acordar na hora. Blusas decotadas que havia comprado anos antes para passar o fim de semana em Las Vegas com minhas amigas, algumas com umas lantejoulas faltando, algumas que nem serviam mais. Três vestidos de madrinha que eu havia usado em casamentos diferentes nos últimos anos e ainda não havia doado.

E só.

Nada apropriado para o evento em questão. Minha mãe havia falado que era algo casual, mas eu tinha uma visão muito diferente da maioria das mulheres de certa idade da minha família do que aquilo queria dizer. Precisava de uma roupa elegante, mas não elegante demais. Simples, mas não simples demais.

Após cerca de uma hora revirando o guarda-roupa e a cômoda, desisti. Já eram duas da tarde. Talvez ainda desse tempo de comprar alguma coisa, se eu saísse naquele instante, mas não tinha garantia de que encontraria algo adequado e que serviria.

Pedir uma roupa emprestada a Sophie seria mais rápido. Peguei o celular e mandei mensagem para ela.

AMELIA: Oi
AMELIA: Está em casa?

SOPHIE: Sim
SOPHIE: Pq?

AMELIA: O jantar da minha tia é hoje e não tenho roupa
AMELIA: Me empresta alguma coisa?

Eu era uns dez centímetros mais alta e pelo menos sete quilos mais pesada que ela, porém, com a gravidez, Sophie havia precisado comprar roupas de tamanhos muito diferentes. Fora que, antes de ter os gêmeos, ela já tinha um guarda-roupa muito mais completo que o meu, cheio de itens práticos e funcionais. Ela era meu armário extra de última hora desde o ensino médio. Minha pele era muito mais clara que a de Sophie, que tendia mais para um tom claro de marrom, mas ela sempre tinha alguma coisa que combinava comigo.

Com sorte, aquele dia não seria diferente.

SOPHIE: Claro
SOPHIE: Do que precisa?

AMELIA: Algo pra um jantar em família
AMELIA: E, como Reggie vai junto, talvez algo que diga
AMELIA: Sei lá
AMELIA: "Oi, vim com meu namorado por quem estou fingindo estar apaixonada pra vocês largarem do meu pé"

SOPHIE: Beleza, tenho a roupa perfeita

Duas horas e muita discussão depois, eu me encontrava descalça no quarto de hóspedes de Sophie, usando um vestido preto curto demais que parecia que iria rasgar se eu respirasse fundo.

— Essa roupa não tem a menor cara de *jantar em família* — murmurei.
— É perfeita.
— Parece que estou indo para a balada.
Sophie ergueu uma sobrancelha, cética.
— E por acaso alguma vez na vida você foi a uma balada?
— Sim — menti. Franzi a testa para o reflexo no espelho, virando para um lado e para o outro para verificar como o vestido ficava de cada ângulo. Ele mal cabia. — Você não tem nada um pouco mais conservador?
— Não.
— Mentirosa.
— Pode ser. Mas Reggie vai surtar quando vir você com esse vestido, e isso é tudo que importa.
Olhei incrédula para ela.
— Não estou fazendo isso para que o completo desconhecido com quem vou a alguns eventos estratégicos *surte*.

De qualquer maneira, perdi a batalha. Sophie estava empolgada demais com a ideia de eu usar um vestido que ela mesma não teria motivo para usar até os filhos irem para a escola. Fora que eu estava sem tempo e sem opções.

E talvez, só *talvez*, eu tenha deixado que Sophie me convencesse porque parte de mim estava curiosa para saber como Reggie reagiria ao me ver com aquela roupa.

— Uau — disse ela, enquanto me girava à sua frente e dava uma última olhada em aprovação. — Sua bunda fica incrível nesse vestido.

— Obrigada — falei. — E se com "incrível" você quer dizer "a dois segundos de arrebentar a costura", concordo.

Ela riu.

— Falando nisso, você descobriu o que era aquela história de Reggie ter alguma coisa para contar?

Eu havia contado tudo a Sophie sobre a ligação de Reggie na manhã seguinte.

— Ainda não — admiti. — Mas ele me disse por e-mail outro dia que está desempregado. Não que isso seja motivo de vergonha, mas talvez ele pense que é.

— Ah. — Sophie assentiu. — Pode ser isso mesmo. Às vezes é difícil para os homens namorar mulheres mais bem-sucedidas que eles.

Eu a encarei.

— Reggie e eu não estamos namorando de verdade.

— Isso é só um detalhe — retrucou Sophie, diminuindo a importância daquilo com um gesto. — De qualquer maneira, mesmo que ele esteja há dez anos sem trabalhar, não faz diferença pro seu objetivo.

— Não mesmo — concordei. — Bom, se eu descobrir o que ele está escondendo, você vai ser a primeira a saber.

....

TRÊS HORAS DEPOIS, EU ESTAVA EM FRENTE AO MEU PRÉDIO, esperando Reggie aparecer. Eu tinha deixado bem claro desde o princípio que o nosso acordo não envolvia sexo, mas achava melhor não o receber no apartamento, para que não houvesse confusão.

Tinha esquentado um pouco, mas continuava frio, e o vestido não era apropriado para lugares abertos. Ajeitei o cardigã creme que vestira por cima, pensando que deveria ter pego um casaco mais grosso. Talvez até gorro e cachecol.

Quando eu estava prestes a subir para me agasalhar melhor, um Uber parou na minha frente. Então, Reggie desceu do carro e eu esqueci completamente o frio.

Eu deveria ter imaginado que precisávamos discutir o que ele usaria aquela noite. Por outro lado, como eu adivinharia que poderia ser um problema? Era um jantar simples, nada fora do normal.

No entanto, o homem à minha frente...

Claramente não tinha noção.

— Oi — disse ele, com um sorriso largo no rosto.

— Oi — falei, embasbacada.

Graças a uma pesquisa na internet alguns anos antes, eu sabia que havia uma moda entre adultos de usar fantasias de animais. Também sabia que "fantasia de animal" não era o termo correto para o que Reggie estava vestindo, mas foi a primeira coisa que me veio à mente quando o vi.

O casaco parecia ser uma mistura de recortes antigos de jornal e a estola de vison da minha avó. Só que a estola dela era marrom-clara, e o casaco de Reggie era amarelo-neon e tão peludo quanto a cachorrinha da minha mãe. Também parecia pelo menos dois tamanhos maiores que ele, com as mangas indo até o meio dos dedos e a barra passando da bunda. A calça que ele usava não era peluda — era uma calça normal, graças a Deus, mas de um tom de mostarda que contrastava de um jeito tão horrível com o casaco que me deu até dor de cabeça.

Já o rosto dele...

O rosto dele estava perfeito. Os olhos azuis brilhantes, os lábios cheios esticados em um sorriso que não me deixava *nem um pouco* tentada a beijá-lo. E nem uma mecha loira fora do lugar. Na verdade, o cabelo estava ainda mais bonito do que antes. Menos "Chris Pine sujinho" e mais "cara muito gato e totalmente consciente disso".

Quem o visse do pescoço para cima pensaria que ele havia acabado de sair de uma sessão de fotos. Eu não conseguia decidir se o restante dele o tornava a pior ou a melhor pessoa do mundo para levar ao jantar.

Se Reggie percebeu a mistura de tesão e confusão que se agitava dentro de mim, não deu sinal. Ele me olhava tão descaradamente quanto eu o olhava. Embora seus motivos para fazer isso parecessem um tanto diferentes. Reggie não tirava os olhos do decote do vestido e do modo quase indecente que delineava minhas curvas. Por um instante, ele me encarou, mas então seus olhos voltaram a descer e pararam bem na minha bunda.

Quanto tempo fazia que um homem não me olhava daquele jeito? Como se eu fosse alguém desejável? Alguém que ele queria? Eu deveria mandá-lo parar, mas não consegui. Era errado, eu mal conhecia Reggie, mas a sensação era *incrível*. Meu coração acelerou, o que só fez o vestido de Sophie parecer ainda mais apertado no peito.

Não.

Não.

A gente não ia fazer aquilo.

— O que é esse *troço* que você está usando? — soltei, recorrendo à primeira coisa em que consegui pensar para interromper o momento.

Seus olhos encontraram os meus. Então Reggie teve a cara de pau de fazer beiço. Devia ser contra a lei homens com lábios tão volumosos fazerem coisas irresistíveis com eles.

— Qual é o problema com a minha roupa? — perguntou Reggie, a testa franzida.

Dei uma risadinha e apontei para o casaco.

— Só pode ser piada.

— Não é piada — garantiu. — Se fosse, eu diria: *Piu*.

Mordi o lábio, determinada a não rir. Pelo menos, fiquei feliz por Reggie parecer igualmente disposto a ignorar a tensão entre nós.

— Mas falando sério. Por que você está vestido assim?

Reggie olhou para as mangas do casaco como se as visse pela primeira vez, então sorriu, encabulado.

— Está frio, e Frederick não tem casaco. Precisei improvisar. Isso era o melhor que eu tinha.

— Espere aí — falei. — Como Frederick não tem casaco, se ele mora em Chicago? E por que *esse* é o único casaco que você tem?

Reggie ergueu e baixou um único ombro.

— Não sentimos frio. Não como vocês. Mas eu achei que seria estranho se eu aparecesse sem casaco. — Ele verificou o celular antes que eu pudesse fazer mais perguntas. — É melhor a gente ir, pra não se atrasar. E não se preocupe. Prometo que estou com uma camisa bonita por baixo. Vou tirar o Peludão quando chegarmos lá. — Ele sorriu para mim. Depois acrescentou, para se explicar: — Dei esse apelido ao casaco nos anos 1960.

Então, como se a revelação de que ele havia apelidado aquele casaco horrendo décadas antes de nós nascermos fizesse todo o sentido, e não fosse motivo para outra discussão, Reggie abriu a porta de trás do Prius que nos aguardava e sinalizou para que eu entrasse. Um gesto particularmente cavalheiresco para alguém que pelo visto era mais que apenas um pouquinho excêntrico.

— Hum... obrigada — falei, entrando no carro e fechando a porta.

O vestido de Sophie era tão curto e estava tão apertado que a barra subiu quase até a virilha quando me sentei. Fiz uma careta enquanto tentava puxá-lo tanto quanto o tecido permitia.

Então, Reggie se sentou ao meu lado e o Uber nos levou até nosso primeiro encontro de mentirinha.

DOZE

Trecho de conversa no canal de boas-vindas da comunidade PlannersPerfeitos, no Discord, dois dias antes

REGINALD_V: Oi. É assim que funciona?

REGINALD_V: Oi. Bom, meu nome é Reginald

REGINALD_V: Faz mais ou menos uma semana que estou usando um planner, e embora eu não acreditasse muito que fosse funcionar, está me ajudando pra CARALHO a processar as coisas

REGINALD_V: (Desculpa o palavrão. Espero que não tenha problema.)

REGINALD_V: Bom, a mulher da papelaria sugeriu que eu entrasse neste grupo pra ter ideias. Não sou muito de internet, mas fico feliz de estar aqui

TACOGATO: Seja bem-vindo, Reginald!

MÃEDOBRAYDEN: Bem-vindo! E é assim que funciona mesmo

ADELINETHOMPSON: Oi, Reginald!

ADELINETHOMPSON: E não se preocupe: a gente sempre fala palavrão aqui.

ADELINETHOMPSON: Só por curiosidade, seu nome de usuário é assim porque você é o quinto Reginald da sua família?

REGINALD_V: obrigada pela recepção calorosa, gente!

REGINALD_V: não, não tem nada a ver com minha família

MÃEDOBRAYDEN: Não vai me dizer que é porque você é virgem

OBJETIVOSDALYDIA: Meudeusdocéu, um homem!!

AMELIA

MEU CELULAR COMEÇOU A VIBRAR NO MOMENTO EM QUE O UBER saiu.

SOPHIE: O que Reggie achou do vestido?
SOPHIE: Ele ficou sem palavras?
SOPHIE: Depois quero saber todos os detalhes.

Revirei os olhos e guardei o celular na bolsa. A última coisa de que precisava era lidar com a reação de Reggie quando estávamos só os dois no banco de trás de um carro.

Fazia bastante tempo que eu não entrava em um Prius. Era menor do que eu lembrava. O Peludão era volumoso, e quando Reggie o colocou a seu lado, nós três ocupamos praticamente todo o espaço.

Reggie chegou um pouco mais perto de mim, e me encolhi por reflexo, tentando me afastar o máximo possível. Não funcionou. Nossas pernas se encostaram por um momento enquanto ele se ajeitava.

Esconder seu corpo embaixo daquele casaco horroroso deveria ser crime. Reggie vestia o tipo de camisa azul genérica que os homens da minha idade sempre usavam quando a situação exigia roupas mais legais, mas a forma como seu peitoral amplo se destacava contra o tecido não era nem um pouco genérica. Para piorar, ele dobrou as mangas até a altura do cotovelo, o que, na minha opinião, era uma das coisas mais sexys que um homem poderia fazer. Suas mãos pareciam capazes e fortes, hábeis de uma maneira que fazia minha mente enveredar por um território perigoso, como havia acontecido no café.

Cravei as unhas na palma da mão. Não era nem a hora nem o lugar apropriado para deixar a imaginação correr solta. Estávamos prestes a fingir que éramos namorados na frente da minha família, pelo amor de Deus.

No entanto, quando os olhos azuis dele retornaram ao meu decote e se demoraram ali, tive que concluir que a proximidade também estava afetando Reggie.

Precisávamos parar com aquilo.

— Vamos acertar os últimos detalhes — falei, torcendo para soar profissional, e não tão nervosa.

Reggie se endireitou no banco.

— Tá — disse ele, tão ávido que eu me perguntei se também estaria atrás de uma distração. — Tipo o quê?

— Bom... — Precisei de um momento. A animação com que Reggie me olhava, como se eu fosse a professora e ele, um aluno exemplar, dificultava minha concentração. — Tem... hum... A casa da minha tia.

Como se a casa dela tivesse alguma importância...

— Ah. Em que tipo de casa ela mora? — Reggie chegou mais perto, animado para saber mais, a perna encostando na minha. Sua coxa era firme e musculosa, e... não. Não podíamos fazer aquilo. — É uma daquelas casas bem grandes, idênticas às outras do quarteirão e que custam um zilhão de dólares?

Tive que morder o lábio para não rir do entusiasmo dele. A julgar pelo modo como seus olhos brilhavam, eu imaginava que ele estivesse fazendo graça.

— Isso — confirmei. — Uma casa sem personalidade alguma.

— Credo — disse Reggie, embora parecesse encantado. — Nunca entrei numa dessas.

Sorri.

— Sorte a sua.

— A festa vai ser chique? — perguntou ele. — Vai ter lugar marcado? Esculturas de gelo? Um quarteto de cordas tocando Vivaldi?

Dei risada. O nó de ansiedade que havia se instalado no meu estômago dias antes já começava a desaparecer. Eu me perguntei se Reggie estava fazendo aquilo de propósito. Se estava determinado a me tranquilizar o máximo possível antes de um evento que me deixava nervosa.

— Provavelmente vão ter toalhas e guardanapos bonitos — falei. — Arranjos de flores nas mesas. Mas acho que esculturas de gelo, não.

Reggie ficou em silêncio por um momento, processando o que eu tinha dito. Não havia trânsito para sair da cidade naquele domingo à noite, então chegaríamos na hora. À medida que nos afastávamos do centro, os arranha-céus do outro lado das janelas logo foram sendo substituídos por casas e predinhos de tijolos.

— O que preciso saber sobre seus pais? — perguntou Reggie.

— Meus pais?

— É — disse ele. — Fora o que eu já sei, claro. Ou seja: que eles são controladores e se preocupam demais com a vida amorosa da filha adulta.

Aquilo me irritou. Era diferente quando as críticas que eu fazia aos meus pais vinham de um desconhecido.

— Eu não diria que eles são controladores. Mas se preocupam um pouco demais, sim.

— O bastante pra você fazer tudo isso só pra eles saírem do seu pé.

Não era uma pergunta.

— Isso — admiti.

Reggie assentiu, sério.

— O que alguém com quem você está há seis semanas saberia sobre eles?

Pensei a respeito.

— Meu pai era professor universitário de história.

Reggie ficou tão feliz que parecia seu aniversário.

— Não acredito — disse ele. — *Professor de história?*

Eu até acharia que aquilo era sarcasmo, se cada traço de seu rosto não expressasse sinceridade. Tive que sorrir.

— Não é tão legal assim.

— Claro que é — afirmou Reggie, os olhos brilhando. — Faz ideia de há quanto tempo quero conhecer um professor de história? O que ele estuda? Não, não, não me conte. — Ele fechou os olhos com força e franziu os lábios, como se estivesse determinado a adivinhar. — O fato de que os ratos vêm sendo injustamente culpados pela peste bubônica desde a Idade Média?

Dei risada.

— Não.

Ele abriu um único olho.

— Pelo menos cheguei perto?
— Nem um pouco.
— Você é uma peste... — murmurou ele, parecendo devastado. — O trocadilho não foi intencional.
— Claro que não — falei, sorrindo.
— Tá, então... pintores italianos? O legado de Alexandre, o Grande? Ah! — Reggie quase pulou do banco, tamanho seu entusiasmo. — A neutralidade dos Estados Unidos no início da Primeira Guerra?
— Você chegou perto na última tentativa — falei. — Meu pai estudava história da Europa Central entre o fim do século XIX e começo do XX. — Reggie pareceu extasiado. — Ele foi coautor de um livro sobre a Primeira Guerra quando eu estava no ensino médio.
— Inacreditável — comentou Reggie. — E vou conhecer seu pai hoje?
— A menos que ele tenha conseguido dar um jeito de não vir, sim.
Seu sorriso se alargou ainda mais.
— Excelente. Preciso pensar em boas perguntas pra fazer a ele. Agora — disse Reggie, esfregando uma mão na outra —, o que preciso saber sobre sua mãe?
Pensei a respeito. O que ele precisava saber sobre minha mãe?
— Bom, ela está muito ansiosa pra conhecer você.
— Claro que está. E o que mais?
— Ela gosta de pessoas bem-sucedidas. — Era verdade. — Tem muito orgulho do meu irmão, Sam, que é advogado. Acho que também tem orgulho da minha carreira, mas não tanto quanto da dele.
Os olhos de Reggie se arregalaram.
— Por quê? Seu trabalho parece bem difícil.
Olhei pela janela, para não ter que encará-lo. Ouvi-lo fazer a mesma pergunta que eu me fazia havia anos doía mais do que deveria.
— Pode ser impressão minha.
Eu não achava que fosse, no entanto. Eles haviam dado uma festa enorme para Sam quando ele se formara na faculdade. O que era ótimo, claro. Sam tinha dado duro para se formar enquanto trabalhava com marketing em período integral. Quando eu passara no exame de suficiência, no entanto, só ganhara uma bolsa executiva. Nada de festa nem estardalhaço.

— Talvez eles só não entendam direito o que eu faço. Meu pai era professor de história. Minha mãe era professora de inglês. Acho que eles nunca viram graça em contabilidade. — Dei de ombros. — Ou talvez só não entendam essas coisas de números.

— Bom, eu acho o que você faz *muito* impressionante — disse Reggie, com uma veemência surpreendente.

— Sério?

— Sério. Admito que não sei muito bem o que contadores fazem além de organizar... documentos financeiros e dinheiro de modo geral e... hum... — Ele coçou a nuca. — Impostos e tal. Mas parece difícil. E importante.

Reggie tentava me elogiar e reconfortar de maneira tão atrapalhada que me vi totalmente desarmada. Cheguei mais perto dele antes mesmo de me dar conta do que estava acontecendo.

— Eu gosto do que faço. Só queria que isso fosse o bastante para minha família.

— Eu também — disse Reggie, solidário, mas depois pareceu se animar. — Olhe, tenho uma ideia. Se sua mãe gosta de gente bem-sucedida, então ficaria horrorizada se soubesse a verdade sobre mim, não é? — Ele movimentou as sobrancelhas para mim. — Poderia ser divertido.

Levei um minuto para me dar conta do que ele queria dizer.

— Ah. Sobre você não estar trabalhando?

Reggie só me olhou por um momento, com a testa franzida em confusão.

— É... Isso também, acho.

Tentei me visualizar contando para minha mãe que estava namorando alguém desempregado.

— Não, acho melhor não. — Quando vi a expressão dele, me apressei em acrescentar: — Não tem nada de errado em não estar trabalhando, claro. É só que faz mais de dez anos que não saio com ninguém que não esteja trabalhando ou estudando. Ou ambos. — Balancei a cabeça. — Ela não iria acreditar que eu teria como conhecer alguém assim.

— Não tenho um emprego — argumentou —, e você me conheceu.

Reggie não estava errado.

— Minha mãe não entenderia — falei, tentando ser o mais gentil possível. — Juro que não me importo de você não estar trabalhando, mas acho que é melhor sermos fiéis à história que já contei. Nos conhecemos no escritório. Você é de tecnologia.

Ele suspirou.

— Tá bom. Se você disse à sua mãe que é o que eu faço, vou desempenhar o papel. Mas posso inventar detalhes mais rocambolescos?

Eu não via problema naquilo.

— Claro.

— Ótimo — disse Reggie. — Porque trabalhar com tecnologia parece bem chato.

Dei risada.

— Justo. Em minha defesa, tive que inventar alguma coisa na hora. Mas a gente deve estar pensando demais. É melhor seguir o fluxo. — Ele só me olhou em resposta. — Seja você mesmo.

— Ser eu mesmo — repetiu Reggie. — E fingir estar apaixonado por você.

Senti o rosto esquentar. Iríamos fingir que estávamos namorando. Eu não tinha falado nada sobre estarmos *apaixonados*.

Mas ele provavelmente estava certo, se queríamos que aquilo funcionasse.

— Hum, sim — falei, me perguntando se meu rosto estaria tão vermelho quanto eu sentia. — Fora isso, seja você mesmo. Não tem erro.

— É o tipo de coisa que as pessoas dizem antes de tudo dar errado — alertou Reggie.

No fim, ele também estava certo em relação àquilo.

....

TIA SUE ERA UMA DAQUELAS MULHERES DO MEIO-OESTE QUE acreditavam que uma casa só se tornava um lar quando tanto o lado de fora quanto o de dentro estavam decorados de acordo com a época do ano. Março em Chicago, no entanto, não tinha uma característica marcante, de modo que além do caramanchão que levava à porta da frente, decorado com galhos de pinheiro fresco e um laço cor-de-rosa relativamente discreto, não parecia que ela havia feito algo de diferente com o jardim.

Ainda assim, Reggie ficou impressionado.

— Uau — disse ele, assim que entrou debaixo do caramanchão. — É um pinheiro de verdade?

Eu estava prestes a lhe dizer que minha tia nunca usaria plantas artificiais quando ele estendeu a mão, pegou um punhado de folhas e enfiou na boca.

— Que nojo — murmurou Reggie.

Ele estremeceu um pouco e cuspiu tudo na palma aberta. Depois, olhou para as folhas como se elas tivessem acabado de atropelar um cachorro.

Fiquei olhando para ele, incrédula.

— É claro que é nojento. — Por acaso o cara tinha oito anos de idade?

— Por que você tentou comer?

— Não tentei comer. Só queria saber que gosto tinha. — O rosto dele se contorceu em aversão. — Para ver se o gosto mudou, como de todas as outras coisas.

— Se o gosto mudou? Em relação a quando?

Em vez de responder, Reggie estendeu a mão.

Perdi o fôlego.

Eu tinha uma vaga consciência de que ele havia voltado a usar o Peludão, mas a única coisa que me importava no momento era aquela mão estendida. Meus pensamentos se concentravam na noção de que eu deveria segurá-la, se queria que nossa farsa tivesse alguma chance de funcionar.

Sabia que precisava tocar Reggie na frente dos outros. Para convencer minha família, seriam necessárias demonstrações públicas de afeto.

— Certo — falei, mais para mim mesma.

Peguei sua mão e entrelacei nossos dedos. Ainda não sabia como Reggie ganhava a vida antes de ficar sem trabalho, mas sua pegada era forte, o que, com os ombros largos e a cintura fina, sugeria que ele malhava com frequência.

Senti sua mão apertar a minha, tão fria ao toque como quando no dia que nos conhecemos no café. Apertei a mão dele em resposta, e ele sorriu para mim.

Então, olhou para meus ombros e para o cardigã fino demais.

Reggie franziu a testa.

— Há muito tempo que não faço algo assim — disse ele, fazendo um gesto para nós dois com a outra mão. — Mas, da última vez que tive o que alguns chamariam de encontro em uma noite fria, o correto era oferecer meu casaco.

Ele começou a tirar o Peludão. A ideia de que ele me emprestasse aquela coisa hedionda, como se fôssemos personagens em um romance vitoriano, era ao mesmo tempo tão doce e absurda que tive que morder o lábio para não rir.

— Não estou com frio — menti, levando a mão ao braço dele para impedi-lo de me passar o casaco.

— Tem certeza?

Assenti com vigor.

— Tenho. Pode ficar. Ou não — acrescentei depressa, porque aquela coisa era um horror.

Aparentemente convencido de que eu não iria congelar, Reggie voltou a vestir o casaco. O canto direito de sua boca se ergueu em um meio sorriso. Ele voltou a apertar minha mão de um jeito que em outras circunstâncias talvez parecesse possessivo, mas que eu desconfiava de que tinha o objetivo de me reconfortar. Eu me recusava a reconhecer como aquela pressão suave me aquecia por dentro.

— Vamos tocar a campainha? — perguntou ele.

— Ah, podemos entrar direto — falei, com a mão na maçaneta. — Tia Sue nunca espera que toquem.

O sorriso dele fraquejou. Segurou minha mão com mais força.

— Eu me sentiria melhor se a gente tocasse. Preciso que sua tia ou seu tio me convide para entrar.

Olhei para ele.

— Por quê?

Reggie não respondeu na mesma hora. Depois de um momento, disse:

— É uma das minhas peculiaridades.

— Tá — falei, apertando a mão dele para reconfortá-lo também. Eu nunca imaginaria que Reggie respeitava aquele tipo de formalidade, mas achei estranhamente fofo. — Eu toco.

Ele sorriu, claramente aliviado. Se aquele sorriso caía bem nele, não notei, nem um pouco. Muito menos se iluminava todo seu rosto.

— Obrigado.

A gente consegue, disse a mim mesma enquanto tocava a campainha e esperava. *Vai funcionar.*

Eu me recusava a pensar no que faria se minha família não acreditasse na gente.

TREZE

Mensagens de texto enviadas por Frederick F. Fitzwilliam a Reginald Cleaves

FREDERICK: Desculpe a demora para responder. Cassie e eu estamos nos divertindo tanto que nem tenho olhado as mensagens.
FREDERICK: Mas não: não vou dar conselho nenhum sobre "como beijar humanas"
FREDERICK: Não sou grosseiro assim. E onde você está com a cabeça?

AMELIA

A FESTA JÁ ESTAVA A TODA QUANDO MEU TIO BILL ABRIU A PORTA E nos convidou para entrar.

Reggie passou o olhar pela sala lotada, ainda segurando minha mão. Eu me recusava a pensar em como nossas mãos se encaixavam, ou em como a sensação de tocá-lo era boa. Notei, com certa inveja, que ele pareceu imediatamente confortável. Como se não estivesse nem um pouco nervoso com o fato de que mal nos conhecíamos, mas iríamos tentar convencer um monte de gente de que estávamos namorando.

Pelo menos um de nós não estava.

Procurei meus pais e irmãos entre os convidados e encontrei Sam conversando com o marido em meio a pessoas que eu nunca tinha visto.

Quando ele nos viu, sorriu e fez sinal para que nos aproximássemos.

— Só tia Sue pra dar uma festa pra amigos próximos e parentes e convidar metade de Winnetka — comentou Sam, balançando a cabeça. Seus olhos se alternaram entre mim e Reggie. — Esse é...?

— O namorado meio sério de Amelia, com quem ela está há exatamente seis semanas, nem mais nem menos? Sim. — Reggie estendeu a mão para que Sam a apertasse. — Meu nome é Reginald.

Sam piscou algumas vezes, confuso, absorvendo o casaco, os olhos azuis e a expressão séria de Reggie. Então apertou sua mão, um pouco hesitante.

E a soltou quase imediatamente.

Devia ter sido pego de surpresa pelo quão gelada era a pele de Reggie, como eu.

— *Reginald* — repetiu Sam, como se estivesse tentando se lembrar de onde conhecia aquele nome, depois estalou os dedos. — Claro. Você é amigo do Frederick e da Cassie, não é?

— Isso — confirmou Reggie. — Você deve ser o Sam.

— Eu mesmo. — Ele olhou para nós dois. — Amelia, podemos conversar um segundo?

Antes que eu pudesse responder, Sam me puxou sozinha para um canto. Seu olhar, em geral caloroso e bondoso, parecia frio enquanto se alternava entre mim e Reggie.

— O que foi? — perguntei, preocupada.

— Ele *parece* legal... — A voz de Sam soava baixa e urgente. — Conheço Frederick pela Cassie, e ele é boa pessoa. Se Reginald é amigo dele, provavelmente não preciso me preocupar, mas... se acontecer alguma coisa... *estranha*... você me avisa?

Inacreditável.

Sam ia mesmo bancar o irmão protetor naquelas circunstâncias? Ali, em uma festa de família, onde a coisa mais perigosa que poderia me acontecer provavelmente envolveria a comida à base de laticínios?

— Não é pra tanto, Sam — falei, exasperada.

Ele não quis saber.

— Prometa pra mim.

Joguei as mãos para o alto.

— Tá bom. Se Reggie fizer alguma coisa estranha, eu aviso. Mas já falei que ele não é meu namorado de verdade. Depois de hoje à noite, a gente só vai se ver no casamento da Gretchen. — Cruzei os braços. — E, depois do casamento, nunca mais.

— Amelia.

Sam e eu viramos a cabeça juntos ao ouvir a voz de Reggie. Ele não fizera barulho ao se aproximar, e era rápido. Um segundo antes, estava junto de um vaso grande. Naquele momento, já tinha um prato de comida em uma das mãos e uma taça de vinho branco na outra.

— Peguei pra você — continuou Reggie. — Não sei quando o pessoal da cozinha pretendia servir este negócio com cogumelo, mas fiz cara feia e me entregaram a bandeja inteira. — Ele sorriu. — Minha cara feia é muito eficiente.

— Pessoal da cozinha? — Pisquei algumas vezes. — Está falando da minha tia e dos meus primos?

Ele deu de ombros.

— Não sei. Quem quer que esteja preparando a comida.

Sam murmurou algo que não consegui ouvir direito, mas que soava muito com: "Não acredito que vou ter que passar por isso de novo." Depois ele disse, mais alto, ainda que apenas para mim:

— Vou atrás da tia Sue. Ela quer fazer algumas mudanças no testamento, e precisamos resolver alguns detalhes antes de terça. Te chamo daqui a pouco, tá?

Reggie e eu ficamos olhando para Sam enquanto ele saía.

— Acho que seu irmão não gostou de mim — comentou Reggie.

— Imagina — falei. — Ele só está passando por uma fase meio superprotetora.

— Acho que não é isso, não — insistiu Reggie. — Mas tudo bem. Bastante gente não gosta de mim.

Seu sorriso triste não deveria ter me provocado uma pontada no coração. Reggie era um desconhecido. No entanto, algo no lampejo de dor que passou pelo rosto dele mexeu comigo. Minha vontade era de alisar as rugas em sua testa com a ponta dos dedos.

— Não vamos ter problemas com Sam, não se preocupe — garanti.

Era o que eu esperava, pelo menos. A última coisa de que precisava era do meu irmão implicando com meu namorado de mentirinha antes do casamento de Gretchen.

....

O VINHO ERA BOM, E EU BEBI A MAIOR PARTE DA TAÇA EM ALGUMAS goladas. Não estava com pressa de começar a beber, mas, já que o troço fora colocado na minha mão, percebi que seria uma boa maneira de relaxar.

— Não quer beber também? — perguntei a Reggie. Meu nervosismo já estava começando a se dissipar — Ou comer?

Seus olhos se arregalaram. Ele olhou para um lado e para outro, como se tentasse se certificar de que ninguém havia me ouvido.

— Depois — murmurou Reggie. — Tem gente demais aqui.

Ele falava sério, a voz dando o primeiro sinal de ansiedade desde que havíamos chegado. Estava levando aquilo tudo à sério. Era fofo.

— Acho que ninguém julgaria você por beber um pouco. — Indiquei com a cabeça a cozinha, onde um grupo de homens que reconheci vagamente como primos distantes pegava cerveja da geladeira. Estranhei o fato de que alguns deles eram visivelmente menores de idade, incluindo Alex, um meio-primo adolescente, mas eu é que não iria dedurar alguém em uma festa de família. — Está todo mundo bebendo, viu?

Reggie me encarou com incredulidade por um momento, depois virou a cabeça na direção da cozinha. Quando viu meus primos, riu.

— Bom, eles estão bebendo mesmo. — Então Reggie acrescentou, embora fosse desnecessário: — Bebendo *cerveja*. — Ele inclinou a cabeça para mais perto da minha. Senti o hálito doce e fresco na minha bochecha. — Olhe, Amelia...

Meus pais escolheram exatamente aquele momento para aparecer. Reggie interrompeu o que quer que estivesse prestes a dizer, tensionou os lábios em um sorriso vago e assumiu uma expressão de interesse educado.

— Ah, olá — disse ele, virando-se para os dois. — Vocês devem ser o sr. e a sra. Collins.

Minha mãe estava radiante. Usava um vestido cor-de-rosa acinturado com florezinhas bordadas no decote. Caía bem nela. Eu precisava me lembrar de elogiá-la depois, quando o nervosismo não fizesse meu coração bater tão forte que parecia que ia sair pela boca.

— E você deve ser o Reggie. — Minha mãe olhou primeiro para mim, depois para ele e então para mim outra vez, o sorriso se alargando. — Fico tão feliz que tenha conseguido vir mesmo com um convite tão em cima da hora.

Reggie manteve um sorriso encantador no rosto.

— Fiz questão de vir. Essa época do ano é sempre corrida no trabalho, mas quando Amelia comentou que era um evento importante para ela, soube que precisava abrir um espaço na agenda. — Ele se virou para meu pai e acrescentou: — Ainda mais quando Amelia me disse que haveria um professor de história em carne e osso aqui. Especializado na Europa da virada para o século XX, não é isso?

Reggie talvez estivesse exagerando um pouco, mas meu pai adorou.

— Exato — disse ele, alegre. — Mas já me aposentei.

— Adoraria conversar sobre sua pesquisa depois. Eu me interesso muito por história. — Como se só então se lembrasse de que eu continuava ali, Reggie se virou para mim e acrescentou: — Se não tiver problema pra você, claro.

Pensar no meu pai conversando com meu namorado de mentira era um pouco aterrorizante. No entanto, meu pai me olhava com tamanha expectativa que tive que sorrir.

— Claro.

— Meus filhos nunca demonstraram muito interesse no meu trabalho — comentou.

Reggie foi solidário.

— Azar o deles, tenho certeza. — Reggie tirou um papel do bolso e o entregou ao meu pai. — É o meu número. Sinta-se livre para entrar em contato quando quiser que eu desbanque uma de suas teorias.

Meu pai riu tanto que achei que fosse cair para trás.

— Ah, pode deixar, meu jovem. Vou ligar assim que esta festa chata acabar.

Com um olhar fulminante, minha mãe disse:

— John.

Meu pai se concentrou na própria bebida.

— Mas está chata mesmo — murmurou ele, antes de sair de fininho.

— Então, Reggie... — começou minha mãe, querendo mudar de assunto. — Você falou do trabalho. É uma época movimentada pra você também?

— Isso. Muito movimentada. — Reggie balançou a cabeça, se lamentando. — Sempre tenho muita coisa pra fazer.

Minha mãe fez um *tsc-tsc* solidário.

— Amelia também trabalha demais nessa época, como você deve saber.

Quando Reggie se virou para mim, seus olhos comunicavam algo que, se eu não soubesse que se tratava de fingimento, acreditaria que era uma preocupação genuína.

— Pois é — concordou ele. — Ela precisa aprender a separar um tempo para descansar.

Reggie apertou minha mão, acariciando-a com o polegar.

Ele não estava brincando quando disse que era bom em fingir. Meu rosto corou — se por conta da gentileza inesperada das palavras ou do carinho que fazia em minha mão, eu não sabia.

— Vou descansar assim que o prazo de entrega das declarações passar — falei, porque era o que sempre dizia quando minha família pegava no meu pé por trabalhar demais.

Minha mãe e Reggie se entreolharam como se não se deixassem enganar.

— Bem que eu queria acreditar em você — acabou dizendo ela, pesarosa.

— Ouvi essa frase tantas vezes que perdi a conta — concordou Reggie, balançando a cabeça.

Olhei feio para ele. Inacreditável. Reggie iria ficar do lado da minha mãe?

— Mas parece que você também trabalha demais — o repreendeu minha mãe. — Amelia comentou que você é da área de tecnologia, mas não entrou em detalhes. O que você faz?

Meu coração voltou a acelerar. Eu me arrependi de não termos definido essa parte da história, e de ter concordado que ele poderia usar a criatividade. Reggie provavelmente exageraria no improviso.

Decidi intervir.

— Eu já contei que a gente se conheceu no escritório...

No mesmo momento, Reggie disse:

— Eu trabalho em um parque de diversões.

Tudo em volta sumiu. O tempo parou. Meu queixo foi parar perto do chão. As únicas coisas que continuaram existindo naquele momento congelado eram a expressão surpresa da minha mãe, meu horror crescente e o desconhecido ao meu lado, que havia acabado de lançar uma bomba gigantesca no meio da sala decorada com todo o bom gosto de tia Sue.

O peso do olhar que minha mãe me dirigiu era tamanho que eu podia senti-lo. No entanto, mantive os olhos fixos em Reggie. Ele parecia tranquilo. Alegre, até. Como se não tivesse acabado de dizer a coisa mais ridícula do mundo e se desviado por completo do plano.

— Um parque de diversões? — repetiu minha mãe, se recuperando antes de mim e com a voz só um pouco tensa. — Você... tem um parque de diversões?

— Ah, não — disse Reggie, rindo e balançando a cabeça. — Não tenho um parque de diversões. Só trabalho em um.

Seria aquela outra brincadeira? Como quando havia me dito que era um vampiro?

Mais uma vez, tive que reconhecer que eu não sabia nada sobre aquele homem. Talvez ele trabalhasse mesmo em um parque de diversões. Não havia nada de errado com aquilo, claro. Mas não era o que eu esperava que Reggie dissesse, tampouco era o tipo de coisa que um namorado meu diria. E aquilo tornaria muito mais difícil convencer meus pais de que estávamos juntos.

Meu instinto de autopreservação finalmente entrou em cena. Decidi fingir que ele estava brincando.

— Ah, Reggie — falei, com uma risada forçada. — Você é tão bobo.

— Sou mesmo — concordou ele. — Diferente de você. Por isso fiquei tão feliz quando concordou em ir ao parque de diversões comigo na minha última noite de folga.

Se as sobrancelhas da minha mãe subissem mais, desapareceriam em meio ao cabelo.

— E o que você faz no parque, Reggie? — perguntou ela. — Há quanto tempo trabalha lá?

Minha mãe estava se esforçando muito para entender aquela tolice. Era fofo, de verdade. Senti uma pontada de culpa, ela realmente estava tentando demonstrar apoio àquele homem que havia acabado de conhecer, e àquele relacionamento que nem era real.

— Bom, pra ser sincero, só faz alguns meses que trabalho lá. — Reggie conseguia dizer aquilo como se não fosse algo que acabara de inventar, como se realmente adorasse o trabalho. — Mas faço muitas coisas diferentes. Cuido de alguns jogos. O da argola é meu preferido, adoro quando aqueles caras bem fortões não conseguem acertar e perdem totalmente a compostura. — Arrisquei uma olhada de canto de olho para minha mãe. Ela observava Reggie com o tipo de interesse e arrebatamento que em geral reservava a antiguidades sendo vendidas abaixo do preço por pessoas desavisadas. — Às vezes cuido de brinquedos também, o que é legal, só menos recompensador que ver homens adultos agirem como bebês quando não ganham um bichinho de pelúcia.

Minha mãe olhou para mim.

— Por que me disse que vocês se conheceram no escritório?

Seu tom era de acusação, como se estivesse me condenando por sentir vergonha do meu namorado trabalhar em um parque de diversões. Entretanto, era difícil saber o que ela estava pensando. Àquela altura, meu cérebro não funcionava mais.

— Eu... — comecei a dizer. — É que...

Engoli em seco. Acompanhar aquela conversa era como andar em areia movediça. Por que eu não conseguia pensar em uma maneira de me safar?

— A gente se conheceu mesmo no escritório. — Reggie me salvou. — Antes do parque de diversões, trabalhei dez anos em um. Bom — acrescentou ele, rindo — trabalhei *a maior parte* desses dez anos em um escritório. De vez em quando eu fazia algum serviço externo. Eu trabalhava com TI.

— Minha nossa — disse minha mãe, levando a mão ao peito. — E por que decidiu largar essa carreira para... trabalhar em um parque de diversões?

Reggie se virou um pouco e inclinou a cabeça na minha direção para responder.

— Eu era muito bom no meu trabalho. Recebi várias promoções e tal. — Ele balançou a cabeça. — Mas trabalhava sem parar, e não era apaixonado pela área. Nem mesmo no começo.

Para minha surpresa, minha mãe assentiu, compreensiva.

— É muito difícil ter que trabalhar com algo pelo qual não somos apaixonados. Admiro sua coragem de abandonar tudo para correr atrás dos seus sonhos.

Reggie sorriu para ela.

— Obrigado.
— Espero que seus pais também apoiem sua decisão.

O sorriso dele vacilou por um momento tão breve que alguém que não estivesse prestando tanta atenção quanto eu não teria percebido. Reggie se recuperou rapidamente e voltou a sorrir como antes para responder:

— Meus pais já não opinam sobre minha vida.

Apesar do sorriso, ouvi a dor em sua voz. Reggie não tinha nem o telefone dos pais salvo no celular. Considerando como era tagarela, sua reticência em falar sobre a família indicava que havia algo ali. Algo que ele não queria me contar.

Por mais curiosa que eu estivesse, Reggie não me devia uma explicação. Não me devia nada, aliás.

Sem pensar muito, segurei a mão dele e a apertei de leve. Para minha surpresa, ele retribuiu o gesto. Eu não sabia se por reflexo ou para agradecer o apoio.

De qualquer maneira, era hora de encerrar aquela conversa.

— A gente veio direto do trabalho e está morrendo de fome — menti para minha mãe. — É melhor pegar alguma coisa pra comer.

Acenei com a cabeça na direção da mesa da sala de jantar, onde toda a comida estava.

— Claro — disse minha mãe, depois sorriu para nós dois. — Não quero atrapalhar vocês. Espero que em breve possamos conversar mais, Reginald.

Soltei um suspiro aliviado quando ela foi atrás de alguém com quem conversar.

— Você está bem?

— Claro. — Reggie sorria, mas não parecia sincero. — Estou sempre bem. — Eu não sabia se acreditava, mas, a julgar pela maneira como ele virou o rosto na direção da mesa, a conversa estava encerrada. — Vamos?

Ele me ofereceu o braço, em um convite implícito. Engoli em seco. Certo. Íamos fazer aquilo. Assentindo ligeiramente para mim mesma, aceitei seu braço e me recusei a reconhecer o quanto gostei quando ele me puxou para mais perto. Era um pouco estranho, no entanto. Eu deveria me sentir mais quente, com a proximidade, mas seu corpo estava gelado, por mais que a casa estivesse aquecida.

— Está com fome? — perguntei.

Reggie pigarreou.

— Comi antes de vir — disse ele, arregalando os olhos para mim. — Mas vamos pegar alguma coisa pra você.

....

TIVEMOS QUE AGUARDAR ALGUNS MINUTOS ENQUANTO UM grupo grande de primos adolescentes se servia. Quando olhou para a mesa, Reggie franziu a testa em reprovação.

— Não tem nada aqui que você possa comer, Amelia.

"Nada" era exagero, mas não tanto. Havia uma travessa de aipo, cenoura e brócolis, acompanhada de um potinho com um molho que minha tia provavelmente havia comprado pronto. Para a sobremesa tinham morangos cobertos de chocolate, com uma cara bem boa. Então eu tinha o que comer, só teria que deixar o molho de lado. Cerca de três quartos da mesa, no entanto, eram ocupados por uma bandeja grande de prata com frios e uma tigela de cristal com o famoso macarrão com queijo da minha tia, que eu imaginava que fosse para as crianças. Eu não podia comer nada daquilo sem sofrer sérias consequências.

Suspirei.

— Eu falei. Minha família não se preocupa muito com minhas restrições alimentares.

Reggie mantinha a testa franzida.

— Se eles insistem que você venha, o mínimo que podem fazer é servir um cardápio mais variado. Quão difícil é oferecer algo vegetariano e sem lactose? — Ele balançou a cabeça. — Nem um pouco, eu diria, apesar de não ser especialista em comida.

Eu estava distraída demais com o que parecia ser irritação genuína da parte dele para encucar com aquele jeito estranho de dizer as coisas. Ele nem me conhecia. Por que se importava se minha família fosse meio cretina em relação àquilo? E por que vê-lo ofendido por mim me causava um friozinho na barriga?

Quase expliquei que eu havia parado de criar caso quando percebi que era mais fácil me adaptar. No entanto, entrar naquela seara provavelmente só iria deixá-lo mais chateado sem necessidade.

— Está tudo bem — falei. — Posso comer quando chegar em casa.
— Não está tudo bem. — Ele estava com uma expressão sentida. — É sua *família*. Eles deveriam se preocupar com as suas restrições.

Aquela era a questão.

— Pois é — falei. — Mas a comida parece ótima. Não tem motivo pra você não comer também.

Ele balançou a cabeça.

— Minha alimentação é ainda mais restrita que a sua. Não posso comer nada disso.

Reggie olhou para mim como se eu soubesse muito bem *por que* ele não iria comer nada. Se eu sabia, no entanto, não lembrava.

— Ah... Você é vegano? — perguntei, confusa.

Ele piscou algumas vezes.

— Não — disse, rindo. — Ainda não expliquei como é minha alimentação, né?

Reggie deu a impressão de que explicaria, mas fomos interrompidos por uma pequena comoção à entrada.

Quando me virei, me deparei com minha prima Gretchen entrando de mãos dadas com um cara que só podia ser seu noivo, Josh.

Apesar de tudo, tive que sorrir. Ela estava claramente feliz. Também estava bonita, com a pele bronzeada apesar de ser março e de estarmos em Chicago. Talvez Gretchen houvesse acabado de tirar férias em algum lugar mais quente. Um grupo de primos, minha mãe e tia Sue a rodeavam, todos falando com animação enquanto ela ria, sem soltar a mão do noivo.

Fiquei feliz por Gretchen. Mas não senti um pingo de inveja. Será que eu não querer o que ela tinha significava que havia algo de errado comigo?

Eu achava que não.

Talvez um dia minha família concordasse comigo.

....

JÁ FAZIA TEMPO QUE GRETCHEN E JOSH HAVIAM IDO EMBORA quando Reggie e eu decidimos que já tínhamos cumprido nosso papel naquela festa e era hora de ir para casa.

Quando eu seguia até o cômodo onde tia Sue havia guardado o Peludão, Reggie me parou, segurando meu braço.

— Será que não devemos fazer algo mais convincente antes de ir? Dar um showzinho? — sussurrou ele, em tom conspirador.

Reggie pegou minha mão. Virei a cabeça para ele, que olhava para a sala de estar, onde um punhado de convidados conversavam.

Suas palavras e o jeito levemente possessivo com o qual ele segurava minha mão fizeram o pânico tomar conta de mim.

O pânico e algo mais, que eu teria que desvendar depois.

Engoli em seco. De repente, minha garganta estava seca.

— Como assim, "dar um showzinho"? — perguntei, como se a expressão dele e sua mão na minha não deixassem a intenção bem clara.

Reggie se inclinou para mais perto.

— Um beijo — disse apenas, com a boca bem próxima da minha e malícia visível nos olhos. — A gente deveria se beijar.

A sugestão não deveria ter me pegado de surpresa. Afinal, a ideia toda era fazer com que minha família pensasse que estávamos juntos, não? No entanto, meu corpo não parecia estar na mesma página. Senti o coração acelerar, as terminações nervosas se concentrando, de repente, nos pontos onde Reggie, ou seu hálito, me tocavam. Tão de perto, era impossível ignorar o quão bonito ele era. As roupas lhe caíam tão bem que, se eu o tivesse conhecido em outras circunstâncias, não conseguiria tirar os olhos dele.

Reggie havia sido encantador com todo mundo com quem conversara naquela noite. Incluindo eu.

De repente, eu me vi consciente da minha própria respiração. O vestido de Sophie parecia apertado demais para mim, minha pele parecia pequena demais para mim.

Procurei me recompor, lembrando a mim mesma que o motivo de ter ido ao jantar com Reggie era mostrar a todo mundo que eu estava ótima. Nada mais.

— Tá bom — consegui dizer.

Com um aceno mínimo de cabeça e um sorrisinho convencido que me fez perder o foco, Reggie levou uma das mãos à minha cintura. O frio constante da pele dele atravessou o tecido do vestido de tal forma que foi como se eu estivesse nua. Então ele inclinou a cabeça e...

— Espere — falei, entrando em pânico de novo. Os olhos de Reggie eram tão azuis e os lábios estavam tão próximos dos meus que, se eu movesse um músculo que fosse, estaríamos nos beijando. — Aqui?

O canto direito de sua boca se ergueu como se ele estivesse achando graça. *Que injusto*, pensei, incapaz de desviar os olhos daquela boca carnuda.

— Estamos em um local bem estratégico. — As palavras de Reggie saíram com uma lufada de ar frio no meu rosto. Ele estava perto demais. — Mas, se preferir em outro lugar, acho que podemos...

Eu o interrompi com minha boca.

Se tivesse planejado melhor, talvez me encontrasse mais bem preparada para a realidade de beijar Reggie. Mas eu não tinha planejado, e muito menos estava preparada.

Com o que restava de concentração, procurei me lembrar de manter o beijo lento e casto. Nada que envolvesse língua, ou que pudesse deixar alguém horrorizado. No entanto, ficou imediatamente claro que Reggie tinha outros planos. E não demorou muito para que meu corpo embarcasse na dele.

Reggie beijava com uma facilidade e experiência que quase faziam com que eu me desmanchasse. A mão dele encontrou minha lombar e ele me puxou mais para perto. Sem pensar, mas por vontade própria, meus braços enlaçaram seu pescoço quando ele inclinou a cabeça para passar a ponta da língua na abertura entre meus lábios.

Não deveríamos estar fazendo aquilo. Meu corpo não deveria reagir à proximidade dele, a seu toque, a seu beijo. Aquilo não era *real*. Para o meu corpo, no entanto, aquele beijo era tão real quanto possível. Minha respiração acelerava à medida que os segundos passavam. Reggie enfiou a língua na minha boca por um momento, só para tirá-la em seguida. Seu gosto era peculiar, metálico, salgado, como quando eu mordia a língua sem querer porque estava comendo rápido demais e o sangue se acumulava na minha boca. Mas aquilo não estragava o clima nem me distraía das sensações muito reais que eu estava experimentando. Agarrei o colarinho da camisa dele, pensando apenas em trazê-lo para mais perto, e só fui me dar conta do que estava fazendo quando Reggie retribuiu o favor agarrando a frente do vestido.

— Amelia — sussurrou contra minha boca.
Então, acabou. Reggie se afastou com um sorriso encabulado no rosto. Eu estava me sentindo quente e corada. Não tinha dúvida de que meu rosto estava tão vermelho quanto os morangos que eu havia comido de sobremesa. Quando o encarei, suas pupilas quase engoliam as íris azuis. De resto, Reggie parecia não ter se abalado com o que havíamos acabado de fazer.

— Acha que eles acreditaram? — perguntou, baixo. A ligeira rouquidão em sua voz me deixou arrepiada. — Na minha opinião, foi uma encenação convincente, mas você conhece sua família melhor do que eu.

Uma encenação convincente.

Aquelas palavras foram o balde de água fria de que eu desesperadamente precisava.

Balancei a cabeça para me reorientar.

— Foi bom — falei, como uma boba. Reggie arregalou os olhos. Tarde demais, eu percebi que estava respondendo a algo que ele não havia perguntado. Fechei os olhos e tentei de novo. — Acho que... foi convincente, sim.

Para meu alívio, e horror, minha mãe, tia Sue e minha cunhada Jess definitivamente haviam notado nosso "showzinho". Elas cochichavam na sala de estar, a uns dez passos de nós, nos lançando olhares significativos a cada tantos segundos. Depois que minha mãe e minha tia foram embora, Jess me ofereceu uma piscadela teatral e fez sinal de positivo.

— Foi convincente — confirmei, me sentindo meio tonta.

— Então...

Reggie coçou a nuca, parecendo meio sem jeito. A segurança de momentos atrás começava a fraquejar. Agora que ele estava um pouco mais distante, reparei que parecia tão atordoado quanto eu me sentia. Sua outra mão ainda repousava em minha cintura. Estaria eu quebrando as regras por não querer que Reggie a tirasse dali?

— Que bom — completou.

— É. — Eu me ouvi dizer. — Que bom.

Eu não fazia ideia do que faríamos depois daquilo.

CATORZE

Troca de mensagens entre Reginald Cleaves e Amelia Collins

REGINALD: oi, Amelia
REGINALD: opa
REGINALD: droga
REGINALD: é madrugada de novo, né
REGINALD: você deve estar dormindo
REGINALD: não precisa responder agora
REGINALD: só queria agradecer pela noite
REGINALD: não me lembro da última vez que me diverti tanto assim em Winnetka
REGINALD: sendo sincero, foi uma das melhores noites que tive há um tempinho, em qualquer lugar que seja
REGINALD: bom
REGINALD: vou deixar você descansar
REGINALD: durma bem

                                                    AMELIA: oi

REGINALD: Amelia
REGINALD: acordei você, desculpa

AMELIA: tudo bem
AMELIA: eu não estava dormindo

REGINALD: não?

AMELIA: não
AMELIA: não consegui

REGINALD: sinto muito

AMELIA: tudo bem
AMELIA: sempre tenho insônia quando encontro minha família
AMELIA: mas que bom que você se divertiu
AMELIA: também me diverti ☺
AMELIA: não achei que fosse ser legal, mas foi

REGINALD: fico feliz

AMELIA: acho que nunca mais vou ver petúnias da mesma maneira depois da piada que você contou

REGINALD: foi mesmo uma das minhas melhores piadas
REGINALD: se me permite dizer

AMELIA: ainda não ouvi suas piadas o suficiente pra avaliar se é verdade
AMELIA: mas foi boa mesmo

REGINALD: eu adoraria contar mais piadas pra você
REGINALD: caso esteja interessada em fazer sua própria avaliação

AMELIA: ☺

REGINALD: ☺

AMELIA

NÃO DORMI BEM AQUELA NOITE. PROVAVELMENTE PORQUE TINHA ficado tão empolgada com as mensagens de Reggie que havia demorado mais de uma hora para voltar a pegar no sono.

Bocejando, eu me virei e peguei o celular na mesa de cabeceira. Minha mãe tinha mandado várias mensagens logo que eu chegara em casa do jantar. Eu estava tão distraída que nem havia reparado.

MÃE: Adorei conhecer o Reginald
MÃE: Ele é um rapaz muito agradável
MÃE: E com uma personalidade única, algo raro hoje
MÃE: Seu pai e eu gostaríamos de receber vocês pra jantar
MÃE: Pra conhecer seu namorado melhor

Senti o coração martelar.
A gente *não iria* jantar com minha família.
Eram seis e meia da manhã. Minha mãe nem devia ter acordado ainda, o que tornava aquele o momento perfeito para responder. Quando ela acordasse e visse as mensagens, eu já estaria no trabalho e não poderia ter a longa conversa sobre Reggie de que minha mãe sem dúvida gostaria mas eu não.

Decidi responder à primeira mensagem e ignorar a parte em que ela nos convidava para jantar. Até porque eu duvidava que ele fosse topar.

AMELIA: Que bom que você gostou do Reggie
AMELIA: Ele também adorou conhecer vocês

Parecia a coisa certa a dizer, embora eu não soubesse se era verdade. Reggie não havia comentado nada sobre minha família; depois do beijo não tínhamos conversado muito sobre eles.

Tampouco tínhamos conversado muito sobre eles antes.

Havíamos passado a maior parte da festa sentados em cadeiras dobráveis em um canto da sala de estar, longe dos outros, enquanto Reggie se esforçava ao máximo para me fazer rir.

E ele era bom naquilo.

Muito bom.

Na verdade, só Deus sabia quanto tempo fazia que eu não ria daquele jeito. O que era irônico, considerando que eu nem queria ter ido ao evento.

Depois de responder minha mãe, fui ao banheiro e me olhei no espelho, as mãos apoiadas na pia.

Eu parecia tão desgrenhada e distraída quanto me sentia.

Aquele beijo...

Fazia anos que eu não experimentava um beijo tão bom. E nem era um beijo real. Havia sido só uma encenação.

Como seria beijar Reggie sem alguém por perto? Ele se sentiria mais inibido? Ou menos?

Fechei os olhos. Antes que eu pudesse me convencer a não pensar a respeito, minha mente já providenciava imagens por conta própria. As mãos dele, capazes e fortes, segurando meu rosto enquanto ele me imprensava contra a parede. Sua língua entrando na minha boca, sem misericórdia, para expulsar tudo que não era ele.

Meus olhos voltaram a se abrir.

Eu não deveria estar pensando naquilo.

— Não — falei para o reflexo no espelho. Minhas bochechas estavam vermelhas, o coração batia tão forte como quando os lábios de Reggie encontraram os meus, na noite anterior. — Não vamos fazer nada disso.

Foi encenação, repeti a mim mesma, enquanto ligava o chuveiro. *Não significou nada.*

Reggie não me dera nenhum sinal de que via nosso acordo de alguma outra maneira.

Eu não podia me esquecer daquilo.

....

O DIA SE ARRASTOU.

Eram seis da tarde e eu não chegara nem perto de fazer tudo o que havia planejado. Após uma terceira tentativa fracassada de ler um único balanço patrimonial, meus olhos vagaram por vontade própria até a janela. Era outra noite escura e feia de março, e uma garoa fina batia na fachada. Não dava para ver muita coisa do trigésimo segundo andar, por isso fiquei acompanhando as gotas que escorriam pelo vidro.

Reggie havia saído com aquele tempo ruim? O que ele fazia quando não estava comigo?

Affe.

Eu não conseguia lembrar a última vez que tinha ficado tão desconcentrada.

Precisava dormir mais.

— Amelia?

Virei a cabeça ao ouvir a voz de Ellen, minha assistente. Ela estava à porta da sala.

— Sim?

Ellen olhou para trás, por cima do ombro.

— Você está esperando alguém?

Franzi a testa.

— Não. Por quê?

— Tem um homem vindo para cá. — Ellen se virou para mim. — Não reconheci ele.

— Como assim? — Era difícil recebermos visita após o expediente. — É um cliente? Um entregador?

— Não sei — disse Ellen. Então, com um sorriso furtivo, complementou, baixo: — Ele é *muito* bonito.

Antes que eu pudesse responder, Reggie apareceu ao lado dela.

Fiquei pasma com o que vi.

Não havia nem sinal do visual um tanto excêntrico com o qual eu já havia me acostumado. Nada do chapéu fedora e do sobretudo de quando nos conhecemos, nada da revista de cabeça para baixo da noite no café, nada do Peludão.

Aquele Reggie usava um terno cinza-carvão que seria perfeitamente apropriado para nossa sala de reuniões. Em geral, eu me sentia fisicamente incapaz de considerar qualquer pessoa de terno naquele prédio atraente. No entanto, *Reggie* de terno...

Era um crime, sinceramente, ele usar qualquer outro tipo de roupa. Mesmo com Ellen *bem ali*, minha vontade era correr os dedos por aquele colarinho, puxar a gravata de seda vermelha pelo nó e dar um beijo nele, digno do da noite anterior.

— Amelia — disse Reggie, entrando na sala sem ser convidado. — Que bom ver você de novo.

Os olhos de Ellen se alternaram rapidamente entre nós dois, arregalados.

— Vocês se conhecem?

Assenti, sentindo uma vermelhidão tomar conta do meu rosto.

— Sim.

— Então não preciso chamar o segurança?

A pergunta surpreendeu Reggie. Se por sua natureza ligeiramente ameaçadora ou porque ele havia se esquecido da presença de Ellen, eu não tinha como saber.

— Não há necessidade — garantiu ele. — Amelia e eu somos...

— Amigos! — Eu o cortei, porque não fazia ideia de como Reggie pretendia concluir a frase. — Somos amigos.

Ele sorriu para mim. Ao ver a expressão no rosto dele, minha assistente me olhou como se tivesse entendido tudo.

Ai, meu Deus.

— Entãããããão... — disse Ellen, de um jeito cantarolado que eu nunca a havia visto usar — ... acho que já vou indo.

Minha assistente se virou para sair, mas não sem antes me oferecer uma piscadela a caminho da porta.

— Ela parece legal — comentou Reggie, depois que Ellen já tinha saído.

Eu estava plenamente ciente do fato de que nos encontrávamos sozinhos. Não deveria imaginá-lo me imprensando contra as estantes repletas de manuais tributários e dando sequência ao que havíamos iniciado na casa da minha tia. Mas foi mais forte do que eu.

— Ela é legal mesmo — confirmei.

Concentre-se em Ellen. Em como ela é legal e uma ótima assistente. Concentre-se em qualquer coisa que não seja como Reggie fica lindo nesse terno ou o fato de que estamos sozinhos aqui, pensei.

— Mas por que você está aqui?
Dei a volta na mesa para ficar frente a frente com ele. Estava tão perto que conseguiria contar as sardas discretas que polvilhavam seu nariz. Assim como poderia ter feito na noite anterior, quando Reggie me beijara, se não estivesse distraída com a sensação de ter sua boca na minha.

— Estou tentando evitar passar tempo demais em casa — respondeu Reggie, sem dar mais explicações, então foi até uma das duas cadeiras para visitas, mais decorativas que funcionais. No momento em que se sentou, ficou claro que a cadeira era pequena demais para ele. Reggie tentou se ajeitar e cruzou as pernas, parecendo desconfortável. — Estava passando por aqui por acaso e pensei em vir ver você.

Olhei para ele.

— Por que está tentando evitar passar tempo demais em casa?

Reggie hesitou, como se estivesse pensando em uma resposta. Pela primeira vez desde que aparecera, tive a impressão de que estava nervoso.

— É modo de dizer — falou Reggie, embora não parecesse, nem soasse, ser o caso. — Esquece o que eu disse. E... quer saber? Foda-se esta cadeira. — Ele se levantou e alongou os braços, tentando ficar mais à vontade. — Onde foi que você comprou este troço?

— Na Ikea — falei. — Desculpa. Não costumo receber ninguém.

Reggie não estava mais prestando atenção. Ele se dirigia à parede oposta, onde eu havia pendurado meus diplomas e algumas fotos de família.

— Sua sala é muito organizada.

— Hum... obrigada — falei, pega de surpresa pelo comentário.

— É fascinante. Tudo nesta parede está retinho e alinhado. — Reggie passou um dedo por cima da moldura de uma foto minha com meus irmãos, em uma das viagens em família a Wisconsin. Eu devia ter uns sete anos na época. Havia uma pilha de neve mais alta do que eu logo atrás de mim. — Você até tira o pó.

— Pois é — admiti.

A cara que ele fez era tão desprovida de julgamento, tão inocente, que quase me fez gargalhar.

— Por quê? — perguntou ele.

— Gosto de tudo arrumadinho — falei, meio na defensiva.

— Eu entendo. Mas não tem nem um único livro fora do lugar. Uma única folha de papel solta na mesa. Uma coisa é gostar de tudo arrumadinho, outra coisa é *isto*. — Ele fez um gesto abarcando minha sala. — Parece um mausoléu.

Dei risada.

— Você conhece muitos mausoléus, por acaso?

— Mais do que você imagina.

— Olhe só — falei, começando a me irritar. — Primeiro você não explica direito o que veio fazer aqui, e agora vai começar a criticar minha sala? — Balancei a cabeça. Aquele era o tipo de coisa que me fazia gostar de ser solteira. — Me dê um motivo pra eu não expulsar você daqui.

A expressão de Reggie se suavizou.

— Você tem razão. Desculpa. — Ele ficou parado por um momento, depois começou a bater o indicador nos lábios. — Vim convidar você pra beber alguma coisa.

Meus olhos se arregalaram. *Oi?*

— Não posso — respondi, no automático.

— Por que não?

— Tenho que trabalhar por no mínimo mais quatro horas antes de ir embora.

— Mais um motivo pra você sair pra beber alguma coisa comigo. É um bom momento pra um dar uma pausa.

— Já fiz pausas demais essa semana... Fora que parece que você está me convidando pra um encontro. O que não faz sentido. — Então, para deixar claro, eu acrescentei: — Porque não estamos namorando de verdade.

Algo que não reconheci passou rapidamente por seu rosto.

— Eu sei.

Reggie levou as mãos aos meus braços, que só então percebi que eu mantinha cruzados com tanta força que meus ombros até doíam. As mãos dele pareciam gelo, a ponto de eu senti-las através do tecido fino do cardigã que usava.

Com delicadeza, Reggie descruzou meus braços e deixou que caíssem ao lado do corpo.

— Não estou te chamando para sair — prosseguiu ele. — Seria só uma chance de passar um tempo juntos, e de você relaxar por uma ou duas horinhas.

— Não está me chamando para sair?

Reggie ignorou a pergunta.

— Se não se divertir de vez em quando, você vai morrer antes dos cinquenta de tanto trabalhar.

Olhei para a pilha de documentos na mesa. O prazo de entrega da declaração da Wyatt estava cada vez mais próximo, fora todos os outros clientes que eu vinha deixando de lado por conta da fundação. No entanto, ali estava eu, considerando a possibilidade de ir embora antes das sete. *De novo.*

Eu queria dizer tudo aquilo a Reggie. Até perceber que ele tinha razão. Eu precisava mesmo dar uma parada. Não para cumprir outra obrigação familiar, mas para ter um tempo para mim, para espairecer por algumas horas. E talvez tomar alguma coisa com um cara bonito que definitivamente não era meu namorado de verdade.

— Acho que seria uma boa a gente se conhecer melhor antes do casamento — falei.

— Isso ajudaria você?

Olhei para ele, confusa.

— Como assim?

— Ficaria mais fácil pra você sair do trabalho antes da meia-noite se dissesse a si mesma que foi por um bom motivo?

Ele ter me interpretado de uma forma tão certeira me perturbou. Mas, ao mesmo tempo, não foi uma surpresa.

— Sim — admiti, envergonhada.

— Em algum momento, você vai ter que começar a fazer pausas só pra relaxar — me repreendeu Reggie. — Mas eu aceito. — Ele estendeu a mão para mim. — Vamos?

Fiquei olhando para aquela mão, pensando em como ela havia segurado minha bochecha com toda a delicadeza durante o beijo. Então me esforcei para esquecer. Eu estava saindo para beber com ele para relaxar e conhecer Reggie um pouco melhor antes do casamento. E só.

Se fomos de mãos dadas até o elevador, e depois até a porta do prédio, era porque estávamos treinando para o grande evento.

Se eu conseguisse convencer meu coração acelerado daquilo, estaria tudo bem.

QUINZE

Memorando enviado por George, secretário do Coletivo, para John, presidente do Coletivo

Para: John
De: George
Assunto: Reginald Cleaves

Caro John,

Precisamos de um novo plano. R. C. me viu no saguão do hotel onde está hospedado, percebeu que eu era um vampiro e fugiu.

Na próxima reunião, temos que discutir estratégias que não envolvam ir até onde ele mora. Todas as tentativas de detê-lo dessa forma falharam. Trata-se de um sujeito astuto!

George

REGINALD

CHAMAR AMELIA COLLINS PARA SAIR HAVIA SIDO UMA IDEIA RUIM.
    Na escala de ideias ruins que eu tivera nos trezentos anos anteriores, colocar minha mão em sua lombar e conduzi-la até um bar decadente a alguns quarteirões do trabalho dela provavelmente ficava entre o Carnaval de 1989 e o que fiz naquela vez em Paris.

Porém, ali estava eu, levando Amelia para beber alguma coisa.

Eu poderia colocar a culpa da péssima decisão no fato de ter acabado de me deparar com um possível integrante do Coletivo. Ele estava com o mesmo tipo de roupa executiva genérica que os hóspedes dos hotéis do centro financeiro usavam, então quase não o notei.

No entanto, assim que ele me mostrou as presas — quando eu estava indo pedir uma escova de dentes e pegar o jornal do dia na recepção —, eu soube que se tratava de um vampiro.

Ele também viu as minhas, a julgar pelo modo como seus olhos se mantiveram fixos em minha boca. Era algo que nos entregava. O encanto que disfarçava nossas presas para os humanos e permitia que nos escondêssemos a plena vista não funcionava com outros vampiros. Se eu me tornasse um vilão, esse lapso de funcionalidade poderia ser minha história de origem, se eu não tivesse pelo menos outras quatro.

De qualquer maneira, depois que percebi que ele percebeu que eu havia percebido o que ele era, saí correndo antes de ter tempo de descobrir se era uma coincidência outro vampiro estar hospedado no Marriott ou se o Coletivo havia conseguido me encontrar outra vez.

Depois, acabei vagando sem rumo pelo bairro, usando um terno que Frederick me emprestara na semana anterior. A ideia inicial era caminhar para espairecer, talvez encontrar outro hotel, já que não poderia retornar ao Marriott.

No entanto, quando me dei conta, estava diante do prédio de Amelia, torcendo para dar a sorte de esbarrar com ela. Convencer a segurança a me deixar entrar fora a coisa mais fácil do mundo.

E então...

Bom, Amelia parecia tão estressada quando a vi que eu a convidara para beber alguma coisa sem nem pensar que aquilo não tinha como terminar bem.

— Que barulheira — comentou ela no meu ouvido, imagino que para que eu a ouvisse apesar da música alta.

O hálito quente não devia ter feito os pelos da minha nuca se arrepiarem, nem devia ter mexido comigo como mexeu. Amelia se manteve próxima de mim, com aquele seu cheiro de lilases e luz do sol e parecendo um sonho (da época em que meus sonhos eram bons). Ela estava toda séria, toda bem-vestida, toda contadora. Por Hades, minha vontade era de deixar ela *menos* vestida, de bagunçar aquela mesa imaculada deitando-a sobre ela, derrubando papéis e livros no chão.

Seria possível que Amelia soubesse só de olhar para mim que eu estava louco para enfiar o rosto em seu cabelo? E para cravar os dentes em seu pescoço, o que eu nem sabia se ela permitiria?

Eu quase podia sentir o sangue dela envolvendo minha língua. Delicioso, puro.

A verdade era que eu queria fazer muitas coisas com Amelia que não faziam parte do combinado, e que ela nem dava sinal de querer.

Não importava que nosso beijo tivesse me lembrado de todas as coisas boas que os séculos haviam tirado de mim. Companheirismo, calor. Proximidade com outra pessoa. Meu papel na vida dela tinha limite de duração e escopo. E precisava permanecer assim, a menos que Amelia dissesse o contrário.

— Aqui é barulhento mesmo — concordei, alto o bastante para que ela me ouvisse. Forçando-me a sair da névoa de desejo que a proximidade dela parecia criar, completei: — Não achei que esses advogados e banqueiros todos tivessem tanta energia.

Ela riu. Por causa da música ruim, nem ouvi, mas percebi nas rugas que se formaram nos cantos de seus olhos e no relaxamento dos ombros. Também senti quando Amelia voltou a segurar minha mão e a apertou de leve.

— Vamos achar uma mesa — sugeriu ela.

Eu não sabia ao certo por que Amelia havia concordado em sair comigo. Os motivos que eu dera para aparecer lá no escritório tinham sido muito vagos.

E ainda não conseguia entender por que ela parecia não se preocupar nem um pouco com o fato de que eu era um vampiro.

No entanto, eu não era forte o bastante para questionar isso. Naquele momento, ela me conduzia até uma mesa nos fundos, a mão tão quente e macia contra a minha que precisei de todo o meu autocontrole para não gemer de prazer.

— Que tal esta? — perguntou ela.

Olhei para a mesa. O piso estava tão grudento de cerveja derramada e sabia-se lá o que mais que meus sapatos não descolavam. A mesa, no entanto, parecia limpa.

— Pode ser — meio que disse, meio que gritei. — Quer se sentar enquanto eu...

Apontei com o polegar na direção do bar.

Sua reticência ficou evidente.

— Não bebo cerveja... — Outro ponto para ela. Mesmo quando eu ainda podia beber cerveja, achava que tinha gosto de bunda. — Mas se eles tiverem um Chardonnay...

A cara do bar não exatamente gritava Chardonnay. No entanto, vários clientes pareciam trabalhar em prédios refinados como o de Amelia. Então o cardápio devia ter *algum* vinho.

— Vou ver as opções.

Ela me abriu um sorriso tão caloroso e genuíno que foi como se o sol nascesse após um século de escuridão. Por Hades, eu estava perdido.

AMELIA

REGGIE VOLTOU COM UMA GARRAFA DE VINHO BRANCO EM UMA mão e duas taças na outra. Mesmo naquele bar lotado, ele andava com a autoconfiança aparentemente desprovida de esforço que eu só vira em filmes. Reggie passava a impressão de estar tão confortável na própria pele que simplesmente não se importava com o que os outros pensavam a seu respeito.

Contadores não andavam daquele jeito. Ou pelo menos *eu* não andava. Eu já havia nascido preocupada com o que os outros bebês do hospital iriam pensar. E aquele desconforto nunca tinha diminuído.

Eu me recusava a pensar em como a autoconfiança de Reggie o deixava ainda mais bonito. Nada de bom poderia vir daquilo.

Ele colocou as taças na mesa e começou a servir o vinho. Mantive os olhos fixos no líquido dourado enchendo as taças, e não nas mãos grandes e hábeis responsáveis por aquilo.

— Prontinho — disse Reggie, passando-me uma taça e me protegendo de meus próprios pensamentos. — Uma pra você e uma de disfarce pra mim.
— Disfarce?
Tomei um gole. Até que o vinho era bom.
— Disfarce — confirmou Reggie. — Não posso beber.
— Por que não? Não é tão ruim.
— Não é por isso. — Ele ergueu uma sobrancelha. — Minha... *dieta* não permite.

Reggie também não comera na casa de tia Sue. Considerando minhas restrições alimentares, eu não podia julgar as dele, quaisquer que fossem, mas isso não me impedia de ficar curiosa.

— Como é sua dieta, exatamente?

Talvez eu estivesse metendo o bedelho onde não era chamada, porém, como já havia explicado a minha, a pergunta me pareceu justa.

Ele se inclinou na minha direção e falou baixo:

— Prefiro não dizer em público, Amelia. Alguém pode ouvir.

Sua relutância em entrar em detalhes me lembrou de uma conversa que eu tivera com Sam alguns anos antes, sobre uma dieta que ele fez nas semanas anteriores ao casamento. Ele ficara horrorizado quando eu descobrira a respeito. Talvez Reggie fosse mais reservado e envergonhado em relação ao que comia do que eu.

Deixei o assunto de lado.

— Tudo bem. O que você come é problema seu. Não quero ser enxerida.

— Obrigado — disse Reggie, parecendo aliviado. — Não sei se mereço tamanha compreensão. Não só quanto a isso, mas... a tudo. — Ele abarcou a si mesmo com um gesto. — Sou mais grato por essa compreensão do que imagina. — Reggie se virou para mim. Ficamos cara a cara, o olhar dele tomado por algo que se parecia tanto com afeto genuíno que fazia meu coração palpitar. — E sou grato a você, por oferecê-la a mim.

Reggie se inclinou para a frente, apoiando os braços dobrados na mesa. O modo como me olhava era tão caloroso que quase soltava faísca.

Engoli em seco. De repente, o bar pareceu quente demais. Tive que lembrar a mim mesma de respirar.

— Não fiz nada — consegui dizer.

— Fez, sim. — Antes, quando estávamos vindo até o bar, Reggie parecera tão distraído. Naquele momento, no entanto, estava totalmente concentrado. Em mim. — Qualquer outra pessoa teria saído correndo no momento em que contei a verdade sobre mim mesmo. Mas você, não. Mesmo que nosso namoro seja de mentirinha, sou grato por isso.

Baixei os olhos para minhas mãos, para a taça de vinho à frente, para qualquer coisa que não fosse ele. No entanto, não importava para onde voltasse minha atenção, eu sentia seu olhar em mim, como uma carícia tão suave quanto a que suas mãos fizeram durante o beijo.

Eu não queria que Reggie continuasse me olhando daquele jeito. Não ali. Não naquele momento.

Ao mesmo tempo, não queria que ele parasse nunca.

Como uma conversa sobre comida havia tomado aquele caminho em um piscar de olhos? Estávamos à deriva, a situação saindo do meu controle rápido demais.

Eu precisava nos tirar daquele transe.

— Então — comecei a dizer, voltada para a taça de vinho —, o que acha de falarmos sobre as pessoas que você deve conhecer no casamento?

Reggie riu, de maneira calorosa e convidativa. Se percebeu que eu queria mudar de assunto, teve a delicadeza de não comentar.

— Vamos. — Ele pigarreou. — Afinal, foi por isso que você concordou em sair comigo hoje. Então vamos, claro. Por que você não...?

Ele se interrompeu de repente, distraído com algo atrás de mim.

— O que foi?

Reggie acenou com a cabeça em direção ao que olhava. Eu me virei para ver o que havia chamado sua atenção. Senti um frio na barriga.

Minha prima Gretchen vinha em nossa direção, usando o que talvez fosse o vestido verde mais bonito que eu já tinha visto.

— Droga — soltei, entrando em pânico. Ela não morava por aqui. O que estaria fazendo no centro? — Gretchen vai nos encher de perguntas. Vai pensar...

Eu me virei para Reggie. Pedir a ele que fingisse ser meu namorado naquele momento iria além do que havíamos combinado. No entanto, eu não tinha outra saída. Não sem ser grosseira com Gretchen ou ter que contar a verdade.

Reggie deve ter intuído o que eu estava prestes a lhe dizer.

— Pode deixar — me tranquilizou ele.

Sem dizer mais nada, pegou minha mão e deu um beijo demorado na palma.

Era um gesto simples. Senti o hálito frio na minha pele, e o toque de sua boca foi quase dolorosamente gentil. Em comparação com o beijo que me deixara de pernas bambas na casa da minha tia, era quase casto. Em algum nível, eu tinha consciência daquilo, mas não podia dizer o mesmo do meu coração acelerado. Reggie segurava minha mão como se fosse algo precioso, me olhava como se não houvesse outro lugar onde preferisse estar. Perdi o fôlego diante do que vi naqueles olhos, o reflexo de algo que eu quase poderia acreditar ser adoração.

Mal percebi quando Gretchen puxou uma cadeira da mesa e se sentou. Reggie parecia igualmente distraído. Não estava mais beijando minha mão, mas ainda a segurava e traçava círculos gentis no dorso com o polegar. Seu toque me acalmava. Era arrebatador.

— Oi! — cumprimentou minha prima.

Pigarreei, torcendo para não estar vermelha *demais*, e fiz um esforço para me recompor. Gretchen olhava para nós dois como se tivesse nos pego no pulo.

— Que bom ver você — falei, surpreendendo-me com o quão sem fôlego eu estava.

— É bom ver você também — disse Gretchen. — Que loucura a gente se encontrar aqui, né? Ando tão cansada que quase recusei o convite do pessoal do trabalho. — Ela tomou um belo gole de uma cerveja que eu imaginava que fosse IPA, porque dava para sentir o cheiro de lúpulo de longe. Então deixou o copo de lado e acrescentou: — Desculpa, nem consegui falar com você no jantar.

— Imagina, não se preocupa — falei. — Você tinha que dar atenção pra, sei lá, um milhão de pessoas.

Gretchen assentiu.

— Pois é… você conhece minha mãe. Ela me disse que só ia convidar a família e amigos próximos. — Minha prima balançou a cabeça, cansada, antes de tomar outro gole de cerveja. — Até meus amigos da *escola* foram.

Estremeci. Não conseguia nem imaginar como seria ter que lidar com os elogios de pessoas que eu não via fazia quase vinte anos.
— Que chato. Sinto muito.
Gretchen balançou a cabeça.
— Valeu. Foi meio estressante, mas tudo bem. Sei que a intenção dela era boa. — Então minha prima se virou para Reggie, que acompanhava nossa conversa, atento. — Não consegui falar com você também, mas, pelo que soube, você e Amelia se dão muito bem.

Ela me chutou por baixo da mesa, de um jeito que interpretei como "minha mãe me contou que vocês ficaram se pegando na festa".

Aquilo não passou despercebido a Reggie, que passou um braço sobre meus ombros e me puxou para mais perto. Por puro reflexo, abracei-o por baixo do paletó. O tecido da camisa que ele usava era supermacio. Tive que recorrer a toda a minha força de vontade para não me aconchegar ainda mais nele e dar uma cheiradinha.

— Nos damos muito bem mesmo. — Reggie deu um beijo demorado na minha cabeça. Antes de perceber o que estava fazendo, fechei os olhos e me inclinei na direção dele. — Completamos seis semanas de namoro.

Gretchen me lançou um olhar cheio de significado.
— Depois de seis semanas, eu já sabia que Josh era o cara certo pra mim.
Ai, meu Deus. Meu rosto estava pegando fogo. Reggie me abraçou ainda mais forte.
— É mesmo? — perguntou ele, parecendo genuinamente interessado.
— É — confirmou Gretchen. — Quando é assim, a gente simplesmente sabe. Entende?

Reggie olhou para mim, mas sua expressão não entregava nada.
— Acho que entendo perfeitamente, Gretchen.
Ah, ele era bom. *Muito* bom. Se eu não soubesse que era uma farsa, acreditaria que Reggie estava sendo sincero.

Gretchen se levantou da cadeira.
— Bom, é melhor eu voltar... O pessoal me trouxe aqui pra comemorar. Seria falta de educação não ficar com eles. — Antes de ir embora, no entanto, ela acrescentou: — Vocês vão no fim de semana dos casais, né?

Senti o coração acelerar.

Reggie olhou para mim, com cara de interrogação.

Ah, não.

Não, não, não, não, *não*.

— A gente se vê lá! — falei, despachando Gretchen antes que Reggie tivesse a chance de fazer perguntas.

Foi só quando ela já estava com os amigos, do outro lado do bar, que arrisquei olhar para Reggie. Ele me observava atentamente, aguardando uma explicação.

— Então... vai ter outro evento este fim de semana, em Wisconsin. Uma viagem de comemoração, sei lá. Não sei por que Gretchen quer viajar com a família antes do casamento, mas enfim... — Fiz uma pausa. — Ela convidou os adultos da família e seus respectivos parceiros. Quando é o caso, claro — acrescentei rapidamente.

— Imagino que não estivesse pensando em me convidar, já que não comentou sobre isso comigo. — Seu tom era prático, em vez de acusatório.

— A gente nem se conhecia quando recebi o convite — falei, meio que na defensiva. — E não estava... bom, a gente não está namorando.

Ele não me corrigiu.

— E você acha que seria esquisito levar um desconhecido na viagem — disse ele. — Alguém fingindo ser seu namorado, certo?

Hesitei. Reggie ainda era praticamente um desconhecido. Seria mesmo esquisito passar um fim de semana inteiro com ele e minha família. Por mais delicioso que o beijo tivesse sido, por mais que ele tivesse transformado o que teria sido um evento familiar excruciante em algo divertido.

Por mais disposto que ele estivesse a fingir naquele momento, com Gretchen, mesmo sendo algo além do combinado, simplesmente porque eu precisava.

De repente eu tinha uma nova preocupação. E se eu passasse todo aquele tempo com Reggie em Wisconsin e quisesse beijá-lo outra vez? A última coisa de que eu precisava era de um relacionamento de verdade. Ou de sentimentos não correspondidos. A situação não poderia sair do controle dessa forma.

— Mas você gostaria de ir? — perguntei. — Não estava no acordo. Você deve ter coisas melhores para fazer que passar tempo com minha família.

— Acho que você está superestimando minha vida social — disse Reggie. — Seu pai vai estar lá?

O que meu pai tinha a ver com aquilo?

— Acho que sim.

Reggie deu um tapa na mesa. O entusiasmo fazia seus olhos brilharem.

— Então pronto. Eu vou. Não tive a chance de deixá-lo sem palavras na casa da sua tia. — Reggie fez menção de dar outro tapa na mesa, porém, um segundo antes que sua mão tocasse a madeira, ele pareceu se dar conta de que, por mais que Gretchen o estivesse esperando, eu não o havia convidado. — Isso se não for problema pra você, claro.

Era um problema para mim? Deixar ele ir seria uma boa ideia? Um fim de semana inteiro na cabana da minha família, conversando e jogando à noite, saindo para caminhar e passear na cidade durante o dia, com tia Sue, Gretchen e os outros...

Apesar do aparente entusiasmo de Reggie, ele morreria de tédio, não?

Por outro lado, aquilo certamente contribuiria para convencer minha família de que nosso relacionamento era real. E não era como se fôssemos dividir uma cama. O quarto em que eu ficava só tinha duas camas de solteiro. Não haveria um desconforto desnecessário na hora de dormir.

Enquanto eu me decidia, Reggie me olhava em expectativa.

— Já aviso que, se meu pai descobrir essa sua empolgação pra conversar sobre história, vai amar você pelo resto da vida.

Reggie recebeu meu comentário como o convite que de fato era. Seu sorriso se alargou.

— Ele vai me *amar*? Nossa. Então eu vou mesmo. Faz séculos que ninguém me ama assim.

Retribuí seu sorriso.

— Você gosta de exagerar, né?

— Gosto — disse ele, com sinceridade. — Na verdade, AMO.

O senso de humor dele sempre me desarmava.

O que era um perigo.

Ignorei a sirene de alerta tocando na minha cabeça e disse:

— Se tem certeza disso, vou mandar todas as informações por mensagem.

— Excelente. — Ainda que eu não tivesse visto seu sorriso, teria percebido em sua voz. — Mal posso esperar, de verdade.

DEZESSEIS

Trecho do planner de R. C., escrito em caneta azul, vermelha e verde, com adesivos de emojis sorrindo e franzindo a testa espalhados pela página, além de coraçõezinhos vermelhos desenhados nos cabeçalhos

Missão: Viver cada dia com coragem, compaixão e curiosidade. Tentar me tornar a melhor versão de mim mesmo e inspirar as pessoas ao meu redor. Manter o controle em Wisconsin e não permitir que Amelia perceba que estou louco para dar outro beijo nela

Como estou me sentindo: Confuso. Amelia só me convidou para ir a Wisconsin porque não tinha alternativa, mas às vezes o jeito como olha para mim me faz pensar que ela gosta de mim de verdade. Sou patético e estou delirando. Como alguém como Amelia poderia gostar de alguém como eu? A possibilidade de que sinto algo por ela é assustadora

Objetivos do dia:

1. Ir me abastecer no banco de sangue de South Side

2. Fazer a mala. Não esquecer: refeições, Peludão, Banco Imobiliário, metalofone

3. Deixar um bilhete na porta para despistar o Coletivo caso venham atrás de mim

AMELIA

— VOCÊ NÃO VAI LEVAR ESSA TRALHA TODA PRA WISCONSIN. Desviei o olhar da mala que estava enchendo de documentos do trabalho e o voltei para Sophie, que se encontrava ao pé da minha cama, com os braços cruzados. Ela estava com a cara que sempre fazia quando estava decepcionada comigo.

Tipo quando eu pretendia trabalhar quando deveria estar de folga.

— Você é igualzinha a Gracie — falei.

A gata dormia na cama. Caso contrário, certamente estaria lambendo a pata de uma maneira que expressava reprovação.

— Não é pra você trabalhar em Wisconsin — insistiu Sophie. — Essa folga é pra você se aproximar da sua família, ter contato com a natureza e pegar seu namorado de mentirinha.

Olhei feio para ela.

— Essa viagem é uma obrigação familiar. Não é uma folga e não é uma oportunidade de pegar quem quer que seja.

— Mas você vai com *Reggie*. — O nome dele saiu cantarolado. Os olhos de Sophie brilhavam. — Tem certeza de que não vai ter nada melhor pra fazer que declarações de imposto de renda?

Ignorei o tom sugestivo.

— Nunca tenho algo melhor pra fazer que declarações de imposto de renda.

Sophie riu.

— Para com isso. Você me contou como Reggie olhou para você na outra noite. Como ele não conseguiu tirar os olhos de você. Vai mesmo perder essa chance?

— Não foi isso que eu falei.

— Você falou que, quando ele te viu, calou a boca pela primeira vez desde que se conheceram. — Sophie abriu um sorriso malicioso. — Ele já devia estar de pau duro antes mesmo de entrar no Uber.

— Sophie!

Deixei a pasta que segurava cair, e a papelada se espalhou pelo cômodo. Fiquei pensando em uma maneira de fazê-la parar de insistir, mas não sabia como. Até porque era verdade que ele mal havia conseguido desviar o olhar de mim na noite da festa. Mas daí a pensar que podia ter ficado de pau duro...

Não.

Não levaria a nada de bom.

Muito menos quando estávamos prestes a passar cinco horas juntos no carro e um fim de semana inteiro na cabana. Eu achei que minha família iria alugar uma van, para irmos todos juntos, como fazíamos quando eu era mais nova. No entanto, cada um tinha uma programação e precisava sair em um horário diferente. Seríamos apenas Reggie e eu, aquelas horas todas, em um ambiente fechado.

Sophie ficou me olhando enquanto eu continuava a fazer a mala.

— Acho que você também está a fim dele.

Eu me virei para ela.

— Não estou nem um pouco *a fim dele* — garanti, dando ênfase às últimas palavras, como se fosse boa demais para isso.

— Hum...

— O que temos é só... só...

Sophie arqueou uma sobrancelha.

— Só o quê?

— Um *acordo* — concluí, como uma boba. — Um combinado. Não é real.

— Eu sei. Mas seria tão ruim assim se você ficasse com ele de verdade?

— Seria.

— Por quê? — Sophie devia ter sentido que aquilo era difícil para mim, porque deixou para lá o tom de provocação. — Ele é interessante, não é? E divertido? E muito bonito?

Eu não podia negar, porque Reggie era mesmo todas aquelas coisas. Mas o que Sophie sugeria era ridículo.

— Não posso ficar com ele. Pra começar, não tem nada sobre ele na internet. É esquisito, concorda? Tenho a impressão de que, se eu for atrás de mais detalhes, vou encontrar um monte de problemas que eu preferiria não saber.

Sophie deu de ombros.

— Então o cara não é perfeito. Mas quem é?

— Fora que não tenho tempo para um relacionamento.

Sophie nem se dignou a responder, só abriu um sorriso irônico que me fez revirar os olhos.

— Por favor, não venha me dizer que também acha que preciso de um namorado — pedi. — Eu não suportaria isso vindo de você.

— Não vou dizer isso. — Sophie se sentou ao meu lado na cama, levou uma das mãos ao meu joelho e o apertou. — Se você quiser continuar solteira pelo resto da vida, eu apoio. Mas não entendo por que está lutando tanto contra a atração que sente por esse cara.

— Não sinto atração por ele — retruquei, e não sentia mesmo.

Reggie era bonito, claro. E eu às vezes me pegava pensando em coisas engraçadas que ele tinha dito, ou gentilezas que havia feito. Tipo no banho, ou no metrô, ou quando tentava me concentrar na porcaria da declaração da Wyatt.

Mas aquilo não significava que eu sentia atração por ele. Certo?

Sophie me olhou como se não acreditasse naquilo.

— Só pense a respeito, tá? Enquanto estiver lá, se surgir uma oportunidade de o acordo evoluir para algo real, não fuja do que poderia vir a ser uma coisa boa, ou pelo menos boa por enquanto.

Uma coisa boa por enquanto.

Eu conseguiria lidar com algo assim?

O mais triste era que eu achava que não.

Precisava mudar de assunto, e rápido. Eu me estiquei na direção de Gracie, que continuava dormindo encolhida na cama, alheia à conversa, e fiz carinho nela.

— Seja boazinha com tia Sophie enquanto eu estiver fora, Gracie — falei para ela.

Sophie reconheceu minha tentativa fraca de desviar o rumo da conversa.

— Você é inacreditável — disse ela. — Pode pelo menos prometer que vai *tentar* se divertir no fim de semana?

Aquilo era fácil.

— Claro. Eu prometo.

— E que vai levar uma lingerie sexy?

— *Sophie*. — Dei risada, porque não queria admitir que nem tinha lingerie sexy. — Nem pensar.

Ela suspirou.
— Pelo menos eu tentei.

....

ÀS NOVE DA MANHÃ, REGGIE ME ESPERAVA EM FRENTE AO HOTEL onde estava hospedado enquanto seu apartamento passava por uma reforma. Ele tinha uma mala grande pendurada em cada ombro. Uma parte considerável de mim torcera para que Reggie estivesse usando o Peludão, ou algo igualmente horrendo, para tornar menos complicadas as horas que passaria no carro com aquele homem que com um único olhar fazia meu coração bater mais forte.

No entanto, para meu azar, ou minha sorte, ele estava fantástico. A temperatura devia estar abaixo de zero, mas calça jeans e uma camiseta verde com botões e manga comprida eram tudo o que protegia Reggie do ar gelado. E tudo o que protegia meus olhos dos músculos que eu sabia que havia embaixo.

— Vai sem casaco? — perguntei, quando ele se sentou no banco ao meu lado.

Reggie estava com um cheiro bom, de couro e hortelã. Resisti à vontade de tocar em sua camiseta para conferir se era tão macia quanto parecia, mas foi por pouco.

— Está na mala — disse ele, apontando com o polegar para o banco de trás, onde a havia jogado. — Também trouxe outras roupas de inverno.

— Tipo o quê?

Reggie começou a contar nos dedos.

— Ceroulas, meias três-quartos, um gorro de Natal com chifres de rena e luvas. — Após um momento, ele acrescentou: — Ah! E um boá rosa que encontrei no brechó semana passada.

Fiquei olhando para ele.

— Um boá rosa é uma roupa de inverno?

Ele deu de ombros.

— Acho que não. Mas achei divertido, e você disse que não tem muita coisa pra fazer lá, então achei melhor trazer coisas divertidas.

Dei risada.

— Eu disse mesmo.

Reggie voltou a apontar para o banco de trás com o polegar.

— Por isso também trouxe um quebra-cabeça de gatos no espaço com mil peças pra gente montar, se ficar chato.

Uma imagem de Reggie e de mim sentados em volta de uma mesa de centro com meus sobrinhos, montando um quebra-cabeça juntos, se formou em minha mente. A doçura inesperada dela quase me atropelou.

— Também trouxe meu metalofone — prosseguiu ele, então olhou para mim, esperançoso. — Espero que goste de música.

Pensei no que eu estava levando comigo: uma malinha com algumas mudas de roupa, notebook e uma pasta com documentos de trabalho. Minha bagagem era muito menos divertida que a de Reggie. Suspirei. Já não podia fazer mais nada quanto àquilo.

— Bote o cinto pra gente poder sair — pedi.

Reggie ficou me olhando por um momento, como se eu tivesse falado aquilo em uma língua que ele não compreendia. Então soltou uma gargalhada.

— Você é tão engraçada — disse ele, ainda rindo. Depois acrescentou, me imitando à perfeição: — *Bote o cinto pra gente poder sair.*

Eu não estava entendendo.

— Qual é a graça de usar cinto?

Ele balançou a cabeça, ainda rindo.

— No seu caso, nenhuma. Você deveria mesmo usar cinto. Acidentes de carro matam. Agora, no meu caso... é hilário. — Reggie suspirou, depois puxou o cinto e o passou na frente do corpo. — Pronto, *botei*. Vamos? Ah, e espero que não seja um problema pra você dirigir até lá. Não sei dirigir.

Aquele comportamento bizarro de Reggie acabava desviando a atenção de sua beleza. O que era bom, porque aumentava as minhas chances de conseguir me concentrar no trabalho durante aquela viagem. Olhei para ele enquanto saía com o carro. Reggie examinava a lingueta do cinto de segurança com tanto interesse que parecia que nunca tinha visto aquilo.

— Não é um problema — garanti. Nem sabia se aceitaria que ele dirigisse meu carro, de qualquer maneira. — Mudando de assunto, tem alguma coisa específica que você quer fazer na viagem?

Achei que ele fosse mencionar alguma atividade ao ar livre, que era basicamente o que havia para fazer por lá.

— Evitar ser pego pela nevasca que deve cair em algum momento entre agora e hoje à noite.

Quase engasguei com minha própria língua.

— Oi?

Reggie olhou para mim, parecendo incrédulo.

— Amelia, você é do tipo que se prepara pra tudo. Está me dizendo que não viu a previsão do tempo?

Abri e fechei a boca várias vezes, esperando que as palavras se formassem. Em geral, antes de uma viagem eu verificava a previsão mais de uma vez.

Naquela situação, no entanto, não tinha feito isso. Porque havia me distraído com outras coisas.

— Não... quer dizer, sim. — Balancei a cabeça e tentei de novo. — Sim, eu quero mesmo dizer que não, não verifiquei a previsão.

Mantendo uma mão no volante, peguei o celular na bolsa. Eu tinha recebido uma sequência de mensagens do meu pai.

PAI: Parece que vai cair uma nevasca

PAI: Mas só amanhã, então não se preocupe

PAI: Tome cuidado no caminho, em todo caso. A gente se vê à noite

PAI: E diga ao seu namorado que vou levar o documentário sobre a Primeira Guerra que mencionei

Corei um pouco ao ver que meu pai tinha chamado Reggie de "meu namorado", mas fiquei aliviada em saber que ele achava que não havia motivo de preocupação.

— Meu pai é a pessoa mais obcecada pelo clima que conheço, e não está preocupado — falei. — Se ele viu a previsão e acha que não tem problema pegar a estrada, então não tem.

Reggie deu de ombros.

— A opinião de um professor de história é o suficiente para me convencer.

Tive que rir daquilo.

— Ele me pediu pra avisar que vai levar o documentário da Primeira Guerra que comentou com você.
— Ótimo. — Reggie sorriu. — Mal posso esperar pra contar a ele como Francisco Ferdinando era incompetente.

....

COMEÇOU A NEVAR QUANDO ESTÁVAMOS A CERCA DE MEIA HORA da cabana. Pouco, nada que interferisse na viagem. Reggie, no entanto, mantinha a testa franzida enquanto olhava para o céu pela janela do carona.

Ele se virou para pegar o celular na mala. De canto de olho, eu o vi fazendo uma careta depois de abrir a previsão do tempo.

— Hum, Amelia? — Reggie passou a mão pelo cabelo. — Quando seu pai disse que a nevasca ia começar?

A inquietação na voz dele me deixou com medo.

— Amanhã.

— Tenho uma boa e uma má notícia — disse Reggie, dando a impressão de que só tinha más notícias. — Qual você quer ouvir primeiro?

Segurei o volante com mais força.

— Pode ser a boa?

— Claro. — A neve caía um pouco mais pesada que momentos antes. — A boa notícia é que não vamos precisar esperar até amanhã para fazer um boneco de neve.

Cerrei os dentes. Aquilo não podia estar acontecendo.

— Quando vamos poder fazer um boneco de neve?

— Se os meteorologistas que moram no meu telefone são confiáveis, e não tenho motivo para acreditar que não sejam, em algumas horas — respondeu ele. — Amanhã, vamos poder fazer todo um exército de bonecos de neve.

....

PAI: Oi
PAI: Acabei de ver a previsão do tempo e é pior do que imaginei

PAI: Acho que não vamos conseguir ir
PAI: Sam e Adam também ainda não saíram
PAI: Acho que é melhor ficarmos todos em casa
PAI: Mamãe está no telefone com tia Sue e parece que eles também vão ficar

Fechei os olhos e descansei a testa no volante, me forçando a inspirar e expirar. Contei até dez antes de responder às mensagens do meu pai.

AMELIA: Ainda bem que você olhou a previsão de novo
AMELIA: Acho que é melhor vocês ficarem mesmo
AMELIA: Gretchen ainda vem?

PAI: Ela e Josh saíram de Chicago já faz uma hora, mas parece que estão voltando

Tudo bem.
Ia ficar tudo bem.

PAI: Aquela frente fria do Canadá chegou antes do esperado

Eu e meu namorado de mentirinha tão bonito que chegava a ser desagradável iríamos ficar presos na cabana da minha família, *sozinhos*.
Mas tudo bem.

PAI: Vocês vão ficar bem?

AMELIA: Claro. Não precisa se preocupar
AMELIA: Já chegamos

Enquanto eu falava com meu pai, Reggie rodeava a casa, atento à paisagem. A temperatura devia ter caído ainda mais, e aquele maluco continuava sem casaco.

Devia estar congelando.
Por que não pegava o Peludão na mala?

PAI: Bom saber.

PAI: Eu estava animado pra passar um fim de semana em família

PAI: E sua mãe estava animada pra passar mais tempo com Reginald

AMELIA: Eu sei

PAI: Marcamos alguma coisa quando vocês voltarem

AMELIA: Claro

AMELIA: Te amo. Mande um beijo pra mamãe

Guardei o celular na bolsa e saí do carro. Meus pés afundaram nos muitos centímetros de neve acumulados em cerca de uma hora. Ignorando a umidade gelada que entrava no tênis, deixando minhas meias ensopadas, fui até Reggie, que explorava o jardim com o entusiasmo de um filhote de golden retriever.

— Isso é fantástico — disse ele, os olhos arregalados de tanta animação.
— Quem cuida das plantas quando ninguém está aqui? As adaptações feitas pro jardim suportar o inverno são impressionantes.

Eu tinha dificuldade de demonstrar uma fração que fosse da admiração de Reggie. Quando pequena, eu ficava empolgada com tudo que podia explorar naquele lugar, coisa que nunca teria como fazer em Chicago. No entanto, nunca havia pensando muito sobre a jardinagem em si.

— Não sei quem toma conta — admiti. — Só venho uma vez por ano. Meus pais que cuidam disso. — Fiquei em silêncio por um momento, enquanto tentava criar coragem de contar a ele o que havia acabado de descobrir. — Eles não vêm, aliás.

As sobrancelhas de Reggie se ergueram.

— Seus pais não vêm?

Balancei a cabeça.

— Ninguém vem. Parece que não é seguro pegar a estrada agora. Vamos ficar só nós dois aqui, até removerem a neve.

Reggie ficou me encarando, os olhos arregalados. O pânico que tomara conta de mim quando eu percebera que iríamos ficar sozinhos de repente tomou conta dele também.

— Entendi.

— Vou entrar — falei, apontando para os tênis. — Meus pés estão congelando.

Coloquei a alça da bolsa no ombro e segui para a porta. Poderia voltar para pegar a mala depois de calçar botas apropriadas. Pensei que Reggie fosse vir comigo, mas, quando abri a porta, notei que ele permanecia junto às hortênsias cobertas de neve.

Reggie engoliu em seco.

— Posso entrar?

Fiquei olhando para ele.

— Claro que pode. Espero não ter passado a impressão de que você não é bem-vindo.

De repente, me senti mal. Será que meu pânico com a ideia de ficarmos sozinhos teria deixado Reggie desconfortável?

— Não é isso. Preciso de permissão explícita para entrar na casa de alguém, lembra? — Ele ficou em silêncio por um momento. — Como na festa da sua tia.

Eu havia me esquecido daquilo. Essa insistência em esperar ser explicitamente convidado para entrar no espaço privado de outra pessoa era meio encantadora.

— Ah, é. Bom, pode ficar à vontade para entrar, claro.

— Obrigado — disse Reggie, parecendo mais tranquilo. — Vou olhar aqui fora só mais um pouco e já entro.

— Quando quiser.

Eu não tinha a menor vontade de ficar mais tempo lá fora, considerando o clima. Muito menos com tão pouca roupa quanto ele se encontrava, só de calça jeans, camiseta de manga comprida e tênis. Como os dedos do pé dele não estavam congelando?

— Vou fazer um chocolate quente.

Se havia algo que nunca faltava naquelas viagens, eram os pacotes de chocolate em pó baratos que ninguém se lembrava de ter comprado, mas que sempre estavam lá.

E eu precisaria de toda a coragem que uma bebida quente poderia me dar para encarar o que quer que viesse a seguir.

....

POR SORTE, A PESSOA CONTRATADA PARA LIMPAR A CABANA PARA o fim de semana havia deixado o termostato ligado antes de ir embora. Assim que entrei, me senti relativamente aquecida. Soltei um suspiro, sentindo o gelo dos ossos derreter.

Depois de uma busca rápida pela cozinha, eu tinha três pacotes de chocolate em pó que pareciam ter sido comprados nos últimos cinco anos, algumas latas de sopa de uma marca genérica e um tanto duvidosa e uma caixa de caldo processado vencida em 2012. Era tudo com que poderíamos contar até irmos ao mercado.

Presumindo, claro, que seria possível ir ao mercado. O mais próximo ficava a quinze minutos da cabana e fechava com o tempo ruim. Mesmo que estivesse aberto, eu não fazia ideia se conseguiríamos usar o carro. Havia um removedor de neve na garagem que desobstruiria a passagem depois que a nevasca passasse, mas a estrada talvez permanecesse intransitável por dias.

Pelo menos tínhamos um trenó motorizado, que ficava com o tanque cheio. Se não funcionasse, como último recurso, poderíamos calçar as raquetes de neve para caminhar.

Quando Reggie entrasse, pensaríamos juntos em uma maneira de conseguir comida. No meio-tempo, precisava avisar Sophie que ela talvez precisasse se encarregar da comida de Gracie por mais tempo que o planejado.

AMELIA: Oi

AMELIA: Reggie e eu estamos presos em Wisconsin, por causa da nevasca. Ninguém mais conseguiu sair de Chicago a tempo, então vamos ser só nós dois

AMELIA: Espero conseguir voltar a tempo, mas talvez você precise colocar comida pra Gracie por mais alguns dias

Com aquilo resolvido, decidi ir até o quarto em que dormia desde que minha família tinha construído aquela cabana. Passar pelo corredor foi como atravessar décadas de lembranças de infância e recordações de família. A maior parte das minhas fotos de escola ficava na casa dos meus pais, em Chicago, mas aquelas paredes estavam forradas de memórias criadas ali em Wisconsin. Havia uma foto minha com Adam e Sam, saindo do barco de pesca de tio Jim, nós três sorrindo, apesar dos dentes de leite faltando. Também havia uma foto dos filhos de Adam no verão anterior, o pequeno Aiden com tanto sorvete de chocolate no rosto quanto na casquinha.

Quando cheguei ao quarto no fim do corredor, estava toda nostálgica e me sentia quentinha por dentro, apesar das circunstâncias em que me encontrava. Então me dei conta de que as duas camas de solteiro que ficavam no meu quarto havia décadas tinham sido substituídas por uma cama queen repleta de travesseiros fofinhos.

Duas coisas passaram pela minha cabeça no mesmo instante:

"Ah, que bom. Aquelas camas eram muito desconfortáveis, e ainda faziam com que eu me sentisse com nove anos de idade."

E: "Meu Deus do céu, só tem uma cama."

— Preciso do nome da pessoa que cuida do paisagismo, de verdade.

A voz deslumbrada de Reggie chegava do corredor. Mal escutei, no entanto, com os ouvidos zumbindo e o pânico renovado.

"Uma cama, uma cama, só tem uma cama."

Ele trombou comigo assim que chegou ao quarto e viu a cena à minha frente. Levei uma das mãos ao batente para não cair.

Por cima do ombro, vi que os olhos arregalados de Reggie permaneciam na cama de casal no meio do cômodo.

Ele umedeceu os lábios.

— Parece... que tem só uma cama.

Sua voz saiu trêmula. Ou talvez quem estivesse trêmula fosse eu.

Pigarreei, em uma tentativa de me recompor.

— Temos a casa inteira só para nós. Lembra? Então... hum... — Eu me perguntei se meu rosto estaria tão vermelho quanto parecia. — Não precisamos dormir os dois na mesma cama.

Reggie assentiu com vigor.

— Claro.

— Claro — repeti. — Posso ficar no meu quarto e você...

Cheguei perto de dizer que ele poderia dormir onde quisesse, considerando os vários quartos disponíveis na cabana. No entanto, dada minha atração inegável por ele e o fato de que não seria bom se eu acabasse cedendo a ela, concluí que não era uma boa ideia.

— Você pode dormir no quarto das crianças — concluí. — Tem vários brinquedos, mas é bem confortável.

O quarto ficava do outro lado da casa, só para o caso de eu acordar no meio da noite e me esquecesse de que era uma péssima ideia ir para a cama dele.

Reggie piscou algumas vezes.

— No quarto das crianças?

— Isso — falei. — Tem duas camas de solteiro, pode escolher qualquer uma. Vai ser divertido, não acha?

Procurei reprimir a onda de... do que quer que fosse que me atingiu quando vi a cara de decepção dele. Eu não deveria querer que Reggie ficasse perto de mim durante a noite. Não se tivesse um pingo de bom senso.

— Tá — disse ele. — Tudo bem.

— Ótimo.

— Ótimo — concordou Reggie. — Agora, se não se importa, vou pegar as coisas no carro antes que ele seja engolido pela neve.

Assim que Reggie saiu do quarto, me joguei na cama. Como se seguisse a deixa, meu celular vibrou com uma notificação de mensagem.

SOPHIE: Você está presa aí com seu namorado de mentirinha??? SOZINHA??? Está de BRINCADEIRA???

Soltei um gemido.

No mínimo, seria um fim de semana inesquecível.

DEZESSETE

Troca de mensagens entre Reginald Cleaves e Frederick J. Fitzwilliam

REGINALD: Onde Cassie compra comida?
REGINALD: E o que ela come?

FREDERICK: Comida?
FREDERICK: Pra ser sincero, Cassie se alimenta muito mal. Mesmo que eu pudesse comer, acho que não teria coragem de colocar o salgadinho que ela come no meu corpo
FREDERICK: Mas por que a pergunta?

REGINALD: Preciso comprar comida humana

FREDERICK: Imaginei, mas por quê?

REGINALD: Uma amiga humana tem restrições alimentares que a família não respeita
REGINALD: O que eu acho um ABSURDO, se quer saber minha opinião!!!!!!
REGINALD: Então pensei em comprar alguma coisa que ela possa comer pra mostrar que nem todo mundo ignora as necessidades dela

FREDERICK: Desde quando você tem amigas humanas?

REGINALD: Sempre tive amigas humanas

FREDERICK: Mentiroso
FREDERICK: É para Amelia, não é?

REGINALD: Não
REGINALD: De jeito nenhum
REGINALD: Por que acha que é?

FREDERICK: Porque desde que a conheceu você não para de falar sobre como ela é uma "contadora linda e brilhante"
FREDERICK: E porque você não tem amigos humanos desde que a gente tentou atrair alguns para o Tâmisa só para se divertir

REGINALD: Nossa, eu nem lembrava mais disso

FREDERICK: Reginald

REGINALD: Tá bom
REGINALD: É pra Amelia
REGINALD: E daí?

FREDERICK: Você está apaixonado?

REGINALD: Apaixonado?
REGINALD: De jeito nenhum

FREDERICK: Então é puro acaso que, pela primeira vez em duzentos anos, você esteja pensando em outra pessoa?
FREDERICK: 😕

REGINALD: Tenho coisa melhor pra fazer
que me apaixonar por uma humana
REGINALD: E desde quando você usa emoji?

FREDERICK: 😖🥖🧄❤️🧛

REGINALD: Cassie ensinou você a usar?

FREDERICK: Claro

REGINALD: Eu deveria ter imaginado

REGINALD

— PRECISO DE COMIDA.

O homem no único caixa do mercado olhou para mim por trás dos óculos grandes e redondos. A julgar pelo crachá de plástico, seu nome era Derek.

— Estamos fechados.

Olhei para a esquerda, depois para a direita. Eu era o único cliente, o que indicaria que Derek estava certo quanto ao estabelecimento estar fechado, se não fossem as luzes fluorescentes ainda acesas e a porta destrancada.

— Não tem placa de fechado na vitrine — argumentei.

O rosto dele se contorceu em desconfiança.

— Como foi que você conseguiu chegar aqui? A estrada está intransitável. A polícia está mandando todo mundo ficar em casa.

Derek tinha razão. No voo até ali, eu perdera a conta de quantos carros caídos em valas ou presos na neve tinha visto. Se eu dependesse dos meios de transporte humanos, não teria conseguido chegar ali.

Eu não podia dizer isso a ele, no entanto.

— Tomei cuidado — falei, o que não deixava de ser verdade.

— Você é doido — disse ele, o que tampouco deixava de ser verdade. — Estou fechando a loja agora, ou não vou conseguir chegar em casa. Você tem que ir embora.

Eu não ia a lugar algum. Se saísse do mercado sem comida, Amelia teria que sobreviver à base de chocolate em pó até a neve derreter. O que era inaceitável.

— Por favor. A nevasca pegou a gente de surpresa, a despensa está vazia.

— Tirei uma nota de cem dólares da carteira e a coloquei no balcão, feliz por ter pensado em levar um dinheirinho para subornar alguém, caso fosse necessário. — Vou deixar pago. Você pode ir saindo, se quiser.

Derek olhou para o dinheiro, depois para mim.

— Vou ser demitido se descobrirem que deixei um cliente aqui sozinho.

— Não vou contar — prometi, abrindo meu melhor sorriso.

Derek pareceu pensar a respeito, depois empurrou a nota na minha direção.

— Preciso de uns quinze minutos pra fechar. Você tem esse tempo pra pegar o que precisa, pagar e ir embora.

— Obrigado — agradeci, aliviado. — Vou ser rápido.

No momento em que Derek virou as costas, percebi que eu havia esquecido o que Frederick dissera que Cassie gostava de comer. Ele mencionara alguma coisa parecida com iscas de peixe veganas congeladas, mas ela *gostava* ou *não* gostava daquilo? Tinha também um salgadinho laranja nojento, e eu achava que ela comia manteiga de amendoim. Mas comia manteiga de amendoim *com* o salgadinho laranja? Ou direto do pote? E o que ela achava de amendoim sem ser na forma de manteiga?

Graças a nossos e-mails iniciais, eu sabia que os doces preferidos de Amelia eram panqueca e chocolate. Por sorte, o mercado tinha uma grande variedade de chocolates, mas ela não poderia comer só aquilo até que a estrada fosse liberada. E eu desconfiava de que não era possível comprar panqueca em um mercado.

Ou estaria errado?

Eu me xinguei por não ter parado para pensar um pouco melhor antes de resolver vir ao mercado para que Amelia não morresse de fome. E por ter deixado o celular na cabana, o que me impedia de recorrer às mensagens de Freddie. Estava perdendo tempo. Nos poucos minutos que me restavam, passei pelo mercado correndo e fui pegando tudo o que achava que Amelia talvez gostasse.

Com sorte, o importante seria a intenção.

AMELIA

EU DEVIA ESTAR MAIS CANSADA DA VIAGEM DO QUE IMAGINAVA. A impressão que tive foi a de que em um minuto eu estava me deitando e no outro já acordava com o barulho de alguém mexendo nos armários da cozinha.

Quando cheguei lá, Reggie estava descarregando três sacolas cheias de compras.

Olhei pela janela e vi algo que mal reconheci como meu carro desaparecendo rapidamente sob a neve que se acumulava. A julgar pela posição do sol, que quase tocava o horizonte, eu devia ter dormido por pelo menos algumas horas.

Reggie tirava alimentos absolutamente aleatórios das sacolas, com determinação e foco. Apesar da nevasca, enquanto eu dormia, ele havia conseguido comprar iscas de peixe veganas congeladas, cenourinhas, Oreos, dois quilos de batata, quatro dúzias de ovos e um saco gigantesco de salgadinho.

Minha barriga roncou ao ver aquilo. Não havíamos parado para almoçar, então fazia um tempo que eu não comia. Eu passaria longe das iscas de peixe veganas e do salgadinho, mas o resto parecia bom o suficiente.

— Onde você conseguiu tudo isso? — perguntei.

Reggie levantou a cabeça, com um sorriso no rosto.

— Você está acordada — comentou ele. — Passou um tempão dormindo.

— Acho que estava cansada — admiti. — Mas como você conseguiu ir ao mercado sem o carro? — Apontei com o polegar na direção da janela. — Já deve ter acumulado uns trinta centímetros de neve.

Reggie voltou a se concentrar nas sacolas.

— Fui voando — disse ele. — Não sabia se o mercado estaria aberto, mas dei sorte. Cheguei no último minuto.

Fiquei olhando para ele.

— Você foi voando?

— É.

Reggie colocou uma quarta sacola de compras na mesa da cozinha. Dizia, em letras desbotadas: *Corrida do Dia da Independência, Winnetka, 2014*. Ele devia ter encontrado o estoque de sacolas de pano da minha mãe no porão. Depois, parecendo um pouco nervoso, acrescentou:

— Acho que não contei antes porque o assunto não surgiu, mas eu consigo voar.

Reggie levantou a cabeça com as sobrancelhas franzidas, como se aguardasse ansiosamente minha reação.

Soltei uma gargalhada. O senso de humor dele era absurdo. No entanto, de alguma maneira, sempre me fazia rir. Pensei no trenó motorizado que meu pai deixava sempre abastecido na garagem e em como quando era pequena achava que estava voando toda vez que andava nele. Reggie devia tê-lo usado para ir ao mercado.

— Você tem as reações mais inesperadas às coisas que eu te conto — comentou ele, parecendo quase deslumbrado. — Sempre que acho que vou assustar você de vez... — Reggie balançou a cabeça e baixou os olhos para as próprias mãos — ... você me surpreende.

Quando voltou a olhar para mim, parecia tão maravilhado que meu coração acelerou.

Desesperada para evitar contato visual, fui até uma sacola e olhei dentro. Fiquei chocada.

— Meu Deus, você comprou *tudo* que tinha de chocolate?

Parecia ter sido o caso. Fazia tempo que eu não ia ao único mercado das redondezas, porque quem fazia as compras para nossas viagens eram meus pais. No entanto, se minha memória não falhasse, era um mercadinho pequeno.

Quando voltei a olhar para Reggie, ele tinha um sorrisinho no rosto. Um sorrisinho convidativo. Precisei me esforçar ao máximo para não o traçar com os dedos.

— Eu sabia que você gostava de chocolate. Quando cheguei no primeiro mercado e vi que não tinha muita opção... acabei passando em outro — admitiu Reggie, parecendo quase envergonhado.

Seria possível que ele se lembrasse de que eu gostava de chocolate só por conta daquela troca de e-mails antes da festa da minha tia? Engoli o nó que se formou na minha garganta.

— Sair em uma nevasca assim é perigoso. Você não precisava ter se dado ao trabalho.

— E o que você iria comer, se eu não tivesse feito isso? Dei uma olhada nos armários enquanto você dormia. Não tinha o bastante nem pro primeiro dia. — Ele voltou a desviar o rosto, então ergueu e baixou um dos ombros. — Mas admito que fui um pouco egoísta. Eu queria que você tivesse suas comidas preferidas enquanto estamos presos aqui. A verdade é que...

Reggie deixou a frase morrer no ar e fechou os olhos, levando uma das mãos ao encosto da cadeira da cozinha, como se precisasse de apoio.

Quando ele não concluiu o pensamento, perguntei:

— A verdade é que...?

As palavras seguintes pareceram causar dor a ele, como se tivessem sido arrancadas contra sua vontade.

— A verdade é que gosto de deixar você feliz. — Reggie balançou a cabeça. — Tenho medo de pensar demais no que isso significa, porque, sinceramente, nem consigo lembrar a última vez que eu *quis* fazer alguma coisa por outra pessoa, só por fazer. Sem segundas intenções. — O olhar que ele me dirigiu foi tão intenso que precisei desviar o rosto. — Mas sou capaz de enfrentar uma nevasca só pra ver você sorrir.

Aquelas palavras fizerem algo dentro de mim derreter. O conselho de Sophie no dia anterior — parar de lutar contra a possibilidade de que algo real surgisse entre nós — me veio à mente. Eu era péssima em agir por impulso, mas desde o começo nada no meu acordo com Reggie fora planejado. Desfrutar de alguma coisa boa *por enquanto*, como Sophie havia sugerido, seria tão ruim assim?

Ou até algo a mais?

Sou capaz de enfrentar uma nevasca só pra ver você sorrir.

Eu podia ser contadora, mas não era de pedra.

Respirei fundo e contornei a mesa da cozinha para ficar frente a frente com ele.

Beijá-lo era arriscado, mas fiz isso mesmo assim e senti um prazer inesperado ao fazer isso sem ninguém por perto. Senti seu hálito fresco em minha boca, seu corpo todo ficando rígido de surpresa. Por uma fração de segundo, me preocupei com a possibilidade de ter ultrapassado um limite, então Reggie segurou meu rosto e começou a retribuir o beijo, como se quisesse fazer aquilo havia muito tempo.

— Bem quando eu achava que você não teria como me surpreender mais — murmurou ele contra minha boca, rindo.

Reggie desceu lentamente uma das mãos pela lateral do meu corpo e a apoiou no quadril. A sensação daquele toque suave atravessou a barreira da calça jeans. Cada terminação nervosa foi ativada pela necessidade de dar sequência àquele beijo.

— Não pensei que você fosse querer algo com alguém como eu — disse ele.

Franzi a testa. Reggie nunca me parecera ter autoestima baixa.

— Qual é o problema de beijar alguém como você? — perguntei.

Ele beijou a ponta do meu nariz, depois as maçãs do rosto. Mantive os olhos abertos, para ver os olhos azuis dele, contar as sardas em seu nariz.

— Só é... inesperado. Tudo isso. Você.

— No mau sentido? — perguntei.

Reggie balançou a cabeça.

— Não. — Após um momento, ele acrescentou: — Pode trazer... complicações. Mas não tem nada de mau nisso.

O que Reggie queria dizer com "complicações"? Antes que eu pudesse perguntar, ele voltou a me beijar, com mais coragem, rastreando a abertura entre meus lábios com a língua. Por reflexo, eu os abri para ele, que gemeu e levou as mãos à minha cintura para me sentar na mesa da cozinha, enquanto enfiava a língua na minha boca. Pensei na noite em que havíamos nos conhecido, em como eu me perguntara se Reggie beijava como se o mundo estivesse acabando. Era *exatamente* aquilo, a julgar pelo modo como seus dedos passavam por meu cabelo e o puxavam quase forte demais, pelo modo como ele inclinou a cabeça para aprofundar o beijo, para me beijar com mais força. Eu sentia que uma barreira havia sido derrubada dentro dele, que todo o autocontrole que eu não sabia que existia havia ruído. Tive que me afastar, para poder respirar em seus braços.

— Quero provar você — murmurou Reggie. Sua boca encontrou meu maxilar, minha clavícula, dando beijos vorazes, de boca aberta, no meu pescoço. — Nossa, eu fico duro só de pensar no quão gostosa você deve ser.

Congelei.

De repente, notei a posição em que nos encontrávamos: eu, na mesa da cozinha, com as pernas abertas para ele. Eu devia ter feito isso em algum momento, e ele devia ter se instalado ali. Dava para sentir que o que Reggie disse era verdade, ele estava mesmo duro só com aquilo, só de estar pressionado contra mim.

E ele queria me *provar*? Eu já tivera relacionamentos de verdade que não haviam incluído aquilo.

Era demais. Estava acontecendo rápido demais.

Eu não podia ir naquela velocidade.

Reggie deve ter percebido que ultrapassara um limite, porque recuou de imediato.

— Eu... desculpa. — Ele fechou os olhos com força e deixou a cabeça cair. — Só... desculpa. — Reggie passou uma das mãos no cabelo e puxou, nervoso. — Não é porque você não tem problema em *beijar* um vampiro que... não. Eu não deveria concluir que você também me deixaria tomar seu sangue.

Então ele abriu um sorriso encabulado.

E, pela primeira vez desde que havíamos nos conhecido, vi seus caninos pontudos, que só podiam ser presas de vampiro.

DEZOITO

Trecho de O que esperar quando você é transformado em vampiro, *décima quinta edição*

P. 97: *O encanto do vampiro*

Uma das coisas mais surpreendente que novos vampiros descobrem é que suas presas só se tornam visíveis aos humanos em momentos de extremo perigo, quando estão prestes a se alimentar ou quando estão sexualmente excitados. Nos outros momentos, o encanto involuntário do vampiro esconde suas presas dos humanos. Isso costuma ser visto tanto como uma vantagem evolutiva quanto como um mecanismo de autodefesa (afinal, um humano que não vê presas tem chances menores de tentar matar um vampiro e/ou fugir dele).

AMELIA

FIQUEI SEM CHÃO.

Procurei a beirada da mesa sobre a qual eu ainda me encontrava e me agarrei a ela como a uma boia salva-vidas, com tanta força que meus nós dos dedos ficaram brancos. Se ainda me restasse algum instinto de autopreservação, teria pulado daquela mesa no mesmo instante e corrido em direção à porta, independentemente da nevasca.

No entanto, não conseguia me mover. Não conseguia falar. Mal conseguia respirar.

Estava em choque demais para fazer qualquer coisa além de olhar horrorizada para Reggie.

Eu não estava acostumada a ter uma percepção errada sobre as coisas.

Mas, meu Deus, como estava errada em relação a ele.

O segredinho de Reggie não tinha a ver com o fato de que não estava trabalhando.

E sim com o fato de que ele era um vampiro.

Naquela ligação na madrugada, quando eu tinha perguntado de brincadeira se ele não era um assassino, um ladrão ou um vampiro, e Reggie havia confirmado que era um vampiro...

Tinha sido só uma brincadeira da minha parte, claro. Mas não da *dele*.

Como era possível?

Precisei fazer força para fechar os olhos e segurar as ondas de terror e repugnância que me acometiam.

— Você... você é um vampiro — consegui dizer. — Tipo, um vampiro de verdade.

Reggie olhou para mim, sem entender. O que era justo. Ele provavelmente, *e com razão*, imaginava que aquilo já estava claro.

— Hum... sou.

— Desculpa — falei. — Preciso...

Balancei a cabeça. Tinha que sair dali. Minha respiração estava acelerada, como se eu não conseguisse inalar ar suficiente. *Por que não conseguia fazer meu corpo se mover?*

Os olhos arregalados de Reggie vasculharam meu rosto. O que quer que tenha visto deve ter respondido às suas perguntas, porque a expressão dele se transformou, de repente parecendo horrorizada.

— Você não acreditou quando eu falei. Achou que fosse brincadeira. — Ele se afastou de mim na mesma hora, como se tivesse medo de que seu toque pudesse me machucar. — Ah, *Hades*... Amelia...

O movimento repentino era tudo de que eu precisava para que meus músculos destravassem. Pulei da mesa e corri até o quarto, o coração martelando.

Fechei a porta e a tranquei, torcendo para que aquilo fosse o bastante para segurar um vampiro.

....

DEPOIS DE UM MOMENTO ANDANDO DE UM LADO PARA OUTRO DO quarto, em pânico, recuperei o controle a ponto de conseguir raciocinar.

Certo. Eu estava presa com um vampiro na cabana da minha família em Wisconsin. E alguns minutos antes ele queria beber meu sangue de um jeito meio sexual. Quando finalmente consegui silenciar os gritos na minha cabeça o suficiente para ter dois pensamentos coerentes, percebi que, se Reggie quisesse me matar ou pelo menos machucar, provavelmente já teria feito aquilo.

Mesmo assim, fui até a porta e verifiquei se continuava trancada. Eu não sabia quão grave era a situação, mas manter a porta fechada parecia ser a melhor opção.

Eu mal conhecia Reggie. Talvez ele só estivesse aguardando o momento certo para chupar meu sangue.

Eu precisava fazer uma pesquisa e descobrir tudo que pudesse. Peguei o celular no bolso da calça e suspirei aliviada ao constatar que o Wi-Fi estava funcionando. Às vezes passava dias fora do ar quando caía uma nevasca.

Eu nem sabia por onde começar. Digitei VAMPIROS CARACTERÍSTICAS na barra de pesquisa e torci pelo melhor.

Vários links apareceram. Havia muitas publicações no Reddit sobre pessoas que diziam ter feito sexo com vampiros. Preferi ignorar — não era o tipo de informação que eu buscava, já que *não* faria sexo com um vampiro. Fora que as histórias pareciam ter sido inventadas só para conseguir acessos. Quando cheguei à segunda página de resultados, no entanto, encontrei algo que poderia vir a ser útil: o site de uma Associação de Caça-Vampiros Amadores do Meio-Oeste.

Como saber se uma pessoa ESTRANHA que você acabou de conhecer não é só ESTRANHA, mas um VAMPIRO tentando se misturar à sociedade humana? Segue um CHECK-LIST útil:

1. Usa roupas anacrônicas ou simplesmente bizarras?

2. Parece ser imune ao frio?

3. Se encolhe ao ver estacas?

4. É notívaga? Em caso positivo, tem dificuldade de se lembrar que os outros não são?
5. Nunca come na sua frente? Tipo, nunca mesmo?
6. Pede permissão explícita para entrar na casa de alguém?
7. Tem habilidades mágicas incomuns?
8. Tem caninos anormalmente proeminentes?
9. Disse que é um vampiro?

Ter respondido com "sim" a uma ou mais perguntas acima não é prova <u>conclusiva</u> de que a pessoa seja de fato um vampiro, mas, no mínimo, você deve se manter alerta, ter sempre uma estaca e alho à mão e ligar imediatamente para 1-888-VAMPIRO para uma consulta informal e confidencial.

A minha parte cética revirou os olhos para a existência de uma Associação de Caça-Vampiros Amadores do Meio-Oeste. No entanto, enquanto dava uma olhada no check-list, não consegui evitar que minha barriga embrulhasse cada vez mais.

Fora a parte da estaca, tudo aquilo descrevia Reggie perfeitamente.

Eu era a maior idiota do mundo por não ter percebido na mesma hora que, quando ele havia me dito que era um vampiro, estava falando sério.

— Merda.

Enterrei o rosto nas mãos, entrando em pânico de novo. Aquilo me obrigava a repensar tudo que eu achava que era real. Eu não estava preparada para algo assim. Havia construído uma vida e uma carreira com base na lógica e na previsibilidade. Com base em coisas que faziam sentido.

Como deveria processar monstros imaginários ganhando vida e se hospedando comigo na cabana da minha família?

Sozinha, eu não conseguiria.

Precisava de Sophie.

Torcendo para que ela estivesse em casa e atendesse, liguei.

Para meu alívio, ela atendeu no primeiro toque.

— E aíííí? Como estão as coisas com você e seu namorado de mentirinha sozinhos, cercados de neve? Já se beijaram?

A lembrança me fez gemer. Eu havia deixado que ele enfiasse a língua na minha boca. Com aquela mesma boca que ele usava para chupar o sangue das pessoas! Se Reggie não tivesse me perguntado se podia me *provar* e virado tudo de cabeça para baixo, talvez eu tivesse transado com ele.

Só eu mesma para transformar um namoro *de mentirinha* em uma catástrofe total.

Fechei os olhos e balancei a cabeça.

— Sim, a gente se beijou — admiti. — E aí as coisas ficaram bem esquisitas.

— Esquisitas? — perguntou Sophie. — Adorei. Conta mais.

Dava para ouvir uma música que eu reconhecia vagamente como da *Patrulha Canina* tocando ao fundo. De repente, eu me senti mal por roubar o pouco tempo que Sophie tinha com os filhos acordados.

— Tem certeza de que está com tempo? — perguntei.

— Marcus vai colocar as crianças pra dormir hoje — disse ela. — Ouvir sobre seu fim de semana vai ser o ponto alto do meu mês. Desembucha.

— Reggie é um vampiro.

Contei a ela cada detalhe sórdido. Depois, tive um momento passageiro de culpa, porque estava claro que Reggie não dividia aquela informação com qualquer um. No entanto, eu precisava da ajuda de Sophie. E muito.

— Meu Deus do céu — disse ela quando terminei. — Então Reggie, o gato, na verdade é Reggie, o vampiro gato. E não como aquelas pessoas do TikTok que se acham vampiros, mas na verdade são só esquisitas e desesperadas por atenção. Ele é um vampiro *de verdade*. — Sophie deu risada.

— Não consigo acreditar.

Fechei os olhos.

— Nem me fala.

— Quando você ligou, achei que fosse pra me contar que tinha finalmente transado com ele. — Ela voltou a rir. — Estou ao mesmo tempo decepcionada por você *não* ter me ligado por esse motivo e mais maravilhada do que nunca.

Suspirei, então me deitei na cama e cobri o rosto com um dos braços.

— Você está lidando superbem com a notícia de que vampiros existem.

— Tem bastante gente esquisita no mundo — comentou ela. — E Reggie parece ainda pior que a maioria. Acho que dá pra dizer que estou chocada, mas não surpresa.

— Justo — falei. — Bom, e agora, o que eu faço?

Sophie ficou em silêncio por um momento.

— Acho que depende. O beijo foi bom? Você quer transar com ele?

Inacreditável.

— Essa não é a questão.

— Claro que é.

— Sophie — rebati, exasperada. — Estou presa em casa *com um vampiro*. Até uma hora atrás, eu achava que vampiros não existiam. Não penso em vampiros desde que minhas amigas da escola eram viciadas em *Crepúsculo*. Não sei o que fazer. *Me ajude.*

— É algo inesperado — reconheceu Sophie. — E sei que você tem dificuldade para lidar com o inesperado. Mas ele tem sido muito fofo com você.

Mordi o lábio, pensando em todas as coisas legais e atenciosas que Reggie havia feito desde que tínhamos nos conhecido. Ele ficara ultrajado com a falta de opções de comida para mim na festa da minha tia. Concordara em ir para Wisconsin com minha família mesmo sem ter nenhuma obrigação. Saíra no meio de uma nevasca só para garantir que eu tivesse o que comer enquanto ficássemos presos ali.

— Ele tem sido fofo mesmo — admiti.

— Antes de você descobrir que Reggie é um vampiro, ele fez alguma coisa que deixou você insegura?

Aquilo era fácil de responder.

— Não.

Sophie pensou a respeito.

— Não acho que ele queira machucar você.

Ouvir aquilo foi um alívio.

— Não?

— Não — disse Sophie. — Nos últimos dias, Reggie teve várias oportunidades de matar você ou chupar seu sangue. E, em vez de fazer essas coisas agora que está preso com você em Wisconsin, preferiu trocar saliva com você.

Dei risada.

— Trocar saliva? Sério?

Ela prosseguiu, ignorando meu comentário:

— Se Reggie quisesse te machucar, acho que você já estaria morta.

— Pensei nisso também — admiti. — Por outro lado, mal conheço o cara. Talvez ele seja o tipo de vampiro que curte dar uma falsa sensação de segurança à namorada de mentirinha antes de acabar com ela.

Um momento de silêncio se seguiu.

— Esse tipo de vampiro existe mesmo?

— Não faço ideia. Mas poderia existir, não acha?

— Talvez — disse Sophie, embora soasse cética. — Mas me diz uma coisa: como ele reagiu quanto viu que você ficou com medo?

Fechei os olhos e pensei na expressão horrorizada de Reggie quando ele se dera conta de que eu não havia acreditado naquela história de vampiro até então.

— Reggie achava que eu já sabia. O que não é absurdo, porque ele *tentou* me contar várias vezes. — Só que eu era racional demais para levar aquilo a sério. — Saí correndo antes de conseguir confirmar, mas acho que, quando percebeu que eu não fazia ideia do que ele era até então, Reggie ficou se sentindo bem mal.

— Não parece o tipo de cara que tentaria atrair você até o caixão dele pra te devorar.

Não parecia mesmo.

— Tem razão. — Eu me levantei e voltei a andar de um lado para outro. — Mas, mesmo que ele não queira me matar, o que é que eu faço?

— Quer minha opinião sincera?

Eu me preparei para o que viria.

— Quero. Por favor.

— Quando estiver mais calma, fale com ele — aconselhou Sophie. — Se gostar do que Reggie tem a dizer, pode pagar pra ver se ele também é bom de cama.

Minhas bochechas arderam.

— Falar com ele faz sentido — concordei, ignorando o restante. — Vamos passar um tempo presos aqui.

— Ótimo — disse Sophie. — Faça isso e depois me conte como foi. Agora preciso ir. Vou ajudar com as crianças. E preciso contar pro Marcus que ele me deve dez dólares.

— Por que ele te deve dez dólares? — perguntei, já desconfiada de que me arrependeria.

— Eu apostei que vocês mandariam ver em Wisconsin.

— Vou ter que desligar agora — falei, fingindo estar ofendida.

No entanto, apesar de tudo, estava sorrindo.

DEZENOVE

Trecho de conversa no canal #adesivos da comunidade PlannersPerfeitos, no Discord

REGINALD_V: Preciso de um conselho
REGINALD_V: Sabem a garota de quem eu sempre falo?
REGINALD_V: A gente... se beijou.

TACOGATO: MEUDEUSDOCÉU

MÃEDOBRAYDEN: ALELUIA

REGINALD_V: Mas acho que estraguei tudo
REGINALD_V: fui longe demais, rápido demais

TACOGATO: ih, o que você fez?

REGINALD_V: e no processo contei algo MUITO importante pra mim, que achei que ela já soubesse, mas que ficou na cara que ela NÃO sabia
REGINALD_V: aí ela pirou. e agora não sei o que fazer

MÃEDOBRAYDEN: Que bom que vocês estão se COMUNICANDO
MÃEDOBRAYDEN: É um COMEÇO

TACOGATO: Quão longe você foi??? Tipo, até onde chegou?

TACOGATO: Tipo, você pediu pra comer a garota ou algo do tipo? Logo depois do primeiro beijo? Se for isso, não é à toa que ela se assustou

REGINALD_V: bom, eu não pedi pra comer ela
REGINALD_V: não exatamente
REGINALD_V: mas... propus meio que um lance com sangue

MÃEDOBRAYDEN: JESUS AMADO 🔥🔥🔥
TACOGATO: CARA

OBJETIVOSDALYDIA: Olhe, estou tão envolvida com essa história quanto todos vocês, mas podemos passar essa conversa pro #aleatoriedades?

REGINALD_V: nossa, sim, claro, desculpa, não vai acontecer de novo

AMELIA

PASSEI MAIS DURAS HORAS MERGULHADA NA PESQUISA SOBRE vampiros. A maior parte do que encontrei ficava entre inútil e simplesmente bizarro, porém, após dedicar grande parte da minha carreira a encontrar coisas superespecíficas no Código Tributário, eu estava mais do que acostumada a não deixar pedra sobre pedra.

Eu tinha acabado de concluir a lista de perguntas que queria fazer a Reggie quando ouvi uma leve batida à porta.

Congelei.

— Amelia? — A voz dele soava hesitante como nunca. — Sou eu.

O que eu iria fazer? Tinha prometido para Sophie que conversaríamos, mas, naquele momento, com ele ali, comecei a surtar. Por outro lado, conseguiria fingir que ele não existia até que a estrada fosse liberada?

Provavelmente não.

— Oi?

Sentia meu coração batendo forte. Será que ele conseguia sentir? Será que sentia o cheiro do sangue correndo com mais força pelas minhas veias? A ideia me provocou um calafrio, embora me fascinasse ao mesmo tempo.

— Posso entrar? — perguntou Reggie.

Pensei nos truques de autodefesa contra vampiros que havia acabado de aprender. Provavelmente conseguiria quebrar uma perna da mesinha e usá-la como estaca. Não sabia lutar, mas talvez conseguisse me defender sob pressão.

Mordi o lábio e abri a porta.

Reggie parecia ter passado as duas horas anteriores arrancando os cabelos. Sua expressão se tornou esperançosa quando viu meu rosto, como se não achasse que eu fosse mesmo abrir.

Pensei na festa da minha tia, na insistência dele em ser convidado a entrar. Quando tínhamos chegado à cabana, não havia bastado eu abrir a porta da frente. Reggie precisara de permissão explícita para entrar.

— Você precisa ser convidado a entrar no meu quarto, não é? — perguntei.

— Não. — Ele balançou a cabeça. — Preciso da permissão clara de um proprietário ou morador antes de entrar numa casa. Depois, posso ir aonde quiser. Mas me sentiria melhor se você me desse seu consentimento. — Reggie olhou para o chão. — Sei que deve estar com medo.

Seu tom delicado e paciente fez com que eu me derretesse um pouco, ainda que a ideia de que Reggie teria que passar a noite do lado de fora se eu não o tivesse convidado me desse uma estranha sensação de poder. Então a sensação de estar em areia movediça que eu sempre associava às nossas conversas me inundou outra vez.

Quando eu não respondi, Reggie pigarreou e tentou de novo.

— Posso entrar, por favor?

Alguém mais esperto diria que não. A pessoa que eu era duas semanas antes certamente diria que não. Por outro lado, o que era mais uma decisão questionável, considerando tudo que eu vinha fazendo?

— Pode — respondi.

Assim que entrou, Reggie olhou da cama para a escrivaninha, os únicos dois assentos disponíveis. Ele hesitou por um breve momento, depois foi para a cadeira e se sentou com o corpo inclinado para a frente e os cotovelos apoiados nos joelhos, olhando para as próprias mãos. Permaneci de pé, observando-o.

— Uma das poucas vezes na vida em que achei que estava sendo completamente honesto com alguém, e você pensou que fosse brincadeira — comentou ele, e riu, uma risada desprovida de humor. — Faz até sentido. Considerando tudo. *Hades*, eu deveria ter percebido pela sua reação que você não tinha acreditado. Mas pensei que, como você conhecia Frederick, sabia que vampiros existiam e que nem todos eram malvados.

Fiquei olhando para Reggie.

— Eu não fazia ideia de que Frederick também era um vampiro.

Mais peças do quebra-cabeça se encaixaram. Então a melhor amiga do meu irmão estava namorando um vampiro. Aquilo explicava por que Sam andava obcecado com minha segurança quando eu saía à noite.

— Droga — disse Reggie, levando as mãos ao rosto. — Achei que você soubesse.

Eu nunca o tinha visto tão ansioso, ou tão pego de surpresa. Nem mesmo ter que dar um showzinho em um jantar cheio de parentes meus o havia feito perder a compostura daquele jeito. Comecei a me perguntar se a imagem que Reggie passava ao mundo não era uma fachada cuidadosamente construída. No momento, a máscara parecia estar caindo. Pela primeira vez, pensei ter vislumbrado o verdadeiro Reginald.

Aquilo o fazia parecer mais humano, constatei, surpresa.

O que era irônico.

Porque, tecnicamente, ele não era humano...

— Tenho perguntas — falei.

Reggie assentiu.

— Achei que fosse ter mesmo. Pode perguntar o que quiser.

Peguei a lista que havia feito com base em minha pesquisa na internet e comecei pela primeira.

— Então... você bebe sangue.

Ele olhou para mim, depois assentiu.

A confirmação fez com que eu me retraísse, embora já soubesse que a resposta seria sim.

Risquei a pergunta da lista e segui para a próxima.

— E você bebe sangue *humano*?

— Sim. Não consigo digerir mais nada.

Aquilo explicava por que ele não havia comido na festa da minha tia. E as referências vagas à sua "dieta" no bar.

— Nem sangue de outros animais? Achei que alguns vampiros faziam isso.

Ele riu.

— Por causa de *Crepúsculo*?

Fiquei vermelha.

— Hum... é.

— Olhe, por mais incrível que Edward Cullen seja, uma família inteira de vampiros castos vivendo à base de sangue animal... bom... — Reggie riu, a máscara de indiferença retornando. — Não é assim que as coisas funcionam.

Meu rosto ficou ainda mais vermelho diante daquela sugestão. Eu o escondi atrás da lista e procurei me concentrar na pergunta seguinte, que provavelmente era a mais importante.

— Pode me explicar como você consegue esse sangue humano?

Suas sobrancelhas se ergueram em confusão.

— Como consigo?

— Isso — confirmei. — De onde exatamente é o sangue que você bebe? Imagino que precise matar pessoas, mas você tem algum critério pra escolher suas vítimas?

— Ah — disse Reggie, quando compreendeu. — Não me alimento mais assim, na maior parte do tempo. Alguns anos atrás, comecei a recorrer a bancos de sangue. — Ele deu de ombros. — Tenho certeza de que também existem problemas éticos relacionados a roubar um lugar desse tipo, mas parece menos cruel.

Pelo menos aquilo era menos assustador. Minha curiosidade me venceu, e, quando vi, já estava fazendo outra pergunta:

— O gosto é igual?

Reggie hesitou.

— Não. Mas tudo bem. Se eu esquentar o sangue até a temperatura do corpo humano primeiro, a frustração é menor. Beber sangue frio é como fazer sexo usando três camisinhas. Ou ver Netflix com comerciais. — Ele balançou a cabeça em aversão, aparentemente alheio a meu rosto prestes a pegar fogo. — Não faço ideia de como Frederick aguenta beber direto da geladeira. Por outro lado, não faço ideia de como ou por que ele faz várias coisas.

— Ah. — Foi tudo que consegui dizer, como uma boba. — Entendi.

— Posso fazer uma pergunta também? — pediu Reggie.

Meus olhos se arregalaram.

— Pra mim?

— É claro que você deve ter outras perguntas, mas preciso saber uma coisa antes. O que você achou que eu queria dizer quando falei que era um vampiro?

Era uma pergunta razoável.

— Foi na mesma noite em que você me disse que inventar coisas era um dos seus passatempos preferidos. — Dei de ombros. — Você me ligou no meio da noite pra me contar um segredo constrangedor. Quando perguntei se você era um vampiro, foi de brincadeira. Aí você disse que sim, e imaginei que também estivesse só brincando.

Ele ficou olhando para mim.

— Por que eu brincaria com algo assim?

— Porque vampiros *não existem*. — Diante da expressão incrédula dele, tive que acrescentar: — Ou pelo menos não no meu mundo.

Aquilo me rendeu um sorriso irônico.

— Justo. Então o que você pensava que era o segredo que eu estava guardando?

— Nos e-mails que a gente trocou, você disse que estava desempregado. Achei que tivesse alguma coisa a ver com isso — expliquei, encabulada. — Pensando nisso agora, não faz sentido. Estar desempregado não é motivo de vergonha. Mas na época foi o que mais pareceu ter lógica.

Um canto de sua boca se ergueu.

— Fiquei tão orgulhoso de mim mesmo por ter sido sincero desde o começo.

— Desculpa por não ter acreditado em você. Mas sou uma *contadora*. Não estava preparada pra acreditar que vampiros existem. Por isso não acreditei. Até...

Deixei a frase morrer no ar e desviei o rosto. Ele se lembrava do que havia acontecido entre nós na cozinha tão bem quanto eu.

— E o negócio de eu sempre precisar de permissão pra entrar na casa de alguém? Ou de nunca aceitar nenhuma comida ou bebida que você oferecia? — insistiu Reggie, mas em um tom gentil, e não em acusação. — Nada disso fez você se perguntar se eu não estava dizendo a verdade?

Contraí o rosto.

— Talvez devesse ter feito — admiti. — Mas achei que o lance da entrada fosse uma questão de educação. E que você tivesse um monte de restrições alimentares, que nem eu.

— Tenho mesmo um monte de restrições alimentares — concordou Reggie, sorrindo. — *Literalmente* não consigo ingerir nada que não seja...

Ele teve a decência de não concluir a frase. Sabia que eu havia entendido.

— Pois é — falei, baixo.

— Posso ir embora. Desta casa, digo. Se não quiser que eu fique, posso ir.

Olhei pela janela do quarto. A nevasca continuava a toda lá fora. Nas horas que eu havia passado pesquisando vampiros, o sol terminara de se pôr. Mesmo que o vento tivesse melhorado, não daria para enxergar coisa alguma.

— Deve ser *muito* perigoso dirigir com uma nevasca dessas — falei. — E, mesmo que você tivesse um carro, como faria ele sair do lugar?

— Não preciso de carro. Posso voar de volta pra Chicago, como voei até o mercado.

Senti meu coração palpitar. Quando ele me disse que tinha voado, fora no sentido literal. Tentei me recuperar o mais rápido possível.

— Chicago é muito mais longe que o mercado.

— Vou ficar bem. — Os olhos azuis de Reggie pareciam sinceros. A máscara que ele gostava de usar estava caindo de novo. — A última coisa que quero é deixar você desconfortável.

— Mas estamos no meio de uma *nevasca*.

— É, mas se você estiver com medo...

— Não estou com medo. — De repente, eu me dei conta de que era verdade. — Posso estar surtando, e um pouco assustada... — Hesitei. — Mas, racionalmente, não deveria estar. Tipo, quantas oportunidades você não teve de beber meu sangue desde que a gente se conheceu?

Era uma pergunta retórica, mas Reggie respondeu de pronto:

— Trinta e sete. Não, espera, trinta e oito.

Uau.

— Hum... tá, você ter feito as contas antes vai um pouco contra a ideia que eu estava tentando defender. Que é: se você pretendesse me machucar, já teria feito isso.

— Mesmo antes de passar a me alimentar exclusivamente de bancos de sangue, quando ainda me alimentava direto na fonte, eu era bem meticuloso na escolha das vítimas. — A sinceridade era evidente em seus olhos.

— E, mesmo nos meus piores momentos, eu nunca machucaria alguém como você.

Eu sabia que não deveria me deixar levar por aquela demonstração de vulnerabilidade. Talvez não quisesse que ele voasse em meio a uma nevasca, mas precisava pelo menos erguer um muro de três metros de altura entre nós até entender o que exatamente Reggie era.

No entanto, eu não era feita de pedra.

— Não vou expulsar você no meio de uma nevasca.

A tensão deixou o corpo de Reggie de uma vez só. Seus ombros relaxaram e o alívio ficou evidente em seu rosto.

— Então tá.

— Mas — prossegui, com um dedo erguido —, não vou beijar você de novo. Nunca. Nem fazer outras coisas com você. Uma coisa é ficar presa aqui com um vampiro. Outra completamente diferente é...

— Entendido — me cortou Reggie. Seria decepção que eu via em seus olhos? — Sendo sincero, beijar você provavelmente foi um erro, de qualquer maneira.

Aquilo não deveria me magoar. Afinal, eu havia acabado de sugerir a mesma coisa. No entanto, parte de mim desmoronou.

— Como assim? — perguntei, mesmo sabendo que não devia.

Ele não respondeu por um momento, então, disse:
— Só foi um erro.
Em seguida, um silêncio desconfortável tomou conta do ambiente. O tique-taque do relógio na mesa de cabeceira e o vento uivando lá fora só serviam para destacar quão isolados estávamos.
— Você vai dormir no quarto das crianças — falei, como se aquilo ainda não estivesse resolvido. Por algum motivo, me pareceu importante reiterar que ficaríamos em lados opostos da cabana. O lugar não era grande o bastante, mas precisávamos nos manter tão longe quanto possível até finalmente podermos ir para casa. — E eu...
— Você vai dormir aqui — completou Reggie por mim. — Entendido.
— Ele se levantou e deu um passinho na minha direção. Eu não era baixa, mas, assim de perto, Reggie parecia gigante. Tudo naquele homem era *grande*. — Durma bem, Amelia. A gente se vê amanhã.

VINTE

Telegrama enviado por Maurice J. Pettigrew, tesoureiro do Coletivo, ao conselho

Alvo deixou um bilhete na porta do apartamento. Ponto.
Dizendo "Fui pescar". Ponto.
Porta trancada. Ponto.
Vigilância externa sugere que ele não está lá dentro. Ponto.
Covarde está claramente se escondendo. Ponto.
Diga ao grupo para procurar no lago Michigan. Ponto.
Não vejo o apelo que "pescar" poderia ter a um vampiro. Ponto.
Mas sabemos que ele é estranho. Ponto.

AMELIA

BEIJAR VOCÊ PROVAVELMENTE FOI UM ERRO, DE QUALQUER MANEIRA.

As palavras que Reggie me disse pouco antes de sair do quarto não paravam de passar pela minha cabeça enquanto eu tentava, em vão, pegar no sono.

Por que o arrependimento dele não estava me deixando dormir? Eu também estava arrependida do beijo, não? Entre todos os desenrolares possíveis, aquele seria o mais tranquilo. Era muito melhor Reggie concordar que havíamos cometido um erro do que ficar sofrendo por mim.

Ou pior: eu ficar sofrendo por ele.

No entanto, ali estava eu, olhando para o teto, sem conseguir dormir, sentindo pontadas que me recusava a nomear, ainda com o gosto de sua boca na minha, daquele erro delicioso.

A nevasca lá fora não estava ajudando. Tudo que me assustava quando eu era pequena naquele tipo de noite de inverno parecia possível. Monstros debaixo da cama. Bruxas cozinhando ossos humanos em caldeirões. Provavelmente era só exaustão. Ou talvez fosse porque eu estava presa ali, sozinha, com um vampiro. De repente, eu me sentia ansiosa por estar sozinha, como não me sentia havia anos, o que deveria me deixar constrangida.

— Isso é ridículo.

Deixei as cobertas de lado e me levantei. Eram quase duas da manhã. Se não ia dormir, poderia pelo menos fazer algo de útil. Vesti um roupão velho que havia no guarda-roupa por cima do pijama e peguei minha bolsa.

Abri o notebook na mesa da cozinha. Estar presa ali não era motivo para deixar o trabalho acumular. Independentemente de quanto tempo eu fosse passar naquela cabana.

Havia um e-mail da Fundação Wyatt aguardando por mim na minha caixa de entrada.

Para: Amelia Collins (ajcollins@butyldowidge.com)
De: John Richardson (jhcr12345@condewyatt.org)

Cara srta. Collins,

A Fundação Wyatt agradece enormemente seu auxílio com as questões fiscais e seu interesse em marcar uma reunião presencial. Em breve, informaremos um momento conveniente para uma visita ao seu escritório. Haveria algum problema em ser à noite? Se houver, tenho certeza de que encontraremos um horário durante o dia que funcione. O período noturno, no entanto, é mais propício para mim, em termos de agenda e ciclo circadiano.

Fico no aguardo. Depois que me enviar sua resposta, fique no aguardo. E assim sucessivamente.

No meio-tempo, anexei mais alguns documentos para sua avaliação.

Muito atenciosamente,
Dr. J. H. C. Richardson

P.S.: Poderia explicar o que é "faixa de imposto"? Alguém do conselho encontrou o termo na internet, mas não conseguimos entender direito.

Os documentos anexados incluíam um relato em primeira mão quase indecifrável do que me parecia ter sido a inauguração de uma loja de tecidos na Tunísia em 1952, além de um artigo publicado em um jornal de Medicina chamado "Exsanguinação inexplicável: Um caminho a trilhar". Fechei os olhos e grunhi. Evelyn queria que eu fizesse uma apresentação sobre a Fundação Wyatt dentro de algumas semanas, mas eu ficava cada vez mais convencida de que tínhamos que abrir mão da porcaria daquela conta.

Percebi de imediato quando Reggie entrou na cozinha. Não tanto por tê-lo ouvido, mas por uma alteração na energia do cômodo. Sua presença sempre espalhafatosa perturbava a paz tranquila que eu associava à cabana da minha família. Mesmo em silêncio, tudo nele era barulhento.

No entanto, eu estava começando a perceber que, quando Reggie não se encontrava por perto, eu sentia falta do ruído.

A risada que soltei quando levantei a cabeça e o vi pôs abaixo qualquer constrangimento que houvesse entre nós.

Reggie usava um avental antigo do meu pai, escrito BEIJE O COZINHEIRO. Embaixo das palavras em vermelho, havia o desenho de uma boca. Eu poderia jurar que minha mãe tinha feito meu pai se livrar daquele avental anos antes. Onde Reggie o havia encontrado?

Com uma mão na cintura, ele apontou para a papelada que eu havia organizado ao lado do computador. Parecia tanto minha mãe, quando éramos pequenos e fazíamos algo que ela reprovava, que até me assustei.

— Você costuma estar dormindo nesse horário, como me lembrou mais de uma vez. Então o que é isso?
— Não consigo dormir — expliquei. — Então vou trabalhar.
— Acho que não.
— Por que não?
— Por que não? — repetiu ele, olhando para mim. — Pra começar, está tarde. E estamos no paraíso do inverno.
Ele estava falando sério?
— Paraíso do inverno?
— É.
Balancei a cabeça.
— Está mais pra pesadelo do inverno.
O canto direito de sua boca se ergueu em um sorriso torto, fazendo a fachada severa cair por um momento. Reggie se recuperou rapidamente, no entanto, levando uma mão ao notebook como se pretendesse fechá-lo.
Olhei feio para ele.
— Não faça isso.
Reggie deu risada.
— Posso só dizer que você é o epítome do que há de errado com os jovens de hoje?
— Achei que a opinião oficial dos *baby boomers* era de que *millennials* são preguiçosos, e não que trabalhamos demais.
Ele revirou os olhos.
— Pra começar, não sou um *baby boomer*. E não. — Ele balançou a cabeça. — O problema dos jovens de hoje não é preguiça. É vocês acharem que têm todo o tempo do mundo. Então ficam adiando as partes boas da vida, pensando que podem se divertir depois. Só no fim vocês percebem que desperdiçaram... bom, tudo.
Sem tirar os olhos dos meus, Reggie baixou lentamente a tela do computador, até fechá-lo.
— Ei!
Tentei tirar a mão de Reggie do computador, mas ele a usou para cobrir a minha, me impedindo. O contato fez um calafrio delicioso descer por minha coluna. Pelo modo como os músculos de seus antebraços se contraíram, eu soube que ele havia sentido o mesmo.

Eu não fazia ideia de por que aquilo me parecia quase irresistível. Mas parecia.

— Está tarde — repetiu ele, com a voz mais carregada. — Você pode trabalhar amanhã.

— Você não tem noção de como estou atrasada.

— Não tenho mesmo — concordou ele. — Mas não me importo. Se não tiver uma folga, vai se esgotar antes mesmo de começar a viver.

— Reggie...

— Duas horas — disse ele, erguendo dois dedos. — Faça uma pausa de duas horas comigo. Se depois disso você continuar achando que trabalhar é mais importante que dormir como uma humana normal, pelo menos vai ter se divertido um pouco primeiro. — Reggie se inclinou na minha direção, de modo que seu rosto ficou quase na altura do meu. — E, se você gostar, pode fazer outras pausas pelo tempo que ficarmos presos aqui.

Comigo, era o que ele não tinha dito. *Pode fazer outras pausas comigo*. No entanto, aquilo estava implícito, em seus olhos esperançosos, no modo como a pressão de sua mão sobre a minha aumentou quase imperceptivelmente. Seus olhos pareciam tão vívidos, o azul brilhante como eu nunca vira em mais ninguém.

Eu devia mesmo ser muito desligada por não ter percebido desde o começo que Reggie não tinha como ser humano.

Mas seus olhos eram mesmo lindos.

Ele era lindo.

— Imagino que o mundo não vai acabar se eu tirar uma folguinha — reconheci.

— Não mesmo — disse ele, com uma voz que equivalia a um sorriso.

— Você tem alguma ideia do que fazer?

— Tenho. Muitas ideias.

Eu não sabia se ele estava falando sério.

— Tem mesmo?

— Tenho. Mas vou limitar as opções a duas. — Reggie ergueu um dedo. — Primeiro: podemos caminhar na neve, usando umas botas impermeáveis que encontrei no porão.

Olhei bem para ele.

— É uma piada, né?

— Não é, não — falou Reggie. — Uma piada é: Por que o cachorro não atravessou a rua? Porque ele estava CÃOssado.

Deixei escapar uma risada.

— Você é ridículo.

— Sou mesmo — concordou ele. — Então você não tem interesse em sair pra caminhar?

— No meio da madrugada? — Balancei a cabeça. — Acho que não. Qual era a segunda ideia?

Ele sorriu.

— Vou mostrar. Mas feche os olhos.

— Fechar os olhos?

— A segunda opção é uma surpresa, então, sim, você tem que fechar os olhos.

Eu deveria dar trela para ele? Deveria *confiar* nele? Eu não tinha medo de que Reggie fosse me machucar, mas como reagir a um vampiro me mandando fechar os olhos?

Acabei fechando mesmo assim.

— Pode pelo menos me dar uma pista?

— Não.

Seus dedos se fecharam em volta do meu pulso e...

Eu tinha sido honesta quando disse que não iria beijá-lo de novo. Mas a maneira delicada e contida como ele me tocava naquele momento oferecia um contraste tão delicioso à maneira como ele me agarrara na mesa da cozinha mais cedo que...

Eu só conseguia pensar naquilo.

— Você vai amar a segunda opção — garantiu Reggie, conduzindo-me para fora da cozinha. — Venha comigo.

VINTE E UM

Telegrama enviado por Maurice J. Pettigrew, tesoureiro do Coletivo, ao conselho

Alvo localizado. Ponto.
Não estava pescando! Ponto.
Fugiu pra Wisconsin com humana!! Ponto.
Fizemos um pequeno desvio na rota para visitar fábrica de queijo por causa de anúncio em outdoor na estrada que prometia "melhor queijo coalho do mundo todo". Ponto.
Há muito somos fascinados por queijo. Ponto.
Como é feito. Ponto.
Como e por que o queijo coalho faz aquele barulhinho quando mordido. Ponto.
A visita deve ser rápida. Ponto.
Depois, vamos atrás do alvo. Ponto.
Levaremos um presentinho da fábrica para compensar o atraso. Ponto.

AMELIA

ERA ESTRANHO, SER CONDUZIDA DE OLHOS FECHADOS POR UMA casa que eu conhecia desde pequena. Era ainda mais estranho considerando que quem me conduzia era um vampiro cantarolando baixo e desafinado a música da estrada de tijolos amarelos de *O Mágico de Oz*.

— É melhor você não estar espiando. — Reggie parecia estar adorando aquilo. — Se abrir os olhos, vai estragar a surpresa.

Tive que rir.

— Prometo que não estou espiando. Aonde estamos indo?

— Só um pouco mais. Ah. Chegamos. — Ele soltou meu pulso e levou as mãos aos meus ombros. Então me virou em outra direção. — Pode abrir os olhos agora.

Eu abri.

— Sério?

— Já falei que é.

Eu me virei para ele.

— O armário dos jogos de tabuleiro...

— Exatamente. — O sorriso de Reggie ia de orelha a orelha. — Não consigo acreditar que você não me falou disso antes.

— Não penso nesse armário há anos — falei, com sinceridade. — Nem me passou pela cabeça que você poderia gostar.

Seu sorriso vacilou.

— Por que não? — Reggie pareceu genuinamente afrontado. — Adoro jogos. — Ele abriu a porta do armário, depois fez um gesto teatral para que eu entrasse. — Damas primeiro.

A mistura do cheiro de livro antigo e armário fechado quase me distraiu da forte sensação de *déjà-vu* que tive ao entrar. Jogar com minha família era uma das melhores lembranças que tinha daquele lugar. Ver os livros e os jogos arrumadinhos naquelas prateleiras me fez sentir como se tivesse doze anos outra vez.

No entanto, fazia mais de vinte anos que eu não tinha aquela idade.

— Acho que não venho aqui desde a época da faculdade — comentei.

Eu me virei para encarar Reggie. Minha boca ficou seca.

De repente, eu me dei conta de como aquele armário era pequeno. Reggie era tão alto e tinha ombros tão largos que ocupava todo o espaço. Talvez eu me sentisse daquele jeito independentemente de onde estivéssemos. Reggie era imponente, maior do que seu corpo poderia conter. Parecia deslocar cada molécula, átomo e partícula que nos rodeava, até que tudo que eu conseguia ver era ele.

Reggie não pareceu notar minha reação por ficar confinada em um espaço tão apertado com ele. Olhava para os jogos nas prateleiras, com um entusiasmo que me lembrava o de uma criança pequena no dia de seu aniversário.

— Que tal *Catan*?

Ele puxou a caixa quadrada da prateleira superior. Era um jogo antigo, que eu e meus irmãos havíamos jogado tantas vezes na adolescência a ponto de deixar as cartas grudentas por causa dos salgadinhos que comíamos. Reggie encostou no meu ombro. Ao mesmo tempo, senti nossa proximidade e nosso isolamento, o que fazia meu corpo pulsar. Eu poderia me perder nessa sensação, se deixasse.

— Pode ser — falei, com a voz trêmula, me esforçando para não pensar em como gostava da sensação de sua mão ali. — Mas já aviso que sou competitiva.

— Eu também sou.

— Não, sou competitiva mesmo — insisti. — Sempre ganho. Minha estratégia é infalível.

Ele riu.

— Não achei que você fosse do tipo que se gabava.

— Não estou me gabando, estou dizendo a verdade.

Peguei a caixa, tentando tirá-la dele, mas Reggie não a soltou.

Então ficamos os dois ali, os dedos quase se tocando.

Baixei os olhos para o jogo em nossas mãos. As dele eram muito maiores que as minhas, os nós dos dedos embranquecidos devido à firmeza da pegada. Aquelas mãos haviam segurado meu rosto com ternura durante o beijo. Eu só podia imaginar que seu toque seria assim onde quer que fosse.

De repente, com a certeza de um raio, eu soube que ficar sentada ao lado dele jogando um jogo de tabuleiro era uma *péssima* ideia.

Reggie pareceu chegar à mesma conclusão.

— Tem certeza de que não prefere sair pra caminhar na neve? — Sua voz soou um pouco mais aguda que de costume, e falhou quando ele disse "neve". — *Catan* é meio... Bom, é um jogo meio clichê, né?

Sair para a noite gelada começava mesmo a parecer uma excelente ideia. Não haveria risco de proximidade acidental. Não acabaríamos inexplicavelmente de mãos dadas. Ir sozinha para o quarto e tentar dormir algumas horas seria uma decisão ainda melhor, mas a essa altura eu já estava colecionando decisões ruins como se fossem figurinhas. Poderia muito bem adicionar mais uma à coleção.

— Tá bom — concordei. — Vamos lá.

....

CAMINHAR NA NEVE SE PROVOU MUITO MAIS EXTENUANTE DO que eu me lembrava. Por outro lado, a última vez que eu havia feito aquilo fora mais de dez anos antes, quando era muito mais jovem e fazia atividade física regularmente.

Fora que era a primeira vez que eu fazia aquilo no meio da noite, e com um vampiro, o que podia contribuir para o resultado geral.

— Isso está certo? — Reggie estava parado um pouco mais para trás, ajoelhado na neve para ajeitar as botas. Enquanto eu usava tantas camadas de roupa que quase nem daria para me reconhecer, Reggie estava apenas de camisa de flanela de manga comprida e calça jeans. — Acho que não coloquei direito.

Fui até ele. Estava tão claro do lado de fora, com a neve refletindo a lua e as estrelas, que as lanternas de cabeça que usávamos eram quase inúteis. Eu me agachei ao lado de Reggie e verifiquei o pé mais próximo a mim.

— Parece que sim.

Ele soltou o ar em frustração.

— Se está certo, então por que é tão difícil?

Dei risada.

— Porque sim. Quer voltar?

— Não — respondeu ele na mesma hora. — Ainda faltam oitenta e sete minutos das duas horas que você me prometeu. Vamos continuar.

Era tão silencioso ali. Aquela era uma das melhores diferenças entre a vida em Chicago e nossas visitas a Wisconsin. E mais ainda naquele momento, com a neve cobrindo tudo, absorvendo qualquer som. A neve sendo esmagada sob nossos pés e a respiração rarefeita eram os únicos ruídos ao redor.

Enfim, chegamos ao barracão de madeira que meu avô usava quando caçava, na época em que vinha com frequência.

— Vamos parar um pouquinho — pediu Reggie.

Não fiz objeção, e ele me puxou para dentro e fechou a porta atrás de nós. Estava mais quente no barracão, ainda que não contasse com aquecimento ou mesmo eletricidade. As tábuas rachadas sugeriam que já fazia um tempo que ninguém entrava ali.

— Acho que este lugar está abandonado — comentou Reggie, dando voz a meus pensamentos, então sentou-se no banco de madeira que havia ali e fez sinal para que eu me juntasse a ele. Obedeci, tomando o cuidado de deixar algum espaço entre nós. — Caso contrário, eu não teria conseguido entrar sem permissão.

Atrás do barracão, alguém havia feito uma família de bonecos de neve. Pegadas pequenas na neve sugeriam que aquilo era obra de crianças pequenas.

— Seria legal conhecer quem fez isso — comentou Reggie, um tanto melancólico. — Eu me identifico muito com crianças.

Aquilo me surpreendeu.

— Sério? Como assim?

— Bom, assim como elas, eu vivo sem medo — explicou ele. — Embora por motivos diferentes. As crianças veem o mundo e vivem sem medo porque ainda não sabem o que têm a perder. Eu vejo o mundo e vivo sem medo porque sei bem demais que não tenho mais nada a perder.

Suas palavras não estavam carregadas apenas de melancolia, mas também de resignação. De repente, Reggie não parecia mais o tagarela que me fizera sair porque achava que eu estava trabalhando demais. Ou o homem que não levava nada a sério e passava a impressão de estar sempre disposto a experimentar qualquer coisa que parecesse divertida. No lugar dele, havia um homem que parecia ao mesmo tempo ancestral e esgotado.

Por reflexo, levei a mão a seu braço, guiada por uma necessidade instintiva de reconfortar alguém que claramente precisava daquilo. Reggie não dava sinal de que queria conversar sobre o que se passava em sua cabeça, mas fui em frente, antes de ter a chance de me convencer do contrário.

— Por que você ficou assim de repente? — perguntei. — Foi algo que eu disse?

Reggie pareceu horrorizado.

— Quê? *Não!* Claro que não. — Ele balançou a cabeça. — Acho que só estava... pensando. — Reggie pigarreou e se ajeitou no banco. — Tem certeza de que quer conversar sobre isso? A ideia era você ter uma folga, e não ficar aqui ouvindo eu me lamentar.

Apesar do que dizia, eu via em sua expressão que Reggie *queria* falar sobre aquilo.

— Não tem problema — garanti. — Pode me contar.

Ele respirou fundo e soltou o ar devagar.

— Lembra que, quando nos conhecemos, eu disse que tinha um pessoal atrás de mim?

Aquela noite retornou à minha mente. Eu saindo distraída do trabalho, preocupada em não chegar atrasada no jantar de família. Reggie correndo pela calçada, trombando comigo e me fazendo derrubar tudo que eu carregava. O modo como ele me perguntou se eu não podia beijá-lo ou então fingir que estava rindo, para despistar os caras que o seguiam. Mesmo enquanto acontecia, aquele encontro tinha me parecido um sonho bizarro.

— Lembro um pouco — falei. — Tinha mesmo alguém atrás de você?

— Tinha.

Perdi o ar.

— Quem?

Reggie fechou os olhos e se recostou na parede do barracão.

— É um grupo que se chama de Coletivo. Eles são tipo... sei lá. Um culto de vampiros vingadores?

— Um culto de vampiros vingadores? — Um calafrio percorreu minha espinha. — Que sinistro.

— Pois é. Os integrantes são descendentes de um grupo de vampiros poderosos que morreram em uma festa há mais de cem anos. — Reggie suspirou. — Teoricamente, eu também sou. Mas essa é a única coisa que temos em comum. — Então ele voltou seus olhos brilhantes para mim, e fiquei surpresa ao constatar que já o conhecia bem, porque soube que Reggie estava prestes a fazer uma piadinha para aliviar o clima. — Pra começar, danço *muito* melhor que qualquer integrante do Coletivo. E dou festas bem mais legais.

Ignorei aquela tentativa evidente de me distrair.

— Se vocês têm os mesmos... ancestrais, ou sei lá o quê, então são parentes?

— Cada um acha uma coisa — explicou ele, deixando o humor de lado. — Não acho que devo alguma coisa aos monstros que tiraram tudo de mim e me tornaram o que sou. Meus... *irmãos* discordam. — Reggie disse aquela palavra com desdém. — O lance principal do culto é reverenciar um grupo de vampiros conhecido como os Oito Fundadores. Os genitores dos genitores dos nossos genitores, basicamente.

— Tá. Então... o que foi que você fez pra eles quererem... vir atrás de você?

Sua expressão se fechou. Ele virou o rosto para o semicírculo de bonecos de neve atrás do barracão.

— Como eu falei, teve uma festa — disse Reggie, baixo. — Cento e cinquenta anos atrás, mais ou menos.

Quase engasguei com minha própria língua.

— Então... — Tentei não me perder no raciocínio. — Então você tem cento e cinquenta anos?

— Não.

— Mas você acabou de dizer...

— Eu disse que a festa foi há cento e cinquenta anos. — Ele me ofereceu um sorrisinho ao mesmo tempo irônico e triste. — Eu já tinha mais de cem na época.

Então me dei conta de que tudo que eu sabia sobre vampiros era o punhado de coisas que Reggie havia me contado e alguns detalhes que a cultura pop me ensinara ao longo dos anos. É claro que já tinha lido que vampiros eram imortais. Só nunca havia parado para pensar muito naquilo.

Até aquele momento.

— Ah. — Foi tudo que consegui dizer.

— Bom — prosseguiu Reggie, como se não tivesse acabado de contar algo absurdo para a pessoa que se encontrava sentada ao seu lado —, houve um incêndio. Algumas pessoas morreram. E outras acham que a culpa foi minha. O Coletivo, aliás, tem certeza. — Ele suspirou e baixou os olhos para as mãos. — Eles nunca gostaram muito de mim. Desde que os genitores deles... bom, desde que os *nossos* genitores morreram, o Coletivo sente que precisa acertar as contas comigo.

Hesitei antes de fazer mais uma pergunta.

— Reggie... você foi responsável pelo incêndio?

Ele balançou a cabeça.

— Não. Ou pelo menos não como você deve estar pensando.

Reggie se levantou de repente, como se precisasse andar enquanto falava. Depois pareceu pensar melhor, quando viu que não havia espaço. Então voltou a se sentar ao meu lado, parecendo encabulado.

— Não existe muita coisa que pode matar um vampiro — prosseguiu ele. — A maioria de nós prefere viver à noite, mas não *queimamos* no sol, isso é um mito. Fincar uma estaca de madeira no coração funciona, mas funcionaria com qualquer um. — Reggie sorriu torto. — Mas um jeito certeiro de acabar com a vida de um vampiro é entrar na casa de uma pessoa sem permissão, porque a gente explode como se tivesse uma bomba dentro do corpo, é nojento. E com fogo. Vamos dizer que na noite em que despertei a ira do Coletivo eu estava literalmente, e figurativamente, brincando com fogo.

O vento escolheu aquele exato momento para ganhar força, sacudindo o barracão de maneira dramática. As frestas entre as tábuas da parede deixavam o ar gelado entrar. Estremeci e cheguei mais perto de Reggie, por puro reflexo.

Devagar, como se quisesse me dar a oportunidade de me afastar se o toque não fosse bem-vindo, Reggie passou um braço sobre meus ombros e me puxou para junto dele. Deixei que ele fizesse aquilo, sem me permitir pensar no que significava. Eu sentia o vento frio na bochecha que não estava colada no ombro dele, mas estava distraída com o calor inesperado do corpo de Reggie.

Depois que nos reacomodamos, ele prosseguiu com a história.

— Eu não era um cara muito legal no fim do século XIX. Não chegava nem perto de cometer assassinato em massa, claro. — Ele se apressou em explicar, me olhando por um instante. — Mas, na época do incêndio, tinha a reputação de pregar peças e de ser um babaca. Não era como se as pessoas não tivessem motivo para pensar que eu tacaria fogo no lugar.

— E que motivo era esse?

Ele me abraçou com um pouco mais de força e desviou o rosto.

— Não posso afirmar com certeza, mas talvez o fato de eu ter deixado um bilhete assinado ao lado de umas tochas na entrada dizendo: "Odeio todos vocês e vou fazer este lugar virar cinzas."

— Você tá de brincadeira?!

Reggie não respondeu. Nem se atreveu a olhar na minha cara.

— Reggie, isso foi uma tremenda idiotice.

— Pois é. — Ele começou a estalar os dedos da mão livre contra o joelho. Era um tique nervoso. — Mas, quando escrevi o bilhete, eu só estava sendo um babaca. Minha única intenção era encher o saco. Como eu ia saber que outra pessoa ia ver o bilhete, se inspirar nele e pensar: "Tacar fogo neste lugar é mesmo uma ideia magnífica?"

Reggie parecia abatido. Se eu tivesse mais tato, provavelmente respeitaria aquilo e não faria a pergunta seguinte. Mas eu precisava saber.

— Por que você escreveu esse bilhete, Reggie?

Outra rajada de ar sacudiu o barracão.

— Isso foi mais de um século antes de a terapia se popularizar. Mas tenho certeza de que, se fizesse terapia na época, teriam me dito que era tudo uma reação ao fato de eu não conseguir lidar com a imortalidade e com tudo que eu havia perdido por conta dela.

Senti um aperto no peito. Eu nunca tinha pensado em como seria viver para sempre. No entanto, refletindo sobre, entendia bem o que Reggie queria dizer. Parar de envelhecer aos trinta e cinco anos tinha vantagens óbvias, mas como seria ficar preso nessa idade enquanto seus amigos e parentes envelheciam e morriam?

— Todo mundo morre — disse Reggie, como se lesse meus pensamentos, a voz pouco mais que um sussurro. — Todo mundo que não é um vampiro morre. E até mesmo vampiros começam a ficar meio esquisitos depois de uns quinhentos anos. — Ele manteve os olhos fixos no chão. — Fiz algumas coisas de que não me orgulho. Preguei peças, e coisa pior... Tudo porque... — Ele olhou para mim. — Provavelmente porque tinha medo de me aproximar das pessoas. Porque me aproximar das pessoas só levaria a dor.

Na mesma hora me lembrei do que ele havia comentado mais cedo. *Sendo sincero, beijar você provavelmente foi um erro, de qualquer maneira.* Era daquilo que ele estava falando?

— Então nos últimos cento e cinquenta anos, mais ou menos — falei, tentando entender o que Reggie me contava —, você foi um babaca pra não deixar as pessoas se aproximarem de você?

Ele ergueu uma sobrancelha.

— Não sei se você pode falar do meu comportamento no pretérito.

— Você não tem sido um babaca comigo.

Reggie abriu um sorrisinho.

— Acho que não. — Ele pareceu relaxar um pouco. — Nunca senti vontade de ser babaca com você.

Eu não sabia o que fazer, com Reggie me olhando daquele jeito. Era demais, caloroso demais. Eu não conseguia desviar os olhos.

— Será que isso significa que você não gosta o bastante de mim pra ficar preocupado com a possibilidade de me perder?

Antes mesmo de terminar de falar, eu já sabia que não era verdade. O rosto dele assumiu uma expressão que não reconheci.

— Não — respondeu Reggie, então, me puxou ainda mais para perto. Quando não o impedi nem me mexi, ele inclinou meu queixo para cima com o dedo, me obrigando a olhar em seus olhos. — Não chega nem perto disso.

O rosto de Reggie estava tão próximo que eu quase sentia o gosto de sua boca. Beijá-lo seria a coisa mais fácil do mundo. Mais fácil que não o beijar, sinceramente. Um leve inclinar de cabeça e nossos lábios e nossos mundos se reencontrariam. Reggie estava pensando o mesmo, dava para sentir em seus músculos, nas pupilas dilatadas. No entanto, eu sabia que não tomaria a iniciativa. Ele obviamente estava tentando respeitar a minha decisão de não nos beijarmos, ainda que seus olhos não se desviassem de minha boca.

— É bonito aqui, né? — perguntei, desesperada para romper a tensão fervilhando entre nós.

Descansei a cabeça em seu ombro e fechei os olhos. Ficar juntinho não era beijar, afinal de contas. *Aquilo* não iria me fazer perder o controle e querer dormir com Reggie. *Aquilo* não oferecia perigo.

— Podemos esperar mais um pouquinho para voltar — falei.
Ele suspirou, me envolvendo com o outro braço logo em seguida.
— Claro — murmurou Reggie contra meu cabelo. — Podemos ficar o quanto você quiser.

REGINALD

AMELIA DEVIA TER PEGADO NO SONO.
Em um instante, estava comentando como o luar fazia a neve cintilar. No seguinte, sua respiração se tornara regular e profunda, e seu corpo quente ficara imóvel em meus braços.

Eu estava tão envolvido com o que sentia por Amelia, com o fato de que ela não havia hesitado quando eu tinha lhe contado a história do incêndio, que só me dei conta do frio que fazia dentro do barracão depois que ela começou a tremer.

Um impulso protetor irrefreável me percorreu.
Eu precisava levá-la para dentro.

Peguei Amelia no colo e senti uma pontada no coração gelado ao me dar conta de como ela era leve e frágil. Eu poderia machucá-la com facilidade. Carreguei-a junto ao peito, desejando que meu corpo tivesse algum resquício de calor humano. Estava congelando lá fora.

E se eu não fosse o bastante para protegê-la?
Amelia começou a se mexer quando estávamos na metade do caminho.
— Não — murmurou ela, com a cabeça no meu ombro.

Sua expiração era como rajadas de ar quente no meu pescoço. Amelia cheirava a tudo que eu já havia desejado. *Por Hades*, minha vontade era de acordá-la com um beijo. Acelerei o passo, torcendo para que ela estivesse sonolenta demais para se dar conta de que minha dificuldade com as botas havia sido apenas um truque para parecer mais humano.

— Posso andar — disse ela.

Como se eu fosse colocá-la no chão antes de entrar na cabana... Eu não sabia se conseguiria colocá-la no chão nem depois. *Isso é perigoso*, uma voz interna me alertou. *Só vai causar mais dor.*

Eu a ignorei.

— Você dormiu uns quinze minutos até eu criar coragem de fazer isso — expliquei. Então, sem conseguir impedir minha boca idiota, falei:
— Você fica linda dormindo.
Aí chegamos à cabana.
E ao quarto dela.
Eu a levei para dentro e a deitei na cama. Deveria ter me virado e ido embora, mas não fiz isso. Só me afastei um pouco e olhei para ela, maravilhosa e convidativa, com o cabelo loiro-escuro caído em leves ondas sobre o travesseiro.
Se estivesse de olhos abertos, Amelia veria na minha cara que eu estava me apaixonando perdidamente.
Uma rajada de vento mais forte sacudiu a casa e os vidros das janelas. As luzes piscaram, mas não apagaram. Aparentemente, a nevasca havia decidido que ainda não tinha acabado de piorar nossa situação.
Amelia abriu os olhos. Puxou-me pela manga da camisa.
— Fique aqui — disse ela, parecendo assustada. O vento voltou a soprar mais forte, tanto que as venezianas do quarto rangeram e os beirais lá fora gemeram. Amelia fechou os olhos com força. — Tenho vergonha de admitir, mas morro de medo de nevascas à noite. Se eu ficar aqui e você do outro lado da cabana, vai ser como se eu estivesse sozinha. — Então, muito mais baixo, ela acrescentou: — A cama é grande.
Senti minha cabeça se dividir quase que literalmente em duas.
Uma parte se perguntava: "Seria mesmo tão ruim dormir aqui com ela? A cama é grande, e se ficarmos vestidos... qual seria o problema?"
A outra, cuja voz soava muito com a de Frederick, ameaçava fincar uma estaca no meu coração só por pensar a respeito. Amelia era humana, e eu ainda não sabia se ela iria querer continuar com nosso acordo depois do casamento da prima. As chances de que aquilo terminasse em desastre eram enormes.
Quando eu havia proposto que passássemos um tempo juntos naquela madrugada, não tinha segundas intenções. Só queria que ela relaxasse e sorrisse um pouco.
Enquanto eu pensava a respeito, Amelia me puxou pela manga outra vez e me olhou com cara de assustada. Toda a capacidade de raciocínio me deixou.

— Tem certeza? — perguntei, baixo. Precisava da confirmação.

— Não quero dormir sozinha hoje — insistiu Amelia, parecendo constrangida. — Não estou acostumada com esse lugar assim vazio. Muito menos durante uma nevasca.

— Tá — falei. — Não durmo muito à noite, mas posso ficar com você. Aqui. Só pra, você sabe... dormir. — Meu cérebro estava pifando. Eu tagarelava sem objetivo. Se pudesse corar, com certeza estaria com o rosto vermelho. — Pra proteger você da nevasca, ou... sei lá. Mas admito que estou meio confuso. Mais cedo você disse que nosso beijo tinha sido um erro.

— A gente não estaria se beijando — disse ela na mesma hora. — Só...

— Dormindo.

— Exatamente.

Olhei para o espaço ao seu lado na cama. Com certeza era o suficiente para nós dois, mas e se ela acordasse no meio da noite e ficasse mais assustada com quem dormia ao seu lado do que com a tempestade? Ou pior: e se nos mexêssemos e acabássemos nos tocando? Senti um friozinho na barriga só de imaginar. A cabeça dela no meu peito. As pernas emaranhadas com as minhas debaixo das cobertas.

"Não!", gritou a voz parecida com a de Frederick.

— Quer que eu faça uma barreira entre nós? — ofereci. — Com travesseiros ou algo assim?

Eu já tinha visto as pessoas fazerem aquilo na TV. Não conseguia lembrar se dava certo, mas parecia uma boa estratégia.

— Eu tenho sono pesado — garantiu ela. — Acho que não precisa.

Tecnicamente, abrir espaço para mim era fácil. No entanto, não importava se a cama era grande o suficiente para nós dois. No minuto em que me deitei ao lado de Amelia — eu por cima das cobertas, ela por baixo —, sua presença me atraiu como um ímã. A necessidade de virar de lado e ficar olhando para ela me dominou.

E eu nem tentei resistir.

Amelia ficou deitada de costas, olhando para o teto com uma intensidade que sugeria que não queria ceder à tentação. O luar que entrava pelas venezianas banhava seu perfil.

Por que alguém tão fora do meu alcance tinha que ser tão linda?

— Boa noite, Amelia.

Eu estava inacreditavelmente nervoso, cada célula do meu corpo ciente da proximidade dela. Amelia sorriu, só um pouco, e meus olhos se concentraram naquela boca. Eu estava certo mais cedo, quando disse que beijá-la havia sido um erro. E estender os dedos para traçar a forma de seu sorriso seria outro.

— Boa noite — disse ela, se cobrindo até o queixo.

Eram quase quatro da manhã, e eu sabia que Amelia estava exausta. Ela pegou no sono quase na mesma hora.

VINTE E DOIS

Trecho de conversa no canal #aleatoriedades da comunidade PlannersPerfeitos, no Discord

REGINALD_V: oi
REGINALD_V: sei que é madrugada e vocês devem estar dormindo
REGINALD_V: mas estou surtando. Estou na cama da A. Ela está com medo da nevasca lá fora e disse que só queria dormir, mas
REGINALD_V: tá DURO

ANDIDAAUSTRÁLIA: EBA, que bom, NUNCA estou acordada nas melhores horas
ANDIDAAUSTRÁLIA: quando você diz "tá DURO", está falando da situação ou do seu pau mesmo?

REGINALD_V: da situação, mas... do meu pau também

ANDIDAAUSTRÁLIA: OPA

AMELIA

ABRI OS OLHOS E SENTI O CHEIRO DE ALGO QUEIMANDO.

Tentei me sentar para investigar o que estaria acontecendo na cozinha, mas não consegui. Meu rosto estava pressionado contra um peitoral grande e sólido. Um braço pesado me abraçava e me puxava para mais perto.

Espere.

Havia alguém na cama comigo.

Congelei. Os acontecimentos da noite anterior voltaram todos de uma só vez.

Ai, meu Deus.

Eu havia pedido para Reggie dormir comigo.

E ele tinha concordado.

O quarto estava iluminado pela luz do sol. Quanto tempo fazia que estávamos abraçados daquele jeito?

— Reggie? — sussurrei.

Ele não acordou, mas se mexeu e me puxou ainda mais para si. Estávamos ambos de roupa. Graças a Deus. Senti a maciez do tecido da camisa de flanela dele contra minha bochecha e inspirei aquele perfume tão bom que não podia ser verdade. Uma mistura de roupa lavada, pele fresca de homem e algo diferente, algo único de Reggie. Eu poderia ficar ali mais um tempinho.

Mas, não.

Não poderia me deixar levar pelo que quer que aquilo fosse.

— *Reggie* — repeti, um pouco mais alto. Tanto para acordá-lo como para lembrar meu cérebro lerdo de que eu precisava me levantar e colocar alguma distância entre nós. Sacudi o ombro dele. — Acorde.

Ele abriu um olho.

— Amelia? — Seguiu-se um momento de confusão, enquanto seus olhos focavam em meu rosto. — O que...

Então a ficha caiu. Reggie se afastou de mim com um pulo, como se eu o tivesse queimado. Não se afastou por completo, no entanto: nossas pernas continuavam entrelaçadas sob as cobertas.

— Ah, droga. Desculpe. Não percebi...

Algo no absurdo daquela situação, de estar presa por só Deus sabia quanto tempo com meu acompanhante vampiro e ter dito a ele que não iríamos nos beijar, só para na mesma noite convidá-lo para dormir na minha cama e acabar em seus braços, me fez surtar.

Comecei a rir. Não havia nada de engraçado naquilo, mas eu não conseguia parar. As risadinhas baixas deram lugar uma gargalhada tão intensa que até me deixou sem fôlego.

Respirei fundo algumas vezes, tentando me controlar.

— Ah, Reggie, não acredito que a gente...

— Qual é a graça? — Ele sorria, claramente gostando, mas também confuso, a julgar pelas rugas nos cantos dos olhos. Reggie se aproximou de mim e voltou a segurar minha cintura com uma das mãos. — Fiz alguma coisa engraçada sem perceber? Em geral, faço de propósito, mas...

— Não consigo... não consigo acreditar que estamos presos aqui... que estamos nesta cama... e você é um vampiro! — falei, entre gargalhadas.

— Sou mesmo — concordou ele, sorrindo de orelha a orelha. — E estamos presos aqui. Fiz panqueca, se estiver com fome. Estava acordado. Talvez eu tenha exagerado um pouco no bicarbonato de sódio. Não encontrei a colher de chá, então usei uma xícara.

Aquilo explicava o cheiro, e só me fez rir mais. Lágrimas rolavam de meus olhos quando me sentei, as mãos na barriga.

— Ai, meu Deus, não consigo...

— Você faz ideia de como está linda neste momento?

Aquelas palavras interromperam a histeria na mesma hora. Minha risada morreu e a situação parou de parecer ridícula. Tudo que restou foi nossa proximidade, nossas pernas entrelaçadas sob as cobertas e seus olhos azuis, fixos nos meus.

Engoli em seco.

— Hum... o quê?

— Parece que faz um século que estou querendo ver você assim — disse Reggie.

Ele se sentou ao meu lado na cama, depois subiu os dedos hesitantes pela lateral do meu corpo até o pescoço. Devagar, como se me desse a oportunidade de rejeitá-lo caso eu não quisesse aquilo. Mas eu *queria*. Estremeci ao toque, com a maneira como o espaço entre nós de repente pareceu quente e de tirar o fôlego. Não fiz nem menção de impedi-lo.

— Eu queria fazer você rir assim desde a noite em que nos conhecemos. Você fingiu muito mal quando te pedi para rir, mas pelo menos teve um lado positivo. Porque, se eu tivesse visto como você fica quando perde o controle, teria caído de joelhos na mesma hora.

Como eu não estava mais rindo, minha respiração deveria desacelerar, mas não foi o caso. E o mesmo acontecia com ele. Dava para ver no subir e descer de seu peito, no modo como as narinas se alargavam quase imperceptivelmente. Se eu tivesse pensado por um momento, talvez não tivesse me aproximado. Certamente teria o bom senso de não pegar a mão dele. No entanto, parecia que existíamos em um espaço suspenso. Em um lugar onde não precisávamos nos preocupar com o trabalho ou com as escolhas certas. Ou com o fato de que, na maior parte do tempo, vampiros como ele se alimentavam de humanos como eu.

Eu via a ansiedade e o nervosismo que sentia na barriga estampados na expressão dele. Seu olhar se mantinha fixo no meu rosto, como se Reggie não confiasse no que faria caso o desviasse.

— Posso beijar você? — perguntou ele, bem baixo, quase com timidez.
— Não quero obrigar você a...
— Pode.

Era a decisão errada, em todos os sentidos. Eu andava ocupada demais para me envolver com alguém. Ele era um *vampiro*. Mas ignorei tudo aquilo. Eu era como um fio desencapado, cada terminação nervosa do meu corpo estava alerta de uma maneira que eu não sentia havia muito tempo. Eu queria aquilo.

— Você não está me obrigando a fazer nada...

Passei os dedos por seu cabelo loiro macio. Reggie gemeu enquanto eu arranhava gentilmente seu couro cabeludo.

O beijo foi mais um doce misturar de hálitos, um roçar gentil de lábios, que um beijo de verdade. Ele recuou logo em seguida, me deixando sem fôlego, na vontade. Dando-me a oportunidade de pôr um fim àquilo, caso eu quisesse.

— Sei que tocar em você sem ninguém por perto não era parte do seu plano — disse ele, sem tirar os olhos do meu rosto. Seus lábios eram tão macios... eu *precisava* deles. Naquele mesmo instante. — Com certeza não era parte do meu. Mas, desde que a gente se conheceu, é tudo que eu quero fazer.

O calor em suas palavras me fez estremecer.

— Desde que a gente se conheceu?

— É. — Reggie me segurou com mais força e me puxou para seu colo. Montei nele, nossos corpos pressionados. — Quando fui embora aquele dia, só conseguia pensar em como seria segurar sua mão. Beijar você. — Os olhos dele desceram até minha boca. — E segurar sua mão de fato é muito melhor do que eu imaginava. O que me faz pensar que tocar em você de outras maneiras também poderia ser ainda melhor que na minha imaginação.

Aquelas palavras fizeram meu coração acelerar. Seus olhos se fecharam e as narinas se dilataram. Seria possível que ele sentisse o cheiro do meu sangue correndo mais rápido nas veias? A ideia não deveria me dar tanto tesão quanto dava.

— Você se imagina me tocando? — consegui perguntar.

O silêncio se estendeu por um momento.

Reggie assentiu.

Lá fora, o vento ganhava força outra vez. Eu mal o escutava, no entanto. Tudo que havia era meu coração batendo, Reggie me segurando tão perto dele que respirávamos o mesmo ar, e eu querendo tanto ser beijada de novo que ia à loucura.

Quando falei, foi com uma voz tão corajosa que mal a reconheci.

— Então pode me tocar.

Sua boca estava na minha antes mesmo que eu conseguisse respirar, me devorando de uma maneira que me deixou sem fôlego, sem nada da delicadeza de um momento antes. Reggie me beijou com desespero, como se nunca fosse estar satisfeito. Sua boca pressionou a minha com tamanha força que poderia até marcar, a língua traçando o espaço entre meus lábios apenas por um momento antes de entrar.

Ele me perguntou algo, e eu compreendi vagamente as palavras "tudo bem assim?". Eu mal o ouvia, a pulsação nos meus ouvidos era mais alta. Em resposta, envolvi seus ombros com os braços e voltei a passar os dedos por seu cabelo. Aquele homem me fazia ser imprudente de uma maneira que eu nunca havia experimentado. Com ninguém.

Eu não tinha palavras para lhe explicar aquilo. Então tentei mostrar.

Beijá-lo era como encontrar a resposta para um problema difícil depois de muito tempo, uma euforia mental e física. Eu precisava que ele tirasse a camisa, para poder passar as palmas por seu peito e sentir os músculos se contraírem quando eu o tocasse. Desci as mãos por seu corpo, me deliciando com o modo como ele puxou o ar, e parei apenas ao chegar à bainha da camisa de flanela.

Meus dedos pareciam inúteis contra os botões.

— Tira — murmurei contra os lábios dele, o desejo me deixando monossilábica. — Quero...

Antes que pudesse concluir o pensamento, Reggie arrancou tanto a camisa de flanela quanto a camiseta fina que usava por baixo e as atirou por cima do ombro.

Então ele me segurou pelos pulsos e prendeu meus braços acima da cabeça, contra o colchão.

Nossa mudança de posição pareceu liberar algo em mim. Reggie me beijou de novo e gemeu, pressionando meus pulsos com mais força. Ele parecia estar em todo lugar ao mesmo tempo, a boca na minha bochecha, no meu maxilar, no ponto sensível onde o pescoço encontrava o ombro. Eu me sentia a segundos de explodir, de me desmanchar debaixo dele, enquanto seus beijos desciam pelo meu corpo.

Eu me perguntei como seria ter a pele colada na dele, sem as roupas para atrapalhar. De repente, eu precisava descobrir. Era tudo que queria naquele momento.

Eu estava prestes a lhe pedir que tirasse minha blusa e a atirasse no chão com as outras roupas quando Reggie soltou meus pulsos. Ele se sentou e levou as mãos aos meus ombros.

— Preciso comer alguma coisa — disse ele, ofegante, com a voz rouca. — Antes de... *Antes*.

Levei um momento para entender o que ele estava tentando me dizer. E então a ficha caiu.

Ele precisava *beber*.

— Ah — falei. E depois, me sentindo uma idiota, perguntei: — Por quê?

Reggie desviou o rosto, parecendo desconfortável.

— Só acho que seria melhor. Mais seguro. Pra você.

Ele perderia o controle se não se alimentasse? Ele me morderia? A pequena parte de mim que ainda tinha algum bom senso gritava para o restante que aquela dificuldade para se explicar melhor era um sinal de alerta importantíssimo. Mas eu desejava Reggie demais para me importar.

— Só não demore — falei, ou melhor, implorei. — Por favor.

Ele gemeu, parecendo sofrer.

— Eu não tenho forças para deixar você esperando por muito tempo.

— Reggie riu. — E eu mesmo não conseguiria esperar. Minhas coisas estão na garagem, já que lá é mais fresco. Só vai levar uns minutinhos, prometo.

Então ele foi embora correndo. Ouvi a porta da garagem abrir e depois fechar.

Aproveitei a oportunidade para revirar minha mala em busca de algo sexy para vestir antes que Reggie voltasse. Ou pelo menos algo mais sexy que a combinação aleatória de sutiã cor-de-rosa e calcinha verde-limão que eu usava por baixo da roupa.

Eu era uma causa perdida. Por que não havia seguido o conselho de Sophie e enfiado algo provocante na mala? Além de trazer botas para trilhas que se tornaram inúteis por conta da neve, eu só havia separado os documentos do trabalho que traria comigo.

Eu havia negligenciado tudo que realmente importava. Tipo verificar a previsão do tempo. Ou me preparar para a possibilidade de que talvez fosse querer que Reggie me tocasse enquanto estivéssemos ali.

Frustrada, tirei a camiseta e o sutiã, torcendo para que a visão dos meus peitos o distraísse do fato de que eu não tinha algo bonito para cobri-los. O quarto estava frio, o que deixava meus mamilos ainda mais rígidos.

Eu me sentei na cama e tentei arrumar as cobertas de maneira convidativa. Depois, esperei.

E esperei.

E esperei.

VINTE E TRÊS

Telegrama enviado por George, tesoureiro do Coletivo, ao conselho

Confrontei o alvo fora da casa onde se escondia. Ponto.
Ele fugiu antes que eu pudesse detê-lo. Ponto.
Considerando o vento, ele deve ter voado de volta para Chicago. Ponto.
(Eu queria poder voar também. Ponto.)
(Simplificaria muito as coisas. Ponto.)
(Fora que seria bem legal. Ponto.)
Estou levando um chapéu de espuma imitando um pedaço de queijo para compensar a perda do alvo quando ele se encontrava ao meu alcance. Ponto.

AMELIA

APÓS VINTE MINUTOS ESPERANDO QUE REGGIE VOLTASSE PARA A cama, comecei a me preocupar. Eu o procurei na cabana e em volta dela, mas além de algumas pegadas na neve a uns dez passos da porta da frente, não havia sinal dele.

No começo da tarde, eu já nem esperava mais que Reggie voltasse.

Tinha mesmo levado um bolo de um vampiro? Depois de *finalmente* ter ouvido Sophie e decidido parar de resistir à atração? Reggie parecia estar bem a fim de dormir comigo quando estávamos no quarto. Não podia ser fingimento. Mas talvez fosse.

Affe.

Aquilo era o exato oposto do que minha autoestima precisava.

Ainda tinha um pote de *sorbet* de chocolate no congelador. Embora fosse um clichê, decidi que havia outros piores a se render.

No entanto, com o pote à minha frente, pensei em tudo que Reggie havia feito para comprá-lo.

Sou capaz de enfrentar uma nevasca só pra ver você sorrir.

E ainda havia a pilha de panquecas duvidosas na bancada da cozinha. Reggie tinha mesmo errado a mão no bicarbonato de sódio, mas não importava. Ele tinha se esforçado para que meu café da manhã fosse especial, mesmo que não soubesse o que estava fazendo.

Reggie era sempre gentil comigo. E eu me dei conta de que ele tinha deixado todas as coisas dele para trás.

Incluindo o celular. E o Peludão.

Comecei a entrar em pânico. Havia algo de errado.

Eu só podia falar sobre aquela situação com uma pessoa. Talvez não ajudasse, mas quanto mais tempo passava, mais convicta eu ficava de que precisava fazer alguma coisa.

Com o pote de *sorbet* pela metade em uma mão e o celular na outra, entrei nos meus contatos, torcendo para ter adicionado o número de Frederick em algum momento.

Arrá. Ali estava.

AMELIA: Oi, Frederick

AMELIA: Meu nome é Amelia Collins

AMELIA: Sou irmã do Sam

AMELIA: Acho que a gente se conheceu em uma festa na casa do meu irmão uns meses atrás

AMELIA: Pode me ligar?

Meu celular começou a tocar logo depois.

— Frederick? — perguntei, com o coração na boca.

— Estou falando com a srta. Amelia Collins?

Frederick era formal de uma maneira tão específica que o reconheci no mesmo instante. Eu também lembrava que ele era um grande fã de Taylor Swift. Com a informação de que ele era um vampiro havia séculos, aquilo parecia ao mesmo tempo fascinante e bizarro.

— Sim — confirmei. — Desculpe mandar mensagem do nada, mas seu amigo Reggie veio comigo para Wisconsin e agora desapareceu, mas deixou todas as coisas dele. Estou muito preocupada.

E magoada, quase acrescentei, mas me impedi de falar mais. Não tinha ideia se Frederick sabia que Reggie tinha viajado comigo. Não precisava me constranger logo de início.

— Hum — disse Frederick. — É muito estranho mesmo. Ele me disse que ficaria com você aí até liberarem a estrada.

Minhas bochechas esquentaram diante da sugestão de que eu era importante o bastante para Reggie a ponto de ser mencionada a um amigo, ao mesmo tempo em que o medo ganhou ainda mais força diante da preocupação na voz de Frederick.

— Acha que pode ter acontecido alguma coisa com ele? — perguntei.

— Talvez — disse Frederick. — O que aconteceu antes de Reginald desaparecer?

Senti minha mente ficar em branco enquanto a boca tentava formar as palavras. Como eu poderia responder àquela pergunta sem entrar em combustão espontânea?

— Bom — comecei. — A gente... Ele...

— Reginald falou algo sobre querer ir embora? — perguntou Frederick.

— Vocês brigaram? Sei o quão insuportável ele pode ser.

— Não — respondi, depressa. — Não teve briga. A gente...

Frederick ficou em silêncio, aguardando que eu me explicasse. Quando não fiz isso, ele riu.

— Ah. — Meu silêncio aparentemente explicava tudo. Seria possível morrer de constrangimento? — Nesse caso, sim, você tem toda a razão de ficar preocupada.

Ah, não.

— Acha mesmo?

— Sim — confirmou Frederick. — Conheço Reginald há muito tempo, e acredito que nem uma multidão de aldeões furiosos armados de tochas fariam com que ele saísse do seu lado se vocês tinham acabado de...

Abri a boca para explicar que não "tínhamos *acabado de*" nada, mas mordi a língua no último momento. Era melhor deixar quieto.

— O que acha que aconteceu com ele? — perguntei.

Frederick hesitou.

— Reginald mencionou o Coletivo para você?

Uma possibilidade que eu não me permitira considerar até então me atingiu com tudo.

— Os vampiros vingadores que estão perseguindo Reggie por algo que ele não fez?

— Pode-se dizer que sim. — Frederick soltou um suspiro prolongado. — Eu avisei a Reginald que, se ele continuasse se comportando como no fim do século XIX, uma hora sofreria as consequências. Mas ele me ouviu?

Uma pausa tão longa se seguiu que concluí que Frederick esperava uma resposta.

— Imagino que não.

— Não — confirmou Frederick, parecendo um pai decepcionado.

— Acha que o Coletivo seguiu Reggie até aqui? Por isso ele sumiu?

— Não sei — disse Frederick. — Mas é perfeitamente possível que a estratégia de usar o relacionamento de mentira de vocês e a viagem a Wisconsin para se esconder do Coletivo não tenham funcionado.

Recebi as palavras de Frederick como um soco no estômago. Tive que me lembrar de que não havia motivo para ficar magoada. O que importava se Reggie topara aquela farsa com segundas intenções? Eu não a havia proposto pelo mesmo motivo?

No entanto, não era a mesma coisa. Eu nunca o havia enganado quanto ao motivo de estar fazendo aquilo. Tampouco tinha colocado sua segurança em risco, como aparentemente ele havia feito com a minha.

Frederick deve ter lido algo em meu silêncio, porque as palavras que se seguiram foram conciliatórias.

— Reginald se importa com você — disse ele. — Provavelmente fincaria uma estaca no meu coração se soubesse que contei isso a você, até porque acho que ele nem admitiu isso a si mesmo. Mas eu o conheço há mais de trezentos anos. Qualquer que tenha sido o motivo dele para fazer um acordo com você, está claro que se tornou algo muito mais importante.

Fechei os olhos, permitindo que as palavras de Frederick tomassem conta de mim. Minhas emoções formavam um emaranhado complicado. Eu estava feliz porque Reggie se importava comigo, mas temia por sua segurança, e senti um leve pânico ao constatar que também me importava com ele.

— Acredito piamente que tudo vai se resolver — continuou Frederick, com um tom gentil. — Há quase cento e cinquenta anos os palhaços que perseguem Reginald aparecem e desaparecem. Eles levaram todo esse tempo para encontrar um homem que chama tanta atenção quanto um show de fogos de artifício. São idiotas delirantes e inúteis. — Então, como se Frederick percebesse a direção que meus pensamentos tomavam, ele acrescentou: — E, por favor, saiba que você não está em perigo. Não é atrás de você que o Coletivo está. E, mesmo que estivesse, nenhum deles pode entrar em sua casa sem permissão.

Aquilo era reconfortante.

— Se Reggie entrar em contato, peça pra ele me ligar na mesma hora, por favor.

— Claro — prometeu Frederick. — Enquanto isso, tente não se preocupar.

Aquilo era muito mais fácil de falar que de fazer.

....

DEPOIS QUE ENCERREI A LIGAÇÃO, O TEMPO SE ARRASTOU. TENTEI me distrair lendo os e-mails do trabalho, mas, para minha imensa frustração, estava tensa demais para me concentrar nas últimas mensagens da Fundação Wyatt. Como era possível que a última declaração estrangeira de que eles tinham registro fosse de uma siderúrgica de Milão, em 1923?

Eu teria que cuidar daquilo quando voltasse a Chicago. No momento, não tinha cabeça.

Dei uma olhada na previsão do tempo. Às vezes, levava dias para liberarem as estradas naquela parte do estado, mas, quando vi que a temperatura entraria na casa dos dez graus na tarde seguinte, suspirei aliviada. A neve não iria derreter da noite para o dia, mas a maioria das ruas já estaria transitável.

Aquilo significava que eu poderia ir embora antes do previsto e procurar Reggie, onde quer que ele estivesse.

Corri para o quarto e comecei a jogar de volta na mala as poucas coisas que havia tirado dela. Ficaria de olho nas condições das estradas e partiria assim que parecessem seguras.

Quando a noite caiu sem qualquer notícia de Reggie, fiquei tão desesperada por uma distração que comecei a ler um e-book que Sophie havia me mandado logo depois de termos fechado nosso acordo. O título era *O namoro que era de mentirinha — até não ser mais*. O nome da autora, que eu ainda não conseguia acreditar que era real, era Loba Stampede. Quando Sophie o enviara, eu revirara os olhos diante da falta de sutileza, mas naquele momento me parecia uma boa alternativa a ficar andando de um lado para outro da cabana.

Eu havia acabado de chegar à parte do livro na qual Cynthia e Rafe, os dois protagonistas, finalmente se beijavam de verdade, quando meu celular tocou. Eu o atendi na mesma hora.

— Reginald está bem — anunciou Frederick. — Mandou uma mensagem por meio de um canal seguro dizendo que foi surpreendido pelo Coletivo na frente da cabana dos seus pais, mas conseguiu escapar. — Ele pigarreou. — Reginald pediu que eu dissesse a você, abre aspas: "Fugi pra atrair os babacas pra longe de você e da casa, e desde então estou procurando um orelhão pra te ligar." Fecha aspas.

Senti o alívio tomar conta de mim. Ele estava bem. Queria ter me avisado, mas não tinha conseguido.

— Reggie disse mais alguma coisa?

Frederick fez um som de concordância.

— Ele quer que você saiba que sente muitíssimo por ter deixado você sem se despedir, e que só fez o que fez porque estava preocupado com sua segurança. — Houve um momento de silêncio. — Reginald também disse que deixar você no momento em que deixou foi algo muito duro de fazer. E foi bastante enfático no uso do termo *muito duro*, mas, pelo meu próprio bem, me recuso a pensar no motivo.

O duplo sentido fez minhas bochechas queimarem.
— Ele está machucado?
— Reginald vai ficar bem — garantiu Frederick. — Ele ficou mais com o ego ferido do que qualquer outra coisa. Ele teve um encontro aéreo com um gansaral sobre o qual não se estendeu, e que desconfio de que foi o motivo de Reginald não ter conseguido entrar em contato antes.
— Então ele voa mesmo?
— Voa — confirmou Frederick. — Fico surpreso que Reginald não tenha se gabado de como é excelente nisso. Quando o Coletivo o encurralou, ele simplesmente saiu voando.

Uau. Poder voar devia ser muito conveniente. Ao perceber que eu não fazia ideia do que era normal um vampiro fazer, perguntei:
— Todos os vampiros voam?
— Não — respondeu, apenas. — Eu não voo.
— Você tem outras habilidades especiais?
— Tenho, mas... estamos nos desviando do assunto.

Tive a impressão de que habilidades especiais eram um assunto delicado para ele, então deixei aquilo para lá.

— Não vou conseguir sair daqui antes que a estrada seja liberada, mas sinto que preciso fazer alguma coisa, se ele está em perigo. O que mais você pode me falar sobre o Coletivo? Será que consigo mais informações sobre eles na internet?

— Não tem muita coisa disponível — disse Frederick. — Eles não são muito modernos, não sabem usar internet direito. Ouvi dizer que gostam de arrombar bancos de sangue na manhã posterior a grandes shows, mas não sei se não é só boato. — Frederick ficou em silêncio por um momento, depois acrescentou: — Mas sei que eles se passam por humanos na maior parte do tempo. A última notícia que tive é de que usam uma entidade sem fins lucrativos com pouca atuação além de reuniões de diretoria de fachada.

Minhas sobrancelhas se ergueram na mesma hora. Eu não sabia muito sobre vampiros. Já sobre entidades sem fins lucrativos... ou pelo menos sobre as declarações de imposto de renda delas... Algo não se encaixava.

— Por que vampiros precisariam de uma entidade sem fins lucrativos como fachada?

— Não faço ideia — admitiu Frederick. — Provavelmente para se sentirem importantes. Na minha opinião, essa é a motivação para tudo que fazem.

— Você sabe o nome da entidade?

— Provavelmente O Coletivo mesmo — disse Frederick. — Talvez tenha alguma coisa a respeito nos *Anais do saber vampírico*. Sei que alguns trechos falam deles. — Quando fiquei em silêncio, ele acrescentou: — Os *Anais* são uma mistura maravilhosamente detalhada de um livro de História Vampírica e uma enciclopédia humana.

Quando voltasse a Chicago, eu pediria as informações de login do GuideStar da empresa para procurar o Coletivo. Os usuários conseguiam acessar os registros públicos de todas as entidades sem fins lucrativos isentas de impostos federais. "Coletivo" provavelmente era um nome comum demais para que eu conseguisse algum resultado útil, mas eu tinha que tentar.

No entanto, só poderia fazer aquilo com a conta da empresa.

— Onde posso encontrar um exemplar dos *Anais*?

Não parecia algo que estivesse disponível em bibliotecas comuns, mas talvez houvesse um volume na Universidade de Chicago. Eles guardavam todo tipo de livro esquisito no porão.

— Tenho a coleção completa. — O orgulho na voz de Frederick era inconfundível. Lembrou tanto a maneira como meu pai falava de seus periódicos de história preferidos que não tive como não sorrir. — Tirar sarro de mim por isso é uma das poucas coisas que Cassie e Reginald gostam de fazer juntos.

— Posso dar uma olhadinha quando voltar a Chicago?

— Claro — respondeu Frederick. — Mas é melhor se limitar aos trechos sobre o Coletivo. Por mais fascinante que eu considere a História Vampírica, há muitas partes que seriam perturbadoras para um leitor humano. Como tenho certeza de que você entende.

Ele não precisava dizer mais nada naquele sentido.

— Vou me ater ao Coletivo — garanti. Dei uma olhada para o sofá da sala de estar, onde Reggie havia deixado a maior parte de seus pertences.

— O telefone do Reggie ficou aqui, então não tenho como entrar em contato com ele. Se você conseguir...

— Ele deve chegar hoje à noite — disse Frederick. — Não quis voltar para a cabana para não levar o Coletivo até você. Posso passar qualquer mensagem que deseje.

Aquela noite? Ele havia saído da cabana de manhã. A ideia de que Reggie podia voar tão rápido me assombrava.

— Obrigada. Quando falar com ele, pode dizer que...

Eu me interrompi. O que queria que Frederick dissesse?

Que fiquei aliviada em descobrir que ele estava bem? Que me sentia preocupada com ele?

Que me preocupar tanto com alguém que eu tinha acabado de conhecer me assustava?

— Vou pedir para ele ligar — ofereceu Frederick. — Aí vocês podem conversar.

— Isso — concordei, com o coração na boca. — Por favor. E obrigada.

....

EU ESTAVA ME ACOMODANDO COM UMA TAÇA DE VINHO PARA voltar a ler o e-book de Sophie quando ouvi o barulho de um limpador de neve abrindo caminho na rua.

Me levantei na mesma hora e corri até a janela da frente. Já havia passado de oito da noite e estava escuro lá fora, mas sem dúvida aquele era Joe McCarthy, o senhor que limpava a região desde que eu era pequena, dirigindo a caminhonete que usava como limpador de neve.

Se ele já havia chegado àquela rua, a rodovia deveria estar liberada na manhã seguinte. Eu só precisaria pegar o removedor de neve do meu pai para liberar o carro, guardar as malas e partir.

Sorrindo, mandei uma mensagem para Frederick.

AMELIA: Estão liberando tudo!

FREDERICK: Que farra!

Fiquei olhando para o celular. Eu não conhecia Frederick muito bem, mas não conseguia imaginá-lo respondendo daquela maneira.

> FREDERICK: Aqui é o Reggie, aliás
> FREDERICK: Freddie me deixou usar o telefone dele
> FREDERICK: Acabei de chegar. Já ia ligar para você
> FREDERICK: E teria ligado BEM antes se tivesse uma porcaria de um orelhão funcionando no caminho

Foi como se todo o medo e a ansiedade que eu tinha carregado ao longo do dia houvessem se esvaído de uma só vez. Senti o corpo relaxar com a onda de alívio que o invadiu.

> AMELIA: Fiquei morrendo de medo quando você não voltou
>
> FREDERICK: Estou bem, juro
> FREDERICK: Desculpe ter ido embora sem me despedir
>
> AMELIA: Você pode me ligar?
> AMELIA: É estranho receber suas mensagens com o nome de Frederick

Meu celular tocou dez segundos depois.

— Oi. — A voz de Reggie soou alta e clara, o que só contribuiu para meu alívio. Ele estava mesmo bem. — Tudo certo por aí?

Olhei para minha taça de vinho pela metade.

— Já estive melhor — admiti. Então, porque não consegui resistir, eu o provoquei: — Já fazia um tempo que eu não levava um bolo antes de transar com alguém.

Reggie soltou um gemido tão alto e teatral que não consegui segurar a risada.

— Acredite em mim, largar você era a *última* coisa que eu queria fazer. — Então ele continuou, sério: — Mas fui obrigado. Eu nunca me perdoaria se acontecesse algo com você depois de eu ter levado os caras até sua porta.

Seu tom era tão sincero que não duvidei daquilo nem por um segundo.

— Está tudo bem — falei. — Eu estou bem.

Reggie soltou um suspiro aliviado.

— Que bom, Amelia.

Considerei minhas próximas palavras com cuidado. Se me arrependia do que havia acontecido antes de Reggie ir embora, se queria dar um fim ao que quer que estivesse florescendo entre nós, aquele era o momento de deixar aquilo claro. Eu poderia dizer que não devíamos ter nos deixado levar. Poderia acabar com aquilo antes que fosse mais longe.

No entanto, eu não me arrependia.

Só achava uma pena não termos ido até o fim.

Desejar Reggie com aquela intensidade não estava nos meus planos, para dizer o mínimo. Mas não mudava o fato de que era verdade.

— Eu também não queria que você tivesse ido embora — admiti. — *Odiei* quando você não voltou. — Então criei coragem e perguntei: — Podemos tentar de novo quando eu voltar? Sem ninguém fugindo na hora H?

O limpador de neve fazia cada vez mais barulho lá fora. Joe estava avançando depressa. Talvez eu ainda conseguisse voltar a Chicago aquela noite, se desse tudo certo.

Reggie riu.

— Eu adoraria.

VINTE E QUATRO

Minuta da reunião de emergência do conselho do Coletivo

- Compareceram: Guinevere, George, Giuseppe, Philippa, Gregorio, John, srta. Pennywhistle, Patricia Benicio Hewitt
- Não compareceram: Alexandria, Maurice J. Pettigrew
- Início: 21h15
- Hinos em memória dos Oito Fundadores conduzidos por: Philippa

PAUTAS NOVAS:

- <u>Busca por Reginald Cleaves</u>: Nós o encontramos e o perdemos de novo, bem quando a vingança de nossos ancestrais parecia ao alcance. Devastador! Ponto positivo: obtivemos pistas contextuais de que R. C. tem uma amante humana, informação que pode vir a ser útil. Um comitê foi formado para considerar as opções.
- <u>Wyatt</u>: J. T. terá em breve uma reunião com a empresa de contabilidade que está regularizando as declarações de impostos da fundação. Giuseppe argumentou de novo que se trata de uma organização "sem sentido", visto que somos vampiros. O restante do conselho o lembrou de que quanto mais camadas de legitimidade o Coletivo puder acumular, maior a probabilidade de que o restante do mundo vampírico finalmente nos leve a sério. Fora que

a contadora disse que podemos reduzir as alíquotas estaduais e nossa taxa marginal de imposto de renda. *(O que quer que isso signifique.)*

- J. R. consultou o conselho quanto a que informações enviar à contadora
- Reunião encerrada às 22h15
- Próxima reunião: 15 de abril, às 21h15. Philippa ficará encarregada das bebidas.

REGINALD

TUDO DOÍA.

Eu gostava de pensar que ainda conseguia voar que nem quando era jovem. Mas precisava encarar os fatos: eu estava em decadência. Cem anos antes, eu demoraria o mesmo tempo que um carro para ir da cabana de Amelia à casa de Freddie. A viagem do dia anterior, no entanto, havia levado quase dez horas.

Claro que o ferimento no meu bíceps direito decorrente da tentativa patética daquele vampiro idiota de cravar uma estaca em mim não tinha ajudado.

Muito menos o bando de gansos que havia me atacado no trajeto. Criaturas cruéis. Como eu iria saber que eu estava passando bem no meio do caminho de migração deles?

Fechei os olhos e me recostei nos travesseiros do quarto de hóspedes de Freddie, incapaz de conter o sorriso, apesar dos ferimentos. Meu corpo logo se curaria. Se Amelia não tivesse me perdoado por tê-la abandonado daquele jeito, a dor seria muito maior.

Depois eu pediria sugestões às mulheres do Discord para comprar um presente para Amelia, para compensar em alguma medida o que eu havia feito. Até então, todos os conselhos que elas haviam me dado tinham dado certo.

Alguém bateu à porta.

— Está vestido? — perguntou Freddie, do corredor.

Eu me endireitei na cama com uma careta, a lateral do corpo dolorida devido ao esforço do dia anterior.

— Estou.

Ele entreabriu a porta, espiando o quarto.

— Como está se sentindo?

— Como se tivesse voado centenas de quilômetros com um braço machucado enquanto tentava me defender de um bando de pássaros raivosos.

— Dei de ombros. — Poderia ser pior.

Freddie fez um som solidário.

— Cassie está esquentando a comida, se você estiver com fome.

Meus olhos se arregalaram.

— Estou, sim. Mas *Cassie* está esquentando a comida pra mim?

— Por que a surpresa?

Quando Cassie e eu havíamos nos conhecido, eu a apresentara à existência do vampirismo bebendo uma bolsa de sangue em sua frente, revelando no processo que Frederick, o cara com quem ela dividia apartamento, era vampiro também. Admito que foi babaquice da minha parte, ainda que a reação de Cassie tenha sido uma das coisas mais engraçadas que eu vira em décadas.

— Achei que a única coisa que Cassie odiava mais do que eu era ter que lidar com o que a gente come — disse eu, falando sério.

— Bom, ela não vai ser a presidente do seu fã-clube tão cedo — admitiu Freddie, com um sorriso irônico. — Mas está se acostumando com o sangue. O que é bom, considerando nossos planos.

Freddie abriu um sorriso tão reluzente que chegou até a doer em mim.

— Nossa. Então vai acontecer mesmo? Você vai transformar a Cassie?

Ele confirmou com a cabeça.

— Ela me pediu antes mesmo que eu tocasse no assunto.

Assim que Freddie saiu do quarto, Amelia me veio à cabeça. De novo. Eu só pensava nela desde que partira de Wisconsin, não importava o quanto eu tentasse evitar. Pela primeira vez em mais de um século, eu achava que entendia o apelo de me aproximar o bastante de alguém a ponto de correr o risco de passar pela dor de perder essa pessoa no futuro.

A ideia de construir um futuro com Amelia fazia minha mente girar. Fins de semana na cabana da família dela, preferencialmente no verão, quando não haveria risco de neve. Cafés da manhã no apartamento dela, com direito a panquecas (com a quantidade correta de bicarbonato de sódio).

Noites na minha cama, onde eu mostraria exatamente o quanto ela importava para mim.

Eu nunca teria coragem de pedir a Amelia que escolhesse o mesmo que Cassie. No entanto, não poderia continuar mentindo para mim mesmo, dizendo que não a queria. Amelia não hesitara naquela noite na neve, quando eu lhe contara exatamente quem eu era e o que havia feito. Ela só me abraçara, como se aquele fosse meu lugar.

Eu nunca esqueceria o acolhimento dela, a compreensão. Naquela vida ou na seguinte.

Provavelmente era irracional pensar que Amelia poderia querer alguma coisa comigo além do que já havíamos acordado. No entanto, eu era uma pessoa irracional. Além de gananciosa e egoísta. Aceitaria todo o tempo que ela estivesse disposta a me dar e seria grato por ele.

Fora que eu também era presunçoso o bastante para acreditar que *talvez* eu pudesse fazê-la feliz.

AMELIA

QUANDO CHEGUEI AO APARTAMENTO, NA TARDE SEGUINTE, FUI recebida por Gracie, deitada no sofá, e por um bilhete de Sophie.

Ame,

Gracie e eu nos divertimos muito enquanto você esteve fora. A correspondência está na mesa da cozinha.
Quero o relatório COMPLETO do que aconteceu em Wisconsin quando você chegar em casa. E não, não estou falando da nevasca.

S

Minha intenção era ver Reggie assim que chegasse, mas ele tinha me ligado outra vez do celular de Frederick enquanto eu estava na estrada para avisar que era melhor eu só aparecer à noite.

— Primeiro quero garantir que o Coletivo não está me rastreando — dissera ele, como quem pedia desculpa. — Uma amiga bruxa de Frederick vai lançar uma série de proteções sobre o apartamento. É melhor você vir depois que ela terminar.

Então bruxas também existiam? Àquela altura, nada deveria me surpreender.

Depois de desfazer a mala, aproveitei o tempo livre para tentar descobrir alguma coisa sobre o Coletivo na internet. Minhas expectativas não eram altas. Aparentemente, vampiros eram muito reais e viviam entre nós; no entanto, além de algumas teorias da conspiração que haviam cruzado meu caminho ao longo dos anos, eles não eram algo que estava no meu radar.

Mas não era possível que não houvesse algo na internet além de teorias da conspiração. Um grupo de mortos-vivos não podia desfilar pelo mundo sem que alguém postasse algum tipo de prova no TikTok.

Comecei pelo comentário de Frederick de que o Coletivo gostava de invadir bancos de sangue na manhã seguinte a grandes shows, procurando "shows em estádios desde 2015" e depois "invasões de bancos de sangue desde 2015". Ambas as listas de resultados eram enormes e envolviam links de artigos publicados por jornais locais. Eu não tinha confiança alguma de que se tratassem de listas completas e não sabia o que faria se fossem. Mas pelo menos estava sendo proativa.

Eu precisava desesperadamente mandar um e-mail para a Fundação Wyatt confirmando nossa reunião. Não havia trabalhado enquanto estava em Wisconsin e não podia me atrasar mais. Depois daquilo, começaria a comparar os resultados das buscas e verificar se havia algum padrão.

....

— NÃO TEM PROBLEMA MESMO EU PASSAR AÍ? — PERGUNTEI, quando Frederick me ligou para avisar que a amiga bruxa dele já tinha ido embora.

— Imagine — insistiu ele. — Cassie fez cópias dos trechos dos *Anais* que falam do Coletivo. E, por favor, leve Reginald com você quando sair. Ele está aqui desde que voltou de Wisconsin, e minha paciência já se esgotou.

Não foi difícil encontrar o apartamento de Frederick e Cassie. Ficava na parte rica de Lincoln Park, perto o bastante do lago para ser castigada pelo vento tanto no inverno quanto no verão. A temperatura havia subido desde a nevasca que atingira Wisconsin. No entanto, quando cheguei ao prédio refinado onde Reggie se encontrava, o vento me obrigou a enrolar melhor o cachecol em volta do pescoço para me proteger do frio.

Parei à porta do apartamento no terceiro andar, hesitante. De repente, a ideia de entrar na casa de um vampiro se tornou demais para mim. Reggie nunca me machucaria, e, se Frederick fosse uma ameaça, meu irmão não aceitaria que Cassie morasse com ele, como parecia aceitar. Mesmo assim, parada ali, meu nervosismo levava a melhor.

E se eu os interrompesse durante uma refeição ou algo do tipo? Reggie havia feito comentários indiretos quanto a sua alimentação, e eu sabia que eles bebiam sangue. Na teoria, não tinha problema com aquilo, mas se visse com meus próprios olhos...

Provavelmente não daria conta. Nem mesmo se eles estivessem jantando bolsas de sangue doado.

No fim das contas, entretanto, minha ansiedade para ver Reggie se provou maior que meu medo.

Bati à porta.

Quem abriu foi Cassie.

— Amelia.

Ela sorriu para mim, embora eu não soubesse bem se estava feliz ou não em me ver. Nunca havíamos sido próximas. Embora eu nunca tivesse comentado nada, imaginava que Cassie sabia que eu não ia muito com a cara dela quando éramos jovens.

Ficou imediatamente óbvio que ela havia mudado nos últimos meses. A postura estava mais confiante. Pela primeira vez, Cassie me pareceu alguém que acreditava em si. Eu não sabia se era influência de Frederick, ou o novo emprego como professora que Sam havia mencionado. O que quer que fosse, fizera bem a ela.

— Que bom ver você, Cassie — falei, sorrindo e torcendo para que ela percebesse que eu estava sendo sincera. — Reggie, hum... Reggie está aqui?

Ela abriu mais a porta e me convidou para entrar com um gesto.

— Ele está no quarto de hóspedes, escrevendo no planner dele.

— Escrevendo onde?

O sorriso de Cassie se alargou.

— No planner. A gente sugeriu que ele usasse um, para entender os sentimentos dele, quando essa confusão toda começou. Parece estar ajudando bastante. Você já teve um planner?

Balancei a cabeça.

— Nem sei o que é isso.

— Ah, acho que você iria gostar. — Diante da minha expressão, Cassie acrescentou: — Reginald também foi cético a princípio. Agora está superenvolvido. Tanto que Frederick decidiu experimentar também.

Por um instante, pensei em perguntar a ela como era namorar um vampiro. Morar com ele. Amá-lo. Até pensei que talvez Cassie tocasse no assunto antes de mim, mas no minuto seguinte ela já estava indo para a cozinha e tinha me deixado sozinha.

Tudo bem. A situação já era estranha o bastante. Eu ainda não estava pronta para ter uma conversa franca a respeito de tudo aquilo com Cassie Greenberg.

Olhei em volta. A impressão era de que alguém havia pegado um apartamento antigo com decoração formal e feito uma reforma no estilo "Disney". A sala tinha um tapete persa e um conjunto de sofás de couro e móveis de mogno escuro, mas também quadros de paisagens feitos com o que parecia ser lixo catado na praia e pintado com cores neon. Um dos sofás, que devia ter custado milhares de dólares, tinha uma manta verde do Caco, o sapo, jogada sobre o encosto.

Eu me lembrava vagamente de Sam ter comentado que Cassie e o namorado tinham muito pouco em comum. A decoração sugeria que as diferenças entre os dois iam muito além da dieta.

Quando cheguei ao fim do corredor, bati à porta do que imaginei que fosse o quarto de hóspedes.

— Me deixe em paz! — gritou Reggie lá de dentro. — Finalmente consegui colar os adesivos do jeito que eu queria.

Adesivos?

— Sou eu.

Houve um instante de silêncio, depois o som inconfundível de alguém tentando enfiar um monte de coisa embaixo da cama.

— Só um minuto! — gritou Reggie.

Quando a porta se abriu, um momento desconfortavelmente longo depois, o cabelo de Reggie se encontrava todo bagunçado, como se ele tivesse passado aquele tempo todo puxando-o de nervosismo.

Só então eu me dei conta de como estivera preocupada. Sem pensar, estendi a mão e tentei abaixar as pontas do cabelo de Reggie, com delicadeza. Era um esforço inútil, mas ele não pareceu se importar. Fechou os olhos, apreciando o toque. Notei que Reggie apoiava o peso do corpo na perna direita, e que um curativo cobria uma boa parte de seu antebraço do mesmo lado.

— Você está bem? — perguntei, preocupada.

— Agora que você está aqui, sim.

— É sério — falei. — Você está muito machucado?

— Juro que não.

Pelo modo como ele evitava meus olhos, eu sabia que era mentira. No entanto, se os ferimentos fossem graves, Frederick teria me dito.

Decidi não insistir mais.

— Posso entrar? — perguntei, relembrando de todas as vezes que ele havia me perguntado aquilo.

Ele sorriu, seus dentes brancos e charme juvenil, visivelmente feliz por eu ter mudado de assunto.

— Claro. Deixe-me mostrar minha humilde morada provisória até a amiga de Frederick terminar de proteger meu apartamento também. — Com um gesto teatral, ele abarcou o cômodo todo. — Bom, é só isso.

O quarto era parecido com o restante do apartamento. Ou seja, os móveis eram lindos e antigos, enquanto as obras de arte seriam o que se poderia chamar de "antiestético".

Reggie notou que eu olhava para o quadro pendurado sobre a cama, coberto do que pareciam ser canudinhos de plástico.

— Cassie adora fazer esses troços — explicou ele. — Então isso significa que Frederick adora também.

— Como eles lidam com isso?

Reggie franziu a testa para mim.

— Com o quê?

Dei de ombros, então fiz um gesto vago, abrangendo tudo ao redor.

— Você sabe. Um relacionamento entre um vampiro e uma humana.

— Ah. Isso. — Reggie esfregou a nuca. — Sinceramente, mesmo sem considerar essa parte, não consigo pensar em duas pessoas mais diferentes que eles dois. Mas sei que estão felizes e são superapaixonados, eca. Então acho que lidam muito bem. — Após um momento, ele acrescentou: — Mas não parece que vai ser um relacionamento entre um vampiro e uma humana por muito tempo.

Meu cérebro entrou em curto.

— Você quer dizer que ele... que ela...

Reggie confirmou com a cabeça.

— Frederick me contou antes de você chegar, e os dois já vinham conversando sobre a possibilidade há um tempo. Ontem à noite, me deparei com um exemplar de O que esperar quando você é transformado em vampiro na mesa de jantar.

— Esse livro existe de verdade?

— Existe — disse ele. — Aparentemente, é a bíblia do assunto. Dei uma folheada ontem. Mesmo sendo um vampiro há séculos, eu mesmo aprendi uma ou outra coisinha. — Reggie balançou a cabeça, lamentando. — Uma pena que não existia lá pra 1740, quando eu ainda tinha muitas perguntas...

Minha cabeça girava.

Cassie iria se tornar uma vampira porque havia se apaixonado por um vampiro.

Era coisa demais para processar.

De repente, tive dificuldade de encarar Reggie, e desviei o rosto. Notei uma fita de renda cor-de-rosa despontando de baixo da cama. Nem teria notado, em meio à decoração eclética do apartamento, se não tivesse certeza de que ele tentara esconder alguma coisa antes de eu entrar.

— O que é isso? — perguntei, apontando para a fita.

Reggie arregalou os olhos.

— Ah, não é nada.

Em sua pressa para ir chutar o que quer que fosse para baixo da cama, ele trombou comigo.

Aquilo só me deixou ainda mais curiosa. Eu me abaixei e, antes que Reggie pudesse me impedir, puxei o que parecia ser uma mistura de diário e projeto de artesanato feito por uma menina de quinze anos de idade que havia acabado de aprender a usar uma pistola de cola quente. Tinha tantos adesivos, colagens e coisinhas que mal fechava.

— É o seu planner?

Fiquei tentada a dar uma olhada, mas se um planner tinha algo em comum com um diário, devia ser algo íntimo, e não cabia a mim bisbilhotar.

Ele engoliu em seco.

— Como você sabe do meu planner?

— Cassie me contou.

— Ótimo — murmurou ele, então tirou o caderno das minhas mãos e o guardou com todo o cuidado embaixo da cama. — Sim, é o meu planner. Tem me ajudado. Emocionalmente, mentalmente, sei lá. Mais do que eu achei que ajudaria quando comecei a fazer.

A vulnerabilidade em sua voz era inconfundível.

— Não é da minha conta o que você escreve aí, claro — falei. — Mas, se tem ajudado a processar tudo pelo que você está passando, acho ótimo.

— Não é exatamente sobre o Coletivo.

Reggie pegou o diário de novo e o abriu. Ele passou as páginas devagar, uma por vez, para que eu tivesse tempo de dar uma olhadinha.

Os textos iniciais eram curtos, com várias coisas riscadas, listas que ele fizera com evidente desdém pela ideia de ter um planner. Aquilo mudava rapidamente, no entanto. Logo, as páginas se tornavam mais vibrantes, incorporando pedaços de tecido, canetas variadas e adesivos coloridos para expressar seus pensamentos.

— Há quanto tempo você está fazendo isso? — perguntei, maravilhada com a atenção aos detalhes que ele demonstrava mais para o fim. Flores que deviam ter levado horas para secar. Adesivos de todas as cores do arco-íris. — E onde você comprou hastes flexíveis desse tom de roxo?

— Encontrei um site onde pessoas que fazem planners trocam dicas — explicou ele. — Elas sabem tudo, é impressionante. Sem falar que algumas também dão conselhos de vida muito úteis.

Fiquei olhando para ele.

— Você conversa com pessoas que tem caderninhos na internet?

— Caderninhos, não. *Planners* — repetiu ele. — E, sim. Mas, respondendo à pergunta anterior, comecei a fazer isso pouco depois da gente se conhecer, por coincidência. E, antes que eu me esqueça, eu queria mostrar a última página pra você. Dediquei bastante tempo a ela. — Reggie fez uma pausa antes de completar: — Era o que eu estava fazendo quando você chegou.

Reggie fechou os olhos, aparentemente para reunir coragem, então foi até a última página preenchida. Era um pouco exagerada, sendo sincera. Tinha fitas roxas e cor-de-rosa, além de um texto escrito em caneta azul com purpurina, cuja cor me lembrava de uma sombra de olho que eu tinha quando estava no sétimo ano.

Quando li, no entanto, perdi o ar.

Missão: Ainda acho isso uma idiotice, preferia que essa opção não viesse em toda santa página

Prós e contras de namorar Amelia Collins de verdade

PRÓS:

1. Eficiência. Não consigo parar de pensar nela, então economizaria tempo

2. Eu sempre faria questão de que ela tivesse o que comer

3. Ela precisa rir mais, e eu sou bom em fazê-la rir (adoro fazê-la rir)

4. Ela me faz esquecer o terrível vazio da minha existência (além de me fazer esquecer de outras coisas terríveis no mundo) (ela é fofa demais)

5. Ainda não transamos, e eu quero MUITO (sinceramente, acho que ela vai gostar)

6. Eu devotaria o resto da minha existência a fazê-la feliz e acho (???) que ela iria gostar disso

7. Eu seria próximo de um historiador de verdade (o pai dela)

CONTRAS:

1. O lance mortal/imortal apresenta desafios logísticos óbvios (preciso perguntar a Frederick como é namorar uma humana, mas não posso contar para ele o motivo, ou então o cara vai ficar insuportável pelo próximo século)

2. Não sei se ela tem medo de mim ou não, e acho que isso poderia dificultar um relacionamento de verdade

3. Não sei se ela se sente da mesma forma que eu

4. Namorar com ela e depois perdê-la deixaria o que sobrou do meu coração em pedacinhos

Como havia acontecido em Wisconsin, a máscara de Reggie caiu por tempo o suficiente para revelar a vulnerabilidade que ele escondia do restante do mundo. Talvez seu coração não batesse mais, mas naquele momento o meu batia o bastante por nós dois.

Deixei o planner na cama e segurei as mãos de Reggie. Não sabia se eram as dele que tremiam ou as minhas. Acariciei-as com os polegares, enquanto nos acalmávamos.

— Não sou do tipo que corre riscos — falei. — Nunca. Fui pra faculdade, me formei em Contabilidade e consegui um emprego em uma empresa importante da área. Porque eu era boa naquele trabalho, claro, mas também porque era seguro. — Balancei a cabeça. — Preciso saber o final de um livro antes de começar a ler. Não consigo lidar com surpresas. Qualquer coisa que não seja previsível, que não seja certa, me aterroriza mais do que consigo expressar.

— Eu entendo — disse Reggie, então começou a se afastar, a mágoa e a rejeição em seus olhos indicando que, na verdade, ele não entendia nem um pouco.

Eu o puxei pela camisa e o beijei. Foi um beijo rápido, que durou somente um instante.

— Quer me deixar terminar? — pedi, sorrindo.

Reggie me encarou, pasmo.

— Termine, por favor.

Eu me inclinei em sua direção e o beijei levemente no canto da boca. Ele fechou os olhos.

— O que estou tentando dizer é que quero me arriscar nisso, independentemente do quão fora da minha zona de conforto seja. — Fiquei em silêncio por um momento, tentando criar coragem. Se ele havia aberto o coração me mostrando o que havia escrito no planner, eu certamente conseguiria fazer o mesmo. — Quero me arriscar com a gente. Porque gosto de você. E muito.

Reggie abriu um dos olhos.

— Você faria isso mesmo sabendo que o fim da nossa história ainda não foi escrito?

Hesitei, mas apenas por um momento.

— Talvez seja divertido escrever nosso próprio fim, não acha? Nunca experimentei.

Reggie sorriu para mim. Ele pegou meu rosto e se inclinou para me beijar.

Eu nunca imaginei que seria tão bom ser abraçada e beijada por outra pessoa. Enlacei o pescoço dele com os braços e o puxei para mais perto, lhe dando um incentivo, por mais que não parecesse necessário. Reggie entreabriu os lábios para aprofundar o beijo, o que fez um calorzinho delicioso tomar conta de mim.

Apoiei uma das mãos em seu peitoral amplo. Não havia um coração batendo ali, apenas imobilidade. Será que Reggie teria noção de que o meu estava acelerado? Ou sentiria, de alguma forma, meu sangue pulsando rápido nas veias?

— Eu sou o que sou — disse ele, no instante seguinte, nossos rostos ainda próximos o bastante para respirarmos o mesmo ar. — Eu nunca, nunca machucaria você. Mas, antes de continuarmos, preciso que você saiba que os livros de história estão repletos de exemplos de relacionamentos entre vampiros e humanos que... hum. — Ele deixou a frase morrer e deu um beijo rápido no canto da minha boca. Como se não conseguisse se conter por tempo o bastante para concluir o pensamento. — Historicamente, esse tipo de coisa não acaba muito bem para o humano.

Eu me recostei e apoiei a cabeça na parede atrás de mim. Reggie me observava, nervoso, como se tivesse medo de que eu fosse desaparecer caso me perdesse de vista.

— Pensei que tivesse deixado claro — falei, erguendo o canto da boca no tipo de sorriso torto que ele sempre abria para mim. Ele acompanhou o movimento com os olhos. Ah, Reggie era fofo demais. — Odeio livros de história. Quem precisa deles?

Dei sequência ao argumento falando de todos os documentários de que eu tinha me safado quando era pequena, até que sua boca me impediu de dizer outra coisa por um bom tempo.

VINTE E CINCO

Trecho de O que esperar quando você é transformado em vampiro, décima quinta edição

P. 163: Relacionamentos com humanos: amor e intimidade

Uma das maiores preocupações de algumas pessoas, quando consideram a possibilidade de ser transformadas em vampiros, é se elas poderão manter relacionamentos íntimos com humanos depois.

Não há uma resposta simples. Dados recentes do estudo de Johnson e Kettering sugerem que a maior parte daqueles que escolhem o vampirismo o faz em consequência de um envolvimento romântico com um vampiro, em grande parte devido às complicações inerentes ao descompasso na questão da mortalidade/imortalidade. (Ver nota de rodapé 37.) Dito isso, os relatos sugerem que vampiros podem namorar e ter relações sexuais com humanos normalmente, desde que tenham internalizado bem a filosofia "amigos, e não comida", explicada no Capítulo 2.

Também é bem documentado que humanos com frequência consideram as relações sexuais com vampiros intensamente prazerosas, e até viciantes. (Então tem isso também.)

AMELIA

FOMOS INTERROMPIDOS POR BATIDAS INSISTENTES À PORTA DO quarto de hóspedes.

— Reginald.
Era Frederick.
Com um grunhido, Reggie se afastou de mim. Seu cabelo estava ainda mais bagunçado do que quando eu chegara. E era tão macio... eu achava que nunca ia me cansar de passar as mãos nele.
— O que foi? — ladrou Reggie.
— Vocês estão trocando carícias?
Apesar da situação em que me encontrava, quase ri.
— Trocando carícias? — falei no ouvido de Reggie. — É sério isso?
— Ele é um tanto antiquado — tentou explicar. Depois, gritou para Frederick: — Nos deixe em paz!
— De modo algum — retrucou ele. — Esta casa é minha. Você é livre para fazer o que quiser com quem quiser, mas, por motivos que imagino que sejam óbvios, prefiro que não aconteça na presença dos meus móveis.
Reggie fuzilou a porta com os olhos.
— Não acredito que você vai jogar isso na minha cara depois de quase duzentos anos!
— Os móveis nunca esquecem.
Reggie pareceu prestes a responder com algo mordaz, mas o interrompi com um dedo. No mesmo instante, a atenção dele se voltou toda para mim.
— Vamos embora — sugeri, baixo o bastante para que o vampiro do outro lado da porta não nos ouvisse. — Só vim pra levar você pra casa comigo. Não quero mesmo fazer isso aqui. Você quer?
Ele sorriu, depois beijou meu dedo. Aquela demonstração simples de afeto foi o bastante para que eu sentisse o corpo todo esquentar. Nossa, eu estava perdida.
— Não — confirmou Reggie. — E adoraria ir pro seu apartamento. — Ele olhou feio para a porta fechada. — Mas tenho que dizer que, considerando tudo que entreouvi aqui nos últimos dias, Frederick está sendo um tremendo de um hipócrita.
Senti as bochechas arderem. Não tinha qualquer interesse em saber sobre o relacionamento sexual de Frederick e Cassie.
— Então vamos pra minha casa. Vamos ter privacidade lá. Não é um lugar protegido, mas tenho uma gata bem cricri que vai garantir sua segurança.
Ele me puxou para si e me deu um abraço demorado.

— Preciso arrumar minhas coisas antes. Me manda o endereço. Daqui a pouco eu passo lá.

Quando eu estava para sair do apartamento, vi que alguém havia deixado uma pasta grossa no aparador junto à porta da frente. Tinha um post-it com meu nome duplamente sublinhado colado nela.

Abri a pasta e vi que eram as páginas dos *Anais* relacionadas ao Coletivo. Dentro, havia um bilhete escrito em uma folha branca grossa, com uma letra elegante e fluida.

> *Amelia, achei que era melhor pecar pelo excesso quando fiz a seleção dos Anais. Além de tudo o que se referia ao Coletivo, também separei as menções a Reginald. (Não comente com ele, ou vai me matar. Não literalmente, claro.)*
>
> *Mas aconselho você a moderar seu entusiasmo. Embora eu imagine que as passagens contextualizarão o comportamento e os motivos do Coletivo, historiadores vampiros não se preocupam tanto com a política tributária de entidades sem fins lucrativos quanto seria de esperar. Uma oportunidade perdida, talvez. Como Cassie diria, no entanto, "as coisas são como são".*
>
> *Atenciosamente,*
>
> *FJF*

Eu não fazia ideia do que encontraria naquelas páginas. No entanto, levei-a comigo, torcendo para que houvesse algo de valor ali.

....

PARA OS MEUS PADRÕES, MEU APARTAMENTO ESTAVA O CAOS completo. As roupas sujas da mala desfeita mais cedo continuavam jogadas na cama. O prato do lanchinho da tarde seguia na pia. E havia uma pilha de correspondência por abrir onde Sophie a tinha deixado, junto à porta da frente.

Eu não sabia quanto tempo Reggie ainda demoraria. E não tínhamos falado *especificamente* o que faríamos quando ele chegasse. De qualquer maneira, eu não queria que ele desse com calcinhas no chão ou pratos sujos na pia. Pela primeira vez na vida, fui enfiando o que encontrava pelo caminho nos armários e gavetas. Gracie claramente me julgou quando limpei as migalhas do prato e o guardei sem lavar, mas, sinceramente, problema dela.

Se tudo corresse como o esperado, eu iria transar dali a pouco.

Ainda tive tempo de passar aspirador na sala e espanar o punhado de quinquilharias que tinha na estante antes que Reggie batesse na porta da frente.

Assim que abri, me deparei com ele no corredor, mais nervoso do que eu jamais o vira.

Reggie engoliu em seco, a julgar pelo movimento do pomo de adão.

— Posso entrar?

— Claro.

Dei um passo para o lado e fiz sinal para que ele entrasse.

— Obrigado — agradeceu Reggie, parecendo sem fôlego.

Fiquei me perguntando se ele havia corrido até ali. Ou voado.

Quando me virei, depois de fechar a porta, notei que Reggie olhava para todos os lados, menos para mim.

Alguma coisa estava errada.

— O que foi? — perguntei. — Acha que alguém seguiu você até aqui?

Ele balançou a cabeça.

— Não. Vim voando. Aqueles caras não conseguem voar. Ninguém me viu.

Era surreal ouvi-lo falar sobre voar de maneira tão leviana. No entanto, se eu tivesse adquirido a capacidade de voar séculos antes, talvez também considerasse aquilo tão comum quanto caminhar.

— Se não tem alguém atrás de você, por que está tão nervoso? — perguntei. — Parece que viu um fantasma.

Seus olhos se arregalaram de tal maneira que eu pensei ter dito algo de errado.

Antes que eu me desse conta do que estava acontecendo, Reggie me imprensou contra a parede que separava a sala de estar do quarto. Seus lábios subiam pelo meu pescoço, os dentes raspando de leve na pele.

Os dentes *reais*, e não os que ele mostrava ao mundo.

— Faz tanto tempo que quero tocar você. — Sua boca estava em toda parte. No meu pescoço, na clavícula, depois beijando meu maxilar. Reggie agarrou minha bunda de maneira possessiva. *Minha*, parecia querer dizer. A sensação foi tão boa que quase gemi. — Faz ideia de quantas vezes pensei nisso?

— Quantas? — perguntei. Não sabia de onde aquela ousadia tinha vindo, mas sentia que *precisava* da resposta. — Me fale, por favor.

Reggie respondeu passando a língua lentamente pelo ponto sensível onde meu pescoço encontrava o ombro. Seu toque era como fogo — senti meu corpo se acender de expectativa. Meus joelhos pareciam prestes a ceder. Enlacei seu pescoço, para não cair.

Como se sentisse minha instabilidade, Reggie projetou o quadril para a frente, me segurando contra a parede com o próprio corpo.

— No café — murmurou ele contra meu pescoço, as palavras uma vibração delicada contra minha carne quente, uma que eu sentia até a ponta dos dedos do pé. — Na casa da sua tia, a cada vez que você segurava minha mão, sorria ou se inclinava naquele vestidinho preto minúsculo. — Senti o corpo dele estremecer. — No fim da noite, tudo que eu queria era te agarrar e transar com você ali mesmo, na frente da mesa, dane-se a sua família.

Soltei uma risadinha sem ar.

— Não vamos falar da minha família agora, por favor.

Por mais que a ideia de Reggie perdendo o controle de tal maneira me deixasse louca, a última coisa que eu queria era pensar em uma coisa daquelas acontecendo na frente dos meus parentes.

Senti sua risada no meu ombro.

— Você não quer que eu fale sobre seu pai e sobre como estou chateado por ainda não termos discutido o History Channel?

Dei um tapa no ombro dele. Reggie pegou minha mão, beijou a palma e a afastou. O fogo entre nós cedeu espaço a algo mais doce e descontraído.

Ele se inclinou para a frente e descansou a testa na minha. Eu não era especialista em fisiologia vampírica, mas seria de imaginar que, se Reggie não tinha pulso e não estava tecnicamente vivo, não precisaria de oxigênio para sobreviver. No entanto, ele respirava tão pesado quanto eu no momento, nossos peitos subindo e descendo juntos.

Espalmei a mão sobre o ponto onde seu coração bateria se ele fosse humano. Não senti nada além da musculatura de seus peitorais, da cadência constante de sua respiração, do tecido macio da camisa xadrez que Reggie usava.

Eu me perguntei como teria sido sua vida humana. Já conhecia um pouco do homem em meus braços. Já me importava com ele. No entanto, Reggie havia tido uma outra vida no passado. Teria sido muito diferente quando criança? Tivera uma namorada, uma esposa, filhos, antes de ser transformado no que era?

Fechei a mão, agarrando-o pela camisa, e o puxei para mais perto. Eu queria conhecer cada partezinha do Reginald Cleaves humano que ele havia sido. E não apenas do Reggie que no momento me olhava como se eu fosse a coisa mais maravilhosa do mundo.

Eu esperava que tivéssemos tempo para explorar o passado dele juntos, depois.

No presente, Reggie tirou a mão que mantivera apoiada na parede, ao lado da minha cabeça, para pegar a minha. Então a apertou de leve, seus olhos azuis brilhantes me fazendo uma pergunta em silêncio.

Tem certeza?

Eu havia passado a vida toda evitando riscos, fazendo questão de não ultrapassar nenhum limite. No entanto, quando olhava nos olhos dele e pensava no que aquela decisão poderia gerar...

Pela primeira vez na vida adulta, tudo que eu queria era me jogar.

Eu não precisava saber quais seriam as consequências na semana seguinte, no mês seguinte, dali a dois anos. Queria aquilo *naquele momento*. O que era mais do que o bastante. Assenti e sussurrei, não confiando na minha voz:

— Sim.

Foi como se algo dentro dele tivesse sido acionado. Se momentos antes seus beijos eram gentis e contidos, naquele instante Reggie se tornava um homem desenfreado. Suas mãos desceram pelo meu corpo, agarraram minha bunda e me puxaram para mais perto, o frio do toque atravessando minha roupa e adentrando minha pele. Meus braços envolveram seu pescoço por instinto, e ele me segurou com mais força para devorar minha boca, passando a língua pelos meus lábios antes de enfiá-la. Seu cheiro era incrível, de roupa limpa, pele fresca de homem e algo só dele. Era indescritivelmente erótico o que estávamos fazendo. Gemi diante do prazer que já tomava conta de mim.

— Vou fazer você se sentir maravilhosamente bem hoje à noite — prometeu Reggie contra minha boca. — Quer que eu diga o que pretendo fazer?

O toque de obscenidade em sua voz fez com que eu me derretesse toda.

— Quero — respondi.

Enfiei as mãos em seu cabelo e puxei as mechas douradas e bagunçadas com força. Reggie gemeu. Ele gostava daquilo, pensei, em meio à névoa do tesão, e percebi que precisava me lembrar de tal informação para o futuro. Então Reggie agarrou minha bunda com ainda mais força.

— Me conta — falei.

Ele precisou de um momento para recuperar a compostura e conseguir responder.

— Vou deitar você em todas as superfícies deste apartamento, como se estivéssemos em um daqueles romances históricos ingleses safados que Frederick finge que não lê — murmurou Reggie contra a minha bochecha.

Tive que rir. Mesmo naquele momento, ele fazia o máximo para me desarmar. Para me tranquilizar. Mas meu coração ameaçava abrir o peito, de tão forte que batia, e o modo como Reggie começou a se mover contra mim me mostrava que ele queria aquilo tanto quanto eu.

Não era hora de fazer piadas.

Arriscando tudo, desci a mão pelo corpo dele e só parei quando encontrei o volume na frente de sua calça jeans.

O ruído que ele soltou em resposta foi tão gutural que nem pareceu humano. E teve impacto direto no lugar entre minhas pernas, me fazendo ansiar pela sensação de seu corpo em cima do meu, me imprensando contra o colchão. Eu queria vê-lo, queria senti-lo perder o controle comigo.

Sua boca retornou ao meu pescoço, me beijando, me lambendo e me chupando com tanto entusiasmo que certamente deixaria um hematoma ali. Reggie gemia enquanto me beijava, e seu quadril começou a se movimentar mais rápido quando o agarrei. Não pude evitar me perguntar se ele sentia vontade de morder meu pescoço e provar meu sangue.

Pensar em Reggie cravando os dentes em mim me fez gemer. Em sua língua passando pelos furos que as presas deixariam em minha pele. No prazer que meu gosto provocaria, o levando a um frenesi ainda maior.

— É melhor eu parar — falou Reggie, e se já respirava pesado antes, naquele momento parecia sem ar. — Não falamos sobre... — Ele deixou a frase morrer no ar e afundou o rosto no meu pescoço. — Quero você *demais*, você *toda*... Seu gosto deve ser tão bom... Como nos meus sonhos mais safados e repreensíveis. Mas eu... você...

Reggie balançou a cabeça e se afastou para poder avaliar minha reação à sua quase confissão. Seus olhos pareciam desvairados, o preto das pupilas enormes em comparação com as íris azuis e brilhantes que as envolviam. Ele parecia desesperado. Em frangalhos.

Levei uma das mãos à sua bochecha. Reggie se inclinou em direção ao toque, sem nunca desviar o olhar do meu rosto. Como eu poderia transmitir o que estava pensando? Devagar, bem devagar, comecei abri o botão de sua calça jeans.

— Qual é a relação entre sangue e sexo pra você? — perguntei.

Ele gemeu e fechou os olhos com força. Senti seu pau latejar na minha mão, duro.

— Não precisa haver uma relação entre eles, se você não quiser — conseguiu dizer Reggie. — De verdade. Mas... pra gozar, eu...

— Você já se tocou pensando em beber meu sangue?

A Amelia de três semanas antes nunca se imaginaria tendo aquela conversa. Dizendo aquelas coisas. Ou até mesmo vivendo uma situação como aquela.

No entanto, ali estava eu, falando sacanagem com um vampiro, tentando fazer com que ele perdesse o controle. Só um pouquinho. E sentindo mais tesão do que jamais havia sentido.

— Já — confessou Reggie. — Não me alimento mais diretamente de humanos, mas... porra, sim. — Seu rosto continuava escondido no meu pescoço. O quadril não parava de se movimentar contra minha mão. — Várias vezes. Quase todas as noites desde que... porra, desde que conheci você.

Estávamos nos aproximando perigosamente de um ponto do qual não teríamos como voltar. Eu sabia daquilo. Antes de continuar, precisava saber se haveria uma rede de segurança preparada para me pegar quando eu caísse.

— Se eu levar você pro meu quarto agora, você vai querer... — Umedeci os lábios, sem nem pensar. Os olhos dele acompanharam o movimento da minha língua. *Sedentos.* — Você vai querer me morder?

A resposta foi imediata:

— Sim. — Reggie parou de movimentar o quadril e segurou meu rosto. Senti suas palmas frias contra minhas bochechas quentes. — Vou. Se estiver na cama com você, se eu *tirar sua roupa*... vou querer morder você tanto quanto vou querer te comer.

O puro tesão que eu via em seus olhos ameaçava me derreter naquela mesma hora.

— Reggie...

— Mas eu seria gentil... — murmurou ele, acariciando meu queixo com a ponta dos dedos. — Você não sentiria dor... e não estaria em perigo, prometo. Mas, se você não quiser, posso... — Reggie se interrompeu e balançou a cabeça. — Podemos fazer ser só sobre você. Quero você do jeito que for. De toda e qualquer maneira que eu puder.

Sua honestidade me quebrou.

— Tá — falei, dando um beijo leve no canto de sua boca.

Sem dizer mais nada, peguei sua mão e o levei para o quarto.

....

FAZIA UM BOM TEMPO QUE EU NÃO LEVAVA UM HOMEM PARA minha cama. Em circunstâncias normais, eu provavelmente ficaria insegura em relação ao meu corpo, preocupada se ele iria gostar do que veria.

No entanto, ficava difícil me preocupar, ou até mesmo pensar, com a boca de Reggie se movendo com toda a voracidade contra a minha. Era como se ele estivesse determinado a afastar todas as minhas inseguranças com a ponta da língua, até que não restasse espaço para nada além dele.

Com uma mão no meu quadril e outra na minha cintura, Reggie me conduziu de costas pelo quarto, até que eu sentisse a parte de trás dos joelhos bater no colchão.

— Deite-se — murmurou ele. A luz do quarto estava apagada, mas com a do corredor acesa e a luz do luar entrando pela janela, eu conseguia ver claramente a silhueta de seus ombros largos na escuridão. — Quero tocar em você.

Obedeci, ansiosa por aquilo. Fechei os olhos e fiquei esperando que o colchão afundasse quando Reggie viesse para a cama comigo.

Em vez disso, no entanto, ele se ajoelhou no chão. Senti suas mãos agarrarem meus tornozelos.

— O que...

Minha frase foi interrompida por um gritinho quando ele me puxou mais para a beirada do colchão.

— Quero ver você perder o controle — explicou Reggie, enfiando as mãos por baixo da minha saia e tirando a calcinha. — E quero que seja por *minha* causa. Quero que você se desfaça na minha língua, quero sentir suas pernas tremerem ao redor do meu rosto enquanto você grita meu nome. — Ele jogou a calcinha para trás, depois subiu a saia até a cintura. — Quero provar você. Cada pedacinho.

— Reggie — gemi, depois estremeci quando ele apoiou minhas pernas sobre os ombros e ajeitou minha cintura com as mãos.

Fiquei toda aberta para ele, sentindo o coração bater tão forte que tinha certeza de que Reggie o ouviria.

Sua boca estava a um centímetro de onde eu a queria. Eu sentia cada expiração trêmula lá no fundo. Seus olhos lindos e expressivos encontraram os meus.

— Você quer, não quer? — Reggie fechou os olhos e esfregou a bochecha contra a parte interna da minha coxa. O arranhar delicioso de sua barba por fazer arrancou um gemido de mim antes mesmo que eu pudesse me segurar. — Dá pra sentir no seu cheiro o quanto você me quer.

Gemi de novo e me contorci em seus braços.

— Por favor. — Eu sabia que Reggie precisava que eu dissesse que queria aquilo. Mas se ele não colocasse a boca em mim em um segundo, eu iria ficar maluca. — Eu quero. Quero você. *Por favor.*

Os lábios dele formaram um sorriso torto. Os olhos escureceram.

— Seu desejo é uma ordem.

De repente, a boca dele estava *bem ali*, elétrica, me inundando de sensações que eu mal conseguia me lembrar de ter sentido antes e que não tinha condições de nomear. Reggie me devorou com vontade, chupando meu clitóris por um momento só para depois provocá-lo com a língua macia. Eu quis gritar, mas não consegui, a mente esvaziada pelo prazer e por uma necessidade desesperada. Eu me sentia impotente na cama, diante de Reggie. A determinação com que ele me comia e sua pegada forte em minha cintura eram as únicas coisas que me impediam de me desfazer. Minha respiração ficava cada vez mais curta. Meu sangue pulsava nas veias enquanto Reggie me provocava e me dava prazer.

— Por favor — voltei a implorar, rouca.

Nem sabia pelo quê. Talvez para que ele parasse. Talvez para que nunca parasse. Eu queria gozar. Queria fazer com que *ele* gozasse, com tanta força que nunca esqueceria. Com o que restava da minha sanidade, eu me perguntei se aquilo era possível. Apesar de nossas diferenças, apesar do que ele era, será que poderíamos ficar juntos daquele jeito, não só naquela noite, mas na noite seguinte, e na outra, e fazer com que fosse algo real?

— *Por favor*, Reggie.

Minhas súplicas pareciam lhe dar mais força. Ele passou a me apertar mais forte e me puxou para ainda mais perto de sua boca. Tentei me roçar em seu rosto, em sua língua, desesperada por mais atrito, por algum alívio. No entanto, Reggie me segurava forte, me prendendo no lugar e me mantendo exatamente onde queria. Ele me impedia de me mover, enquanto fazia a tensão dentro de mim aumentar cada vez mais.

E então...

Reggie enfiou um dedo dentro de mim, depois outro, *tão apertado*, a intrusão deliciosa afastando qualquer pensamento consciente da minha cabeça. Eu precisava daquilo, dele, de tudo. E precisava *naquele instante*.

— Hades — grunhiu Reggie contra mim. — Mal posso esperar pra foder você.

Aquelas palavras obscenas, murmuradas *bem ali*, eram tudo de que eu precisava para gozar. Agarrei o lençol, o cabelo de Reggie, o que quer que fosse para me ancorar enquanto as ondas de êxtase vinham, e vinham, e vinham. Reggie continuou me estimulando com os lábios e a língua, me segurando e fazendo com que o orgasmo tomasse conta de mim. Eu gemi seu nome, sem pensar, minhas costas arqueadas, envolta em um prazer que parecia se prolongar eternamente.

Quando caí na cama, toda mole, ele logo veio para cima de mim.

— Você é linda pra caralho — disse Reggie, de maneira visceral, animalesca. — O seu rosto quando você gozou... porra. Quase gozei também, só de ver. Só preciso...

Reggie rasgou minha roupa em sua pressa de tirá-la, logo perdendo a paciência com os botões da camisa. Eles rolaram para o chão enquanto ele terminava de passá-la pelos meus braços, e menos de dois segundos depois ele já tinha tirado meu sutiã. Eu estava cansada demais para ajudá-lo, mole demais depois do que Reggie havia feito comigo. Ele não pareceu se importar. Não deixaria qualquer coisa impedi-lo de conseguir o que queria.

O que, no caso, era eu... nua.

De repente, pareceu-me importantíssimo que eu não fosse a única pessoa sem roupa naquela situação. Então me sentei e peguei a bainha da camisa dele.

— Tira — murmurei. Reggie nem pareceu ouvir. Só me deitou com delicadeza na cama, desabotoou minha saia e a tirou. Aquilo era bom, muito bom... mas não o bastante. — Não é justo eu ainda não ter visto você. Tira a camisa, Reginald Cleaves.

Ao ouvir seu nome completo, ele olhou para mim com um sorriso nos lábios.

— Impaciente você, hein?

Reggie me obedeceu, tirando a camisa e a jogando por cima do ombro em um único movimento fluido.

Em nenhum momento seus olhos deixaram meu rosto, nem mesmo enquanto os meus vagavam por todo o seu corpo.

— Gostou? — perguntou Reggie, de brincadeira, ainda que a intensidade em sua expressão deixasse claro o quanto desejava que seu corpo me agradasse.

E como agradava...

Sem a barreira das roupas, que se encontravam em uma pilha no chão, o desejo pareceu explodir dentro de mim. Levei as mãos ao corpo dele, sem nem tentar reprimir o impulso de fazer isso. Reggie era forte, mas não musculoso demais. Não consegui resistir à tentação de passar os dedos através dos ralos pelos castanho-claros que ele tinha no peito. Sua respiração encurtava à medida que eu explorava, traçando com os dedos as linhas definidas de seus músculos, descendo pelo abdome e indo ainda mais além, até que ele estava todo tensionado de expectativa.

Será que seu corpo era muito diferente antes de ter sido transformado? Assim que o pensamento me ocorreu, deixei-o de lado. Não importava como Reggie era antes. Porque era o Reggie daquele momento que afastava minhas mãos de seu corpo com toda a delicadeza para me deitar no colchão. Era o Reggie daquele momento que me beijava com tanta urgência e ternura que parecia que meu coração ia explodir.

E era o Reggie daquele momento que tirava a calça, depois se deitava sobre mim de maneira que ficássemos imprensados juntos, pele a pele. A dureza dele contra minha maciez. O frio dele contra meu calor.

Aquele homem tinha um humor tão bizarro que eu nunca sabia se queria dar um tapa nele ou rir. *Aquele* homem era bondoso a ponto de me desarmar, atencioso a ponto de fazer minha cabeça girar. E de repente eu me dei conta, de maneira chocante, que ele era meu.

Ou seria, se eu quisesse que fosse.

— Amelia.

Reggie estava sobre mim, com os braços tremendo diante do esforço para se manter o mais imóvel possível. Então ele se ajeitou, para que a ponta de seu pau tocasse minha boceta.

Seus olhos azuis encontraram os meus e se mantiveram ali. Reggie precisava se reassegurar de que eu o desejava tanto quanto ele me desejava.

Assenti, envolvi seu corpo com os braços e o puxei para outro beijo estonteante.

Reggie me penetrou com um único movimento forte da cintura e gemidos incoerentes de prazer. Perdi o ar, meu corpo reagindo à intrusão deliciosa do corpo dele. Reggie era enorme, e fazia tempo que eu não transava. Ele me alargou e me preencheu de tal maneira que todo o ar se esvaiu de meus pulmões, e quase tive outro orgasmo antes mesmo que começássemos de fato. Passei as unhas levemente por suas costas, procurando me ancorar em meio àquele prazer que já se acumulava a níveis alarmantes. Reggie pareceu gostar, *e muito*, a julgar pelos gemidos que oscilavam entre o prazer e a dor, e por seu grunhido quando o arranhei uma segunda vez, com mais força e vontade.

— Amelia — voltou a dizer, a voz rouca com o autocontrole prestes a ruir.

Reggie ainda não se movia, ainda deixava que meu corpo se ajustasse ao dele. Seus braços tremiam, no entanto, e dava para ver no maxilar contraído e na respiração entrecortada que ele queria abrir mão daquele controle todo.

— Não precisa se segurar — falei. Inclinei um pouco o pescoço e ergui o queixo para beijá-lo. — Eu quero você.

Ele fechou os olhos.

— Não vou machucar você. Eu juro. Mas, no fim, posso... — Antes de concluir a frase, ele enfiou o rosto no meu pescoço. — Posso perder o controle. Só um pouquinho. Se quiser que eu pare...

Puxei seu cabelo para que ele levantasse a cabeça e me olhasse bem nos olhos. A vulnerabilidade que encontrei ali me deixou quase sem ar.

— Não vou querer que você pare — garanti. — Mas, se for o caso, eu aviso. Na hora. Prometo.

Ele continuou a me encarar por um longo momento, como se tentasse confirmar se o que eu dizia era verdade. Depois fechou os olhos. Assentiu.

E começou a se mover.

— Ah...

O som me escapou na primeira estocada. Então, de repente, fiquei preocupada, provavelmente sem motivo e com uma meia hora de atraso, com a possibilidade de que Reggie achasse que eu era ruim de cama. Ele tinha centenas de anos, e sugerira mais de uma vez que já havia tido mais do que a sua cota de experiências. Eu havia namorado alguns caras, e não era virgem, claro, mas como eu poderia chegar perto do nível de alguém com séculos de prática?

— Porra — soltou Reggie no meu ouvido. — Você... é... gostosa *pra caralho*.

O movimento do quadril dele acelerava, seu corpo investia contra o meu com tanta insistência, tanta necessidade, que extinguia todas as minhas dúvidas. Ele pegou as minhas mãos e as segurou acima da minha cabeça. Quase em transe, Reggie ficou olhando para meus peitos, que balançavam com o movimento. O modo como ele me observava, o modo como eu o sentia dentro de mim, o modo como minha boceta se contraía ao seu redor enquanto ele investia mais, e mais, e mais...

Reggie agarrou minha bunda, levantando o quadril e mudando o ângulo. Na nova posição, eu ficava ainda mais aberta para ele, que podia ir mais fundo, enfiar com mais força, atingir partes minhas que ninguém nunca havia atingido.

— Reggie — soltei. — Ah, nossa.

Havia algo... algo de diferente. Gritei de novo, impotente diante do prazer delicioso que se acumulava, da pressão intensa na base da coluna que ameaçava me fazer perder o controle. Eu me sentia bêbada, descontrolada, em chamas, meu corpo se aproximando de outro clímax. Meu quadril acelerou para acompanhar o ritmo dele.

Sem pensar, joguei a cabeça contra o travesseiro, deixando o pescoço completamente exposto.

Ele parou de se mover de repente, inteiramente dentro de mim.

Reggie *grunhiu*.

— Amelia — disse ele, ofegante, os olhos fixos no meu pescoço exposto. Reggie voltou a se mover, ainda mais rápido. — Amelia. *Por favor*, Amelia.

Ai, meu Deus. Ele estava *implorando*. Por mim.

Pelo meu sangue.

— Você quer me morder — falei, meus movimentos acompanhando o ritmo dos dele. Eu estava quase lá, o orgasmo à beira do meu alcance. — Não quer?

Reggie gemeu, o quadril acelerando até que ele estivesse me comendo em um ritmo quase punitivo. Então sua cabeça caiu no meu ombro, suas mãos agarraram o lençol ao lado da minha cabeça até os nós dos dedos ficarem branco.

— Quero.

— Onde? — perguntei. Sabia que estava testando os limites do pouco controle que ainda lhe restava. No momento, entretanto, não me importava. Queria vê-lo absolutamente desvairado. Sabia que ele nunca me machucaria. — Onde você quer me morder?

— Amelia — gemeu Reggie. — Por favor. Se não quiser que eu... se não quiser isso, não posso... por favor, não...

Seu corpo se mantinha tenso enquanto ele se movia em cima de mim, cada músculo, tendão e osso.

— Fale. — Desci as mãos pelas costas dele e agarrei sua bunda, tentando empurrá-lo mais fundo. — Fale onde.

O ruído que ele produziu em resposta pareceu desesperado. Entrecortado.

— Se eu mordesse você... seria... — Reggie parou de se mover na mesma hora. Eu sentia a tensão em seu corpo, sentia todo o autocontrole de que ele necessitava para se manter parado. Com delicadeza, ele afastou uma mecha do meu cabelo e olhou para o pescoço exposto como se guardasse o segredo da felicidade. — Seria bem aqui.

Ele levou dois dedos trêmulos ao ponto onde daria para sentir minha pulsação. Eu quase conseguia sentir meu sangue fluindo pelas veias, impulsionado pelas batidas do coração. O olhar dele parecia feroz. *Voraz*.

Consegui ver, por trás das pálpebras fechadas, uma imagem de Reggie me mordendo, a boca chupando a ferida. Gemi alto e meu corpo se fechou em volta dele, com tudo. Eu não sabia por que pensar em Reggie me mordendo me dava tanto tesão. Talvez porque deixá-lo fazer isso seria como abrir mão de toda e qualquer ideia de controle.

— Seria bom? — perguntei, embora já soubesse que seria. Embora conseguisse *sentir*. Eu me contraí e o apertei, dessa vez de propósito. Fiquei vendo seu olhar desfocar, enquanto ele se agarrava ao que lhe restava de autocontrole. — Me morder seria bom?

Reggie me encarou.

— Seria bom pra nós dois. Meu veneno é... — Ele interrompeu a frase no meio e balançou a cabeça. — Faria você se sentir bem. E eu gozaria. Na mesma hora. — Sua voz saía áspera, e ele mantinha os olhos fixos nos meus. — E gozaria *muito*. Gozar com gosto de sangue na boca é... simplesmente... você não faz ideia, Amelia.

— Então vai. — Comecei a traçar círculos preguiçosos no ponto do meu pescoço que ele havia acabado de tocar. Reggie ficou olhando para a ponta dos meus dedos se movendo, como que hipnotizado. E então, porque parecia que ele precisava daquilo, fui mais clara: — Quero que você faça isso.

Reggie gemeu e fechou os olhos com força.

Aconteceu tão rápido que eu mal vi. Em um instante, Reggie estava acima de mim, a necessidade daquilo o deixando incoerente. No outro, eu gritava diante do prazer inesperado da mordida. Naquele momento, fazia amor com um animal, todos os vestígios do homem se perderam diante da criatura que beijava e chupava os ferimentos rasos que havia feito no meu pescoço. Por que não doía? Por que a sensação era *tão boa*? O prazer da mordida me percorreu e foi direto para a minha boceta, aumentando meu desejo a um grau quase insuportável. Tornando-me insaciável. Quando o orgasmo veio, fui direto para o êxtase do alívio, as ondas de prazer esvaziando minha mente de tudo que não fosse ele.

Quando voltei a mim, Reggie gemia e me fodia com tanta força e tanto desespero que eu provavelmente ficaria uma semana inteira com dificuldade de andar.

— Tão linda, tão doce — murmurou, a boca vermelha com meu sangue. Reggie estava quase lá. Eu percebia aquilo pelo modo como as investidas se tornavam mais caóticas, frenéticas, pelo tom febril de suas palavras.

— Eu sabia. Sabia que você seria gostosa assim. Não quero deixar você nunca, quero você, eu… você é *minha*.

Senti mais do que ouvi o barulho que ele fez ao gozar. Ele meteu com força uma vez, depois outra, então seu corpo ficou rígido sobre o meu, as costas curvadas de maneira exagerada enquanto gozava dentro de mim. Seus olhos estavam desfocados, vidrados de prazer. Eu nunca tinha visto algo tão lindo.

Quando seu corpo desabou logo depois, rígido, senti noventa quilos de peso morto em cima de mim, pesados e imóveis como chumbo. Reggie suspirou, e seu hálito frio fez os cabelinhos da minha nuca se arrepiarem.

— Espero — começou a dizer ele, depois do que pareceu ser um século — que você tenha sentido pelo menos metade do prazer que eu senti.

Reggie rolou de lado, fazendo uma leve careta ao tirar o pau de dentro de mim.

— Acho que você tem uma ideia, considerando que gozei duas vezes — brinquei.

Ele riu, depois se apoiou em um cotovelo para olhar para as marcas que havia deixado no meu pescoço. Levei uma mão a elas e constatei, maravilhada, que já estavam se fechando.

— Doeu?

Ele se inclinou na minha direção e deu um beijo casto na pele quase curada.

Balancei a cabeça.

— Não. Foi... — Eu não sabia como expressar em palavras. Então decidi ir direto ao ponto. — Como você disse, foi bom. Por quê?

Ele suspirou, depois me puxou para seus braços. Aceitei, de bom grado, permitindo que meu corpo rolasse até que minha cabeça repousasse em seu peito. A pele sob minha bochecha era firme e gelada.

— Se a mordida doesse, seria um pouco contraproducente. — Reggie soava quase constrangido de admitir aquilo. Ele virou o pescoço para me encarar antes de prosseguir: — Nosso veneno é meio que um afrodisíaco, assim as vítimas gostam também.

Quando as chupamos até o fim, foi o que ele deixou no ar.

Estremeci diante da implicação de que o Reggie do passado havia usado seu poder para subjugar e seduzir outras pessoas. Para fazer com que elas se oferecessem a ele. Até por vontade própria. Afinal, tinha sido eu quem pedira a ele que me mordesse.

— Eu nunca faria isso sem seu consentimento — acrescentou Reggie.

— Faz muitos anos que não sou mais esse monstro. — Ele deu um beijinho no topo da minha cabeça. — Não precisamos fazer isso de novo se você não quiser.

— Eu quero — falei, na mesma hora, antes que pudesse me convencer do contrário. Por mais ridícula que tivesse soado, era a verdade. A sensação de ter os dentes dele no meu pescoço havia sido boa. Assim como saber que meu sangue o fazia sentir mais prazer. — Talvez não todo dia, mas...

— Em ocasiões especiais? — sugeriu Reggie. — Aniversários? Promoções no trabalho?

Reprimi uma risada, a cabeça ainda deitada em seu peito nu. Estávamos mesmo conversando sobre aquilo? Brincando sobre aquilo? Um futuro juntos, com sexo frequente e umas mordidinhas ocasionais? A ideia era deliciosa, embora parecesse inalcançável.

— Em ocasiões especiais. Acho uma boa ideia.

VINTE E SEIS

*Bilhete escrito às pressas em caneta preta
no fim de uma folha pautada avulsa*

Pensamentos a serem transferidos depois para o planner (preciso ser rápido, porque estou no apartamento de A, que continua dormindo, e não quero perder a oportunidade de ficar abraçadinho e beijar o cabelo dela):

Missão: Ficar ao lado de A pelo tempo que ela quiser

Como estou me sentindo: Muito feliz. Não consigo me lembrar direito da minha vida antes de ser transformado, mas sei que não me sinto assim tão contente, leve, desde aquela época. Provavelmente deveria estar **MORRENDO DE MEDO**, mas não é nem um pouco o caso.

AMELIA

ACORDEI NA MANHÃ SEGUINTE COM O SOL FORTE ENTRANDO pela janela. Gemi e tentei puxar o travesseiro para cobrir o rosto.

— Ai.

Congelei, depois abri um sorriso ao constatar que minha cabeça não repousava no travesseiro, e sim no peito de Reggie.

— Desculpa.

— Isso foi indesculpável — disse ele, ainda com voz de sono.

A repreensão só podia ser brincadeira, porque ele não parecia nem um pouco chateado. O cabelo loiro-escuro estava uma bagunça, de tanto que eu havia puxado na noite anterior. E o sorriso extasiado em seu rosto...

Àquela altura, eu já tinha visto Reggie sorrir dezenas de vezes. Muitas delas, não passava de uma máscara: ele sorria quando estava triste, quando estava ansioso, quando estava brincando, para disfarçar.

Naquele momento, no entanto, o sorriso chegava até os olhos, fazendo com que os cantos se enrugassem. Era um sorriso *de verdade*. Naquele momento, Reggie parecia feliz e relaxado como eu nunca o havia visto.

Tentei virar o pescoço para olhar pela janela e adivinhar o horário com base na posição do sol. No entanto, não consegui me mexer muito: Reggie não parecia estar nem um pouco a fim de me soltar de seu abraço apertado.

Mesmo assim, consegui ver que a persiana estava aberta. Fiz uma careta.

— Esqueci de fechar a persiana antes de... hum.

Reggie me puxou mais para perto, querendo que eu continuasse a usar seu peito como travesseiro.

— Antes do quê?

Senti ele sorrir, o rosto apoiado no topo da minha cabeça. Fiquei vermelha, o que era ridículo, considerando tudo que havíamos feito naquela cama na noite anterior e o fato de que estávamos abraçados, completamente sem roupa.

— Você sabe do quê.

— Sei mesmo — confessou Reggie. — Mas adoraria ouvir sua versão.

O tom dele era leve e brincalhão, mas com um calor inconfundível. A ereção pressionando minha bunda também não deixava margem para dúvida.

Sorri e desci a mão por seu corpo até parar em cima do pau dele, que palpitou nos meus dedos de maneira que me deixou muito satisfeita.

— Você é insaciável — comentei.

— Pois é. — Sua mão pegou a minha e me incentivou a acelerar o movimento. — Agora fale um pouco sobre como você teve os melhores orgasmos da sua vida ontem à noite, e como adorou chupar meu pau.

Dei risada e recolhi a mão para dar um tapinha de brincadeira em seu peito.

— Depois — falei. Eu adoraria passar o resto da manhã na cama com Reggie, mas estava cheia de coisa para fazer. — Tenho que dar um jeito em um negócio muito importante.

— *Eu* sou um negócio muito importante — disse Reggie, com um beicinho.

Ele tentou me puxar de volta para si, mas fui mais rápida e me levantei.

— Verdade — concordei, rindo. — Por isso vou voltar pra você depois do trabalho. Prometo. — Ignorei a piscadela safada que ele me dirigiu e vesti uma camiseta e uma calça jeans. — Mas tenho uma reunião com um cliente que é um verdadeiro pesadelo agora de manhã, e não posso me atrasar. Fora que Frederick me passou algumas informações que podem ajudar a gente a encontrar o Coletivo antes que ele encontre você. Não quero adiar mais isso.

De repente, Reggie ficou muito sério.

— Informações? — Ele se sentou na cama, e as cobertas caíram na altura de sua cintura. Permiti que meus olhos se demorassem nos contornos de seu corpo maravilhoso por mais tempo do que deveria. Todos os vampiros vinham com aquele tanquinho? Ou Reggie era um caso especial? — Que informações?

Peguei a escova na cômoda e comecei a desembaraçar o cabelo.

— São duas dicas, na verdade. Mas podem não dar em nada.

— Sou todo ouvidos.

Sorri para ele.

— Tá. Bom, Frederick ouviu dizer que arrombamentos de bancos de sangue pelo Coletivo coincidiram com shows em diferentes partes do país. Ele também me disse que o Coletivo tem uma entidade sem fins lucrativos. Não tenho experiência com vampiros, claro...

— Vou ter que discordar aí — me cortou Reggie, subindo e descendo as sobrancelhas. — Você tem *muita* experiência comigo.

— Hum... verdade — falei, sentindo o rosto esquentar com o que ele insinuava. — Mas o que eu ia dizer era: embora eu seja nova nessa história toda, já trabalhei com muitas em entidades sem fins lucrativos. Talvez eu consiga descobrir onde o Coletivo está situado com base no último show seguido de arrombamento. Ou então, caso a organização que o Coletivo toca seja reconhecida pelo governo federal, talvez eu consiga encontrar alguma regulamentação tributária no nível local, estadual ou federal que crie problemas pra eles com a Receita.

Os olhos de Reggie se arregalaram.

— Não entendi nem uma palavra do que você acabou de dizer, mas continue, por favor.

Fiquei em silêncio por um momento, sem saber ao certo quantos detalhes poderia oferecer sem entediá-lo. Ele continuou me dedicando toda a sua atenção, e eu prossegui.

— Se o Coletivo se encaixa na categoria 501(c)(3), acessando a conta da empresa da GuideStar, talvez eu descubra se eles têm sido descuidados com suas declarações de imposto...

— E o que poderia acontecer? — perguntou Reggie.

— No melhor dos casos? Eles poderiam perder a isenção fiscal. Dependendo das circunstâncias, também poderiam ter que pagar um caminhão de impostos atrasados. Se a Receita considerar que os erros foram intencionais, pode entrar com uma acusação criminal que talvez culmine até em pena de prisão.

Reggie soltou um assovio baixo.

— Vampiros preferem praticamente qualquer coisa a ir parar em uma prisão humana. A comida não serviria para eles, então seria questão de tempo até atacarem alguém por desespero e a coisa toda virar uma loucura.

Eu não duvidava.

— Não quero criar falsas esperanças, mas vamos ver o que consigo achar.

Reggie se levantou e veio na minha direção com uma expressão tão reverente que me deixou sem ar. No geral, eu tinha a impressão de que as pessoas se distraíam quando eu falava de tributação. Embora estivesse na cara que Reggie não havia entendido grande parte do que eu dizia, o brilho em seus olhos indicava que ele não estava nem um pouco entediado.

Seria possível que eu finalmente houvesse encontrado alguém que achava o que eu fazia interessante?

Levar um vampiro como acompanhante ao casamento de Gretchen parecia um preço pequeno a se pagar por aquilo.

Reggie me abraçou por trás. Ainda estava sem roupa, e seu corpo gelado me fez estremecer de leve. Não importava. Ser abraçada por ele era simplesmente maravilhoso.

— Você é a pessoa mais esforçada, incrível e brilhante que já conheci —murmurou apoiado na minha cabeça, com uma emoção inconfundível na voz. — Não sei o que fiz pra merecer você. Nem sei se mereço, aliás. Mas sou grato mesmo assim.

Engoli em seco.

— Guarde essa gratidão até eu ter feito algo de fato.

Senti que ele balançava a cabeça.

— Você já fez. Mas, bom, tem algo que eu possa fazer pra ajudar? Não quero ficar esperando aqui enquanto você me salva.

Apoiei o corpo no dele.

— Você ainda vai me acompanhar ao casamento da minha prima mês que vem. Então está mais do que pago.

Ele riu.

— É verdade, tem isso. — Reggie se inclinou para beijar minha cabeça. — Mas não é um problema. Estou animado.

Virei o pescoço para encará-lo.

— Está mesmo?

Com um sorriso furtivo, ele disse:

— Estou, mas confesso que é mais porque vou conversar com seu pai sobre história do que qualquer outra coisa. — Depois, acrescentou: — Não posso perder essa chance, já que o casamento marca o fim do nosso acordo.

Reggie ficou em silêncio, mas me apertou com mais força. Uma pergunta pairava pesada no ar.

Eu conseguiria lidar com Reggie se aproximando do meu pai? Mais ainda: eu queria mesmo namorar um vampiro?

Talvez não fosse um problema, uma vez na vida, dar um passo de cada vez. Não sabia como um futuro com Reggie seria, considerando que eu envelheceria e morreria como qualquer outro humano, e ele, não. E certamente não estava preparada para fazer o que Cassie e Frederick estavam planejando fazer. Tinha até dificuldade de imaginar que um dia estaria.

Mas tudo bem. Porque eu sabia que a ideia de nunca mais ver Reggie depois do casamento me deixava triste. Mais que triste. Quando eu pensava em me despedir dele em um mês...

Não.

Se eu sabia alguma coisa, era que não queria *aquilo*.

E talvez fosse tudo que eu precisava saber no momento.

Eu me virei para Reggie e apertei sua mão.

— Mesmo que vocês não consigam falar de história no casamento, vão ter bastante tempo pra isso depois.

O sorriso que Reggie abriu em resposta iluminou o quarto todo.

VINTE E SETE

Para: Amelia Collins (ajcollins@butyldowidge.com)
De: John Richardson (jhcr12345@condewyatt.org)

Cara srta. Collins.

A Fundação Wyatt é muito grata por sua assistência, e eu, pessoalmente, estou ansioso para nossa reunião amanhã de manhã.

Envio anexos outros documentos para que avalie antes do nosso encontro, referentes ao trabalho do grupo com refinarias de petróleo na virada do século XX. Estou certo de que serão de grande importância para nossa declaração.

Atenciosamente,
Dr. J. H. C. Richardson

AMELIA

QUANDO CHEGUEI AO TRABALHO AQUELA MANHÃ, EVELYN Anderson já estava sentada à ponta da mesa de mogno comprida da sala de reunião do trigésimo segundo andar, elegante e serena em um terninho preto impecável.

    Fiquei grata por sua presença. Odiava admitir, mas estava tão sobrecarregava com aquela declaração que corria o risco de não dar conta.

    — O diretor financeiro da Wyatt ainda vem às nove? — perguntou Evelyn, sem parar de digitar no notebook.

Eu nunca tinha visto ninguém realizar mais de uma tarefa ao mesmo tempo de maneira tão eficiente quanto ela. Enquanto aguardava aquele cliente, provavelmente rascunhava um e-mail para outro.

— Vem, sim — confirmei, colocando a bolsa na mesa e pegando o computador. — Recebi um e-mail de John Richardson confirmando o horário.

— Ótimo. — Evelyn apoiou os cotovelos na mesa e se inclinou para a frente, com o queixo apoiado na mão. — Sei que eu disse que queria que você fizesse uma apresentação aos diretores a respeito do cliente, mas depois de dar uma olhada nos documentos e ter uma ideia melhor de como eles são, estou em dúvida.

Evelyn sinalizou a papelada que sua assistente havia preparado para a reunião. Como se a mera presença dos documentos explicasse o que ela queria dizer melhor do que quaisquer palavras poderiam.

Eu vinha sonhando em me provar para os diretores com a apresentação. Mas, sinceramente, aquilo era um alívio.

— Eu entendo.

Porque entendia mesmo. Era um cliente terrível, com uma declaração que provavelmente não tinha como ser salva. O que eu poderia apresentar, de qualquer forma?

— Quando o sr. Richardson chegar, vamos insistir mais uma vez no que ele precisa entregar para continuar sendo nosso cliente. Se até semana que vem não cumprirem o combinado, vamos abrir mão da Wyatt — disse Evelyn. — Eu mesma comunico e seguro a onda, caso ele reaja mal. É o mínimo que posso fazer, considerando tudo pelo que você teve que passar no último mês.

Eu odiava trabalho desperdiçado mais do que qualquer outra coisa na vida, mas Evelyn estava certa. Da perspectiva da empresa, era melhor não investir ainda mais recursos naquilo.

Eu ainda nem entendia o que a Wyatt fazia.

— Mas quem sabe nós duas juntas consigamos alguma coisa? — falei, tentando transmitir uma esperança que não sentia.

Ellen entrou na sala de reunião, carregando uma bandeja com três canecas e uma garrafa térmica.

— O sr. Richardson chegou — disse ela, colocando a bandeja no meio da mesa. — Posso deixá-lo entrar?

— Por favor — pediu Evelyn, alisando a frente da calça com as duas mãos.

Pouco depois, um homem que devia ter uns sessenta anos, com cabelo grisalho e óculos de armação metálica na ponta do nariz, entrou na sala a passos largos. Carregava um saco de papel grande, lotado do que eu só podia imaginar que fossem mais documentos para nos entregar.

Minha decepção foi imediata. Não seria uma reunião rápida, como eu estava torcendo. E eu duvidava que fosse esclarecer alguma coisa.

O sr. Richardson deixou o saco de lado e estendeu a mão para que eu a apertasse.

— Srta. Collins — disse ele, de forma calorosa. — É um prazer finalmente conhecê-la.

— Sr. Richardson.

Apertei sua mão, como fazia com todos os clientes que encontrava pessoalmente, e me surpreendi com como era gelada.

As únicas pessoas que eu conhecia com uma mão igualmente fria eram Reggie e Frederick. Aquilo despertou minha desconfiança, mas procurei deixá-la de lado.

Ele já era um senhor. Talvez tivesse um problema de circulação.

— Obrigada, mais uma vez, por ter concordado em vir — falei, ainda um pouco abalada, enquanto o sr. Richardson se sentava na cadeira à minha frente. Mexi na pilha de papéis mais próxima a mim. — Como falei, espero que, conversando pessoalmente, possamos esclarecer o que precisamos de vocês para agilizar esse processo.

— Seria maravilhoso — concordou o sr. Richardson. Ele apoiou o saco de papel na mesa, o abriu e começou a folhear a papelada. — Foi uma excelente ideia, srta. Collins. Peço desculpas de novo por ficar tão desconcertado diante do processo.

— Não precisa se desculpar — garantiu Evelyn. — Declarações de imposto de renda são complicadas. É nosso trabalho ajudar o cliente a compreender melhor as etapas.

Ela não estava errada: parte do nosso trabalho envolvia tornar as regras tributárias mais simples para os clientes. No entanto, com a dor de cabeça que a Fundação Wyatt estava dando, eu sentia que um pedido de desculpa não era descabido. Fiquei observando temerosa enquanto o sr. Richardson tirava do saco coisas irrelevantes para a declaração.

Por exemplo, um saco de confete. E um panfleto de um banco de sangue na parte sul da cidade.

Pera.

Um banco de sangue?

— Vou pegar água — anunciei, pensando rápido. — Gostaria de um copo também, sr. Richardson?

Ele parou de mexer no saco e olhou para mim.

— Não, obrigado. — Seu tom era neutro. — Não gosto de água.

Quem não gostava de água? A desconfiança que tinha se iniciado com o aperto de mãos ganhou força.

— E um biscoito? — insisti. — Uma assistente administrativa fez biscoitos com gotas de chocolate ontem à noite. São deliciosos.

Ele balançou a cabeça.

— Não gosto de biscoitos.

— O senhor trouxe informes de rendimentos ou recibos do ano passado? — perguntou Evelyn. — É tudo de que precisamos.

— Perdão. O que procuro está em algum lugar nesse saco. Arrá! — gritou ele, de repente, triunfante. — Aqui.

O sr. Richardson dispôs várias folhas de papel na frente de Evelyn, então apontou para o cabeçalho estilizado no topo da página, que eu não conseguia enxergar de onde estava.

Evelyn franziu a testa. O que quer que tivesse lido, não a deixava feliz.

— Não estou entendendo, sr. Richardson. A Wyatt vai mudar de nome?

— Sei que não foi pra isso que contratei vocês — disse ele, envergonhado. — Mas, sim, gostaríamos de mudar nosso nome. Mais especificamente, gostaríamos de mudar nosso nome oficial para aquele que usamos informalmente há séculos.

Há séculos?

Os olhos de Evelyn se arregalaram. Ela externou o que eu só pensara:

— Perdão, o senhor disse "há séculos"?

O sr. Richardson piscou algumas vezes antes de dar uma risadinha e balançar a cabeça.

— É modo de falar, claro. — Outra risadinha nervosa. — Nossa organização não existe há *séculos*. O que eu quis dizer é que gostaríamos de mudar o nome oficial para o nome que usamos informalmente há uma quantidade de tempo que vocês não considerariam estranha.

Ele abriu um sorriso, parecendo satisfeito com a maneira como tinha se virado.

Sentindo um embrulho no estômago, virei os papéis que ele havia mostrado a Evelyn para conseguir ler.

No topo da página, em fonte tamanho trinta e seis, havia duas palavras que àquela altura já estavam gravadas na minha mente.

O Coletivo

Perdi o chão. Senti o sangue pulsando no ouvido.

O grupo que estava atrás de Reggie era o mesmo grupo terrível que eu vinha atendendo.

Bom, pensei, *isso explica a mão gelada. E o pedido para nos reunirmos à noite. E os documentos absolutamente bizarros que tenho recebido.*

Eu me esforcei para permanecer calma, de modo que John Richardson não se desse conta de que eu sabia quem e o que ele era. Como aquilo era possível? Por que vampiros se preocupavam com algo tão mundano como entidades sem fins lucrativos e impostos? Eu tinha a impressão de que dinheiro não era um problema para Frederick e Reggie. Por que seria para o Coletivo?

Percebi que Evelyn fazia algumas perguntas a John Richardson. Provavelmente relacionadas ao fato de que nada do que ele havia trazido nos ajudava na declaração da Fundação Wyatt. Eu não estava concentrada no que eles estavam falando, no entanto. A julgar pelo relógio da sala de reunião, poucos minutos haviam se passado desde que John Richardson jogara aquela bomba, mas fora o bastante para que minha mente começasse a esboçar um plano para salvar Reggie.

— Sr. Richardson — falei, consciente de que precisava agir rápido. — Não vamos demorar muito para entrar com o pedido de mudança de nome. Depois, no entanto, vamos precisar de mais uma reunião. — Evelyn olhou para mim, parecendo perplexa. Provavelmente imaginava que desistiríamos do cliente. Acrescentei: — Só para resolver algumas pendências. Se iríamos entregar a declaração e lidar com o Coletivo, uma segunda reunião presencial seria imprescindível. Antes, no entanto, eu precisava de tempo para pesquisar.

— Claro — disse o sr. Richardson, sorrindo. Sua tranquilidade indicava que ele não fazia ideia do que eu sabia a seu respeito. — Por acaso essa segunda reunião poderia ser à noite? Como falei, costuma ser melhor para mim.

— Não — respondeu Evelyn, séria. — Temos uma política bastante rigorosa quanto a não fazer reuniões fora do expediente.

Não era verdade, mas a rigidez de seu maxilar deixou claro que Evelyn não iria tolerar mais nada daquele cliente. O que era um alívio, de certa forma.

— Durante o dia, então — concordou o sr. Richardson. — Enviarei as opções de data e horário que funcionam para mim.

— Excelente — falei, a mente acelerada. Precisava fazer uma série de coisas o mais rápido possível. Antes, no entanto, tinha que encerrar aquela reunião e colocar o sr. Richardson para fora do prédio. — Acho que por enquanto é isso. Posso acompanhá-lo até o elevador?

....

Quando cheguei ao apartamento de Frederick, ele andava de um lado para outro da sala de estar, com as mãos entrelaçadas às costas. Reggie também se encontrava lá, parecendo aterrorizado. Eu havia mandado mensagem para os dois, explicando o que acontecera, e tinha ido encontrá-los. Quando me viu, Reggie praticamente pulou da poltrona e veio em minha direção.

— Você está machucada? Aquele babaca fez alguma coisa com você?

Frederick parou na hora e ficou olhando para Reggie.

— Você expressando preocupação com outra pessoa? — Ele olhou para mim, parecendo achar graça. — Minha cara, o que fez com meu amigo desprezível?

Eu o ignorei.

— Estou bem — garanti a Reggie. — John Richardson não fazia ideia de quem eu era. No fim da reunião, agradeci pelos documentos e garanti que entraríamos com o pedido de mudança do nome da organização. — Dei de ombros. — Ele foi embora sem estardalhaço e topou outra reunião para resolver qualquer pendência.

Reggie pareceu pelo menos parcialmente satisfeito.

— Não consigo acreditar que a gente não percebeu — comentou ele.

— O quê? — perguntei. — Que o cliente me dando trabalho e os caras perseguindo você eram os mesmos? Até onde sei, a minha empresa não tem o hábito de representar vampiros. As chances de que o Coletivo fosse nosso cliente eram mínimas.

— É, mas... — Ele balançou a cabeça, visivelmente frustrado. — Você não entende. Poderia ter se machucado. E a culpa seria minha.

Senti uma pontada no coração ao ver que ele se culpava por aquela situação bizarra.

— Está tudo bem. John Richardson não faz ideia de quem eu sou ou de que tenho qualquer relação com você. — Pensando na noite em que Reggie e eu nos conhecemos, acrescentei: — Você iria se orgulhar de mim se visse como fingi bem na reunião de hoje.

O comentário me rendeu um sorriso.

— Eu sempre soube que você tinha potencial.

Fiquei vermelha em resposta.

— Bom, se alguém não está nada bem, é aquela fundação sem sentido. — Olhei para Frederick. — Os arrombamento de bancos de sangue talvez dessem em alguma coisa, mas acho que a questão tributária é nossa melhor chance de fazer com que o Coletivo deixe Reggie em paz.

— Como assim? — perguntou Frederick.

— Eles estão pedindo por uma auditoria — expliquei. — Tipo, os caras não sabem a diferença entre I-9, W-4 e 990, pelo amor de Deus, e olha que passei a maior parte do último mês tentando explicar isso a eles. — Balancei a cabeça. — A Receita está prestes a tirar o status de 501(c)(3) deles, apesar dos nossos esforços. E, sinceramente, com o desastre que são os registros deles, eu não ficaria surpresa se o Coletivo acabasse com um valor tão alto para pagar em impostos atrasados que nunca tivesse como se recuperar.

Reggie soltou um gemido baixo.

— Você fica tão linda quando fala de imposto.

Frederick pigarreou.

— Concentre-se, Reginald.

Reggie olhou feio para o amigo, depois suspirou e se afastou de mim, claramente contra sua vontade.

— Tá — resmungou.

— Ainda estou trabalhando em um plano pra derrubar os caras — anunciei.

— Quero participar — insistiu Reggie.

Dei um tapinha no braço dele.

— Você vai participar, prometo. Agora me diz: o Coletivo tem medo de alguma coisa? — perguntei. — Tem alguém que possa colocar um pouco de bom senso na cabeça dos caras? Quando acessar a conta da empresa no GuideStar, desconfio de que vou encontrar tudo de que preciso saber sobre eles sob o nome da Fundação Wyatt, porque, para a Receita, o Coletivo é uma entidade sem fins lucrativos. Todos os dados financeiros deles devem estar disponíveis. Mas vou me sentir melhor se não estiver sozinha na reunião. — A ideia de ameaçá-los sozinha me parecia aterrorizante. — Vocês não conhecem alguém assustador que estaria disposto a me acompanhar?

— Não consigo pensar em ninguém de quem o Coletivo tenha medo — disse Frederick. — Os integrantes são basicamente crianças mimadas com o dom da imortalidade. Embora hoje não passem de uma pedra no sapato da comunidade vampírica, em geral são tratados com indulgência, por conta da influência que já tiveram.

— Mesmo quando fazem coisas assim? — perguntei, sem conseguir acreditar.

Frederick olhou para Reggie.

— Como posso explicar com a devida delicadeza?

Reggie suspirou.

— Desembuche logo.

— Reginald não conquistou muitos fãs ao longo dos séculos — disse Frederick. — Mesmo quem se vê tentado a dar um fim às bobagens do Coletivo não faria isso por conta dele.

— Tá — falei. — E alguém que assuste os vampiros em geral?

Frederick e Reggie se entreolharam.

— Zelda? — sugeriu Reggie.

Frederick estremeceu.

— Céus. Ela, não.

— Exatamente. — Reggie estalou os dedos. — A maioria de nós tem medo dela, não tem?

— Quem é Zelda? — perguntei.

— Uma bruxa profundamente mal compreendida ao longo dos séculos — disse Reggie.

Frederick zombou daquilo.

— Nem tanto. Ela gosta de ser chamada de Grizelda, a Terrível, um apelido que inventou. Zelda tinha um caldeirão no jardim da frente de casa, para cozinhar crianças.

— Lenda urbana — rebateu Reggie.

Frederick o encarou, sério.

— Acho que você está deixando que o passado de vocês atrapalhe seu julgamento.

Uma pontada de algo que parecia desconfortavelmente com ciúme me fez prestar atenção.

— Que passado?

Quando Reggie respondeu, foi com tanta relutância que as palavras pareciam arrancadas dele contra sua vontade:

— Zelda e eu costumávamos pregar peças em alguns dos integrantes mais irritantes da comunidade. — Reggie olhou para Frederick como se pudesse matá-lo antes de acrescentar: — Qualquer boato de que Zelda e eu fomos mais do que amigos é infundado.

Olhei para Frederick, para verificar sua reação. Ele não parecia convencido, mas ficou quieto.

Senti as bochechas queimarem. Aquilo era ridículo. Mesmo que o tal boato não fosse infundado, Reggie tinha centenas de anos. Esperar que ele nunca tivesse se relacionado com alguém antes de mim seria absurdo.

Eu não precisava gostar daquilo, no entanto.

— Acha que o Coletivo tem medo dela? — perguntei a Frederick, tentando me concentrar em algo mais tranquilo.

— Não sei o que se passa pela cabeça deles, mas provavelmente. A maior parte dos vampiros tem.

Pensei a respeito.

— Tem alguma coisa sobre ela nos *Anais*? — perguntei. — Talvez algo que a gente possa usar pra convencer o Coletivo a deixar Reggie em paz.

A expressão de Frederick se iluminou.

— Nos *Anais*? — De novo, ele me lembrou tanto meu pai nas poucas vezes em que lhe faziam uma pergunta sobre história que até me assustei.

— Você pode consultar, se quiser. Preciso resolver uma questão urgente para Cassie, então não posso ficar para ajudar. — Frederick olhou para Reggie. — Pode mostrar para Amelia onde guardo os livros?

Reggie assentiu.

— Claro. Vai lá ajudar sua noiva.

Os olhos de Frederick brilhavam.

— Obrigado. — Então ele se virou para mim e disse: — Volto em algumas horas. No meio-tempo, por favor, não perturbem a Cassie. Ela está dormindo, e precisa de muito descanso nos próximos dias.

Minhas sobrancelhas se ergueram na mesma hora. O que ela teria, para precisar de dias de descanso?

— Está tudo bem com a Cassie?

— Vai ficar — garantiu Frederick, então olhou para Reggie, como se buscasse uma confirmação daquilo.

— Vai ficar — repetiu Reggie, reassegurando-o. — Eu juro, Freddie.

— Certo, certo — disse Frederick, tão baixo que era como se falasse aquilo para si mesmo. Depois se virou para mim. — Reginald pode explicar melhor, se quiser.

Assim que Frederick saiu do apartamento, perguntei a Reggie:

— O que a Cassie tem?

— Eles ficaram noivos ontem à noite. E então Freddie... — Ele coçou a nuca, sem concluir a frase. — Ele transformou a Cassie. Quando ela acordar, será uma vampira.

Fiquei boquiaberta. Embora soubesse que iria acontecer, nada poderia ter me preparado para a realidade daquilo.

Cassie, uma pessoa que eu conhecia praticamente desde sempre, tinha virado uma vampira. Eu havia presenciado o modo como ela olhava para Frederick, e não era insensível a ponto de não reconhecer o amor no rosto de uma pessoa... mas mesmo assim. A ideia de que Cassie havia escolhido aquilo, para poder ficar com Frederick para sempre, era difícil de processar.

— Nossa — falei.

O que era pouco.

— É — concordou Reggie. — Não sei exatamente o que um vê no outro, mas depois de séculos tenho experiência o suficiente para saber que o que os dois têm é muito real.

— Sam vai surtar — falei.

— Provavelmente. Mas não é problema seu. Cassie vai ter que lidar com isso quando acordar.

— Será que não? Ele é meu irmão.

A visão de mundo de Sam era bem rígida. Como a minha sempre tinha sido. Mesmo que eu não viesse a fazer a mesma escolha que Cassie, Sam provavelmente reprovaria minha situação atual se ele soubesse quão longe Reggie e eu já tínhamos ido.

Reggie deve ter percebido que aquilo estava mexendo comigo, porque, assim que pensei que precisava de um abraço, ele se levantou da poltrona e eu estava em seus braços.

— Um passo de cada vez — murmurou Reggie contra minha cabeça, antes de beijá-la de levinho. — Você pode se preocupar com Sam e Cassie quando isso for um problema. Por enquanto, não tem por que pensar nisso.

Afundei o rosto em seu peito.

— Me preocupar com as coisas antes que elas aconteçam é meio que minha marca registrada.

Ele riu.

— Então é melhor trabalhar nisso. — Reggie ficou em silêncio por um momento, depois se afastou para olhar bem nos meus olhos. — Já pensou em comprar um planner?

VINTE E OITO

**Trecho dos Anais do saber vampírico,
décima sétima edição**

"Índice de bruxas e vampiros famosos", pp. 1123-4

Watson, Grizelda (n. ~1625): Pouco se sabe sobre a vida de Grizelda Watson antes do fim do século XVIII. Conhecida como Zelda pelos amigos, ela é uma das bruxas mais poderosas de que se tem notícia e a primeira a ganhar proeminência, devido a um talento até então incomparável pelo drama e uma propensão a pregar peças inusitadas. Sua fama cresceu exponencialmente no último quarto do século XIX, quando ela adotou o apelido de Grizelda, a Terrível. Acredita-se que Watson tenha promovido uma série de incêndios criminosos no noroeste dos Estados Unidos e em Chicago no início do século XX. "Gosto de ver as coisas pegarem fogo", teria dito ela.

Um envolvimento romântico entre Watson e Reginald Cleaves (ver pp. 2133-5) foi apontado em mais de uma ocasião, considerando as similaridades entre suas personas públicas. Quando perguntadas a respeito, ambas as partes negaram qualquer relacionamento além de uma amizade próxima.

Watson apareceu poucas vezes em público no fim do século XX. Em 2010, ela foi vista em uma feira em Napa, e aparições subsequentes confirmaram que agora atende pelo nome de Zelda Turret, virou vegana e é dona de um estúdio de hot ioga bastante popular.

Antes de se retirar da sociedade vampírica, Watson era famosa por dizer: "Viva cada momento como se fosse o último." Nas últimas décadas do século XX, ela teve um grupo de seguidores, muitos dos quais adotaram essa frase como mantra. Camisetas com esse bordão ainda podem ser encontradas à venda on-line.

AMELIA

DEPOIS QUE FREDERICK SAIU PARA IR ATRÁS DO QUE QUER QUE Cassie precisava, Reggie e eu reviramos os *Anais* juntos para ver se encontrávamos alguma coisa de útil sobre Grizelda. Logo ficou claro que aqueles livros eram a coisa mais antiga que eu já tinha visto, incluindo os volumes da biblioteca da Universidade de Chicago. A caligrafia em que o título da capa fora escrito era tão rebuscada que eu mal conseguia ler.

— Não acredito que Frederick tem uma antiguidade dessas assim em casa — comentei, maravilhada. — Ele separou alguns trechos pra mim, no outro dia, para ver se ajudava, mas mal consegui compreender aquela velharia.

Reggie riu.

— Se você acha os *Anais* uma velharia, precisava ver as roupas que Freddie usava antes de conhecer Cassie.

A julgar pelo modo como Frederick falava, não era difícil imaginar que ele se vestisse como se fosse mesmo de outra época.

Finalmente encontramos o texto sobre Grizelda e o lemos juntos. Senti as bochechas ficarem vermelhas com a breve menção a um envolvimento romântico com Reggie, mas ele não esboçou reação, então procurei deixar para lá.

— Eu não sabia que Zelda tinha se mudado para a Costa Oeste — comentou Reggie, parecendo admirado. — Bom pra ela.

— Acha que Zelda toparia ajudar?

Reggie balançou a cabeça.

— Se ela desapareceu e se deu ao trabalho de adotar outra identidade, deve ter sido pra deixar a reputação pra trás. — Ele mordeu o lábio, pensativo. — Imagino que não vá gostar que alguém dos velhos tempos apareça pedindo ajuda.

— Tá — falei, um pouco aliviada.

Pedir ajuda a uma bruxa famosa que eu não conhecia me intimidava um pouco, de qualquer maneira. Principalmente considerando sua história ambígua com Reggie. No entanto, se não pedíssemos ajuda a Grizelda, impostos eram tudo o que tínhamos para assustar o Coletivo. Eu confiava no meu conhecimento do Código Tributário, mas não poderia dizer o mesmo da minha capacidade de intimidar um grupo de vampiros vingativos.

Mas eu poderia me preocupar com aquilo depois. No momento, estava ocupada com o que talvez fosse o primeiro livro de história que despertava meu interesse. Queria dedicar toda a minha atenção a ele.

— Tem uma coisa que não estou entendendo. — Retornei à folha de rosto e apontei para a data. — A capa parece tão antiga, mas aqui diz que a publicação é de 1873. E o texto sobre Grizelda cobre até poucos anos atrás.

Reggie assentiu.

— Tem um comitê que atualiza esse troço. — Ele deu de ombros. — Só que de forma um pouco aleatória, então tem algumas coisas *bem* desatualizadas. Acho que a parte de séries de TV não é atualizada desde que M*A*S*H saiu do ar, por exemplo. Mas é melhor do que nada.

— Que fascinante — comentei, sincera, então outra coisa me ocorreu.

— Você está no índice de bruxas e vampiros famosos?

Os olhos de Reggie se arregalaram por uma fração de segundo antes que se recuperasse.

— Não — disse ele, olhando para as próprias mãos.

— Está me dizendo a verdade? — perguntei.

— Claro que sim. — Reggie pigarreou. — Bom, acho que já lemos o bastante. Quer fazer *qualquer outra coisa*?

Reggie fez menção de pegar o livro, mas eu o impedi.

— Se você não está no índice, então posso dar mais uma olhadinha.

Ele piscou algumas vezes.

— Por que você faria isso?

— É interessante — falei. — E quero saber o que um vampiro precisa fazer pra entrar nessa lista. Se nem o principal suspeito de um incêndio do século XIX consegue, nem consigo imaginar o que...

— Tá — me cortou Reggie. Depois de um longo suspiro, ele confessou:
— Eu estou aí, sim. Mas não quero que você leia. Não tem nada que você não saiba, mas ver meu passado entrando para a história assim... — Reggie balançou a cabeça. — Tenho a impressão de que sempre vou ser definido pelo que fiz séculos atrás, e odeio isso.

Vendo que ele estava genuinamente chateado, fechei o livro.

— Tá bom.

— Obrigado. E eu estava falando sério quando disse que você já sabe tudo que tem aí a meu respeito. Bom, talvez você não saiba que tive um fã-clube. — Um canto de sua boca se ergueu. — Eu contei? Era muito divertido.

Eu estava em dúvida se era brincadeira ou não, o que por si só já tinha graça, mas decidi não insistir.

— Então... — Eu me inclinei para ele, até que nossos lábios quase se tocassem. — O que você quer fazer em vez de ler os *Anais*?

— Temos o apartamento só para nós. Eu poderia aproveitar a oportunidade pra agradecer por tudo que você está fazendo pra me ajudar.

Reggie me deu um beijo demorado, e depois outro, exatamente onde havia mordido meu pescoço na noite anterior, deixando suas intenções bem claras. A sensação de sua boca na minha pele fez eu me esquentar toda por dentro.

— Cassie está aqui — lembrei. — Não estamos a sós.

No entanto, enquanto a boca aberta de Reggie subia pelo meu pescoço plantando beijos, o desejo tomava conta de mim. Fazia apenas algumas horas desde a última vez, mas aquilo era o suficiente para que eu já quisesse ir para a cama com ele de novo.

— Cassie vai passar dias dormindo — murmurou Reggie contra minha pele. — É só a gente não fazer barulho. Ela não vai ouvir.

— Não vou mesmo?

A voz de Cassie pareceu um sino ecoando pelo apartamento em silêncio. Reggie e eu nos separamos com um pulo, como dois adolescentes.

Ela se encontrava ao fim do corredor, à porta do quarto onde estivera dormindo. Mesmo de longe, dava para ver que tinha algo de diferente nela. Se não soubesse o que era, no entanto, eu não teria como apontar exatamente o quê. Cassie parecia mais alta. A postura, mais confiante. Era difícil conciliar aquela pessoa com a Cassie que eu conhecia havia anos como a melhor amiga do meu irmão.

— Cassie! — Reggie se levantou da poltrona, deixando para trás qualquer intenção de me seduzir, então foi até ela e levou a mão a seu cotovelo.

— Você está bem? Ainda não é hora de acordar.

— Estou bem. — A voz dela soava diferente. Mais rouca. Eu não sabia se era porque Cassie acabara de acordar ou se as mudanças que tinham acontecido em seu corpo haviam impactado suas cordas vocais. — Só com fome. É... bem desagradável.

Ela levou as mãos ao pescoço, e eu notei que tremiam um pouco.

— Eu sei. Sinto muito. Freddie já foi atrás de algo pra você — garantiu Reggie. — Mas ele não achava que você já fosse acordar, então talvez demore um pouquinho.

Cassie assentiu, depois olhou para mim.

— Amelia. Oi. — Ela fechou os olhos, depois inspirou fundo pelo nariz e soltou o ar. Seu corpo todo estremeceu. — Acho que é melhor eu não ficar perto de você ainda. Não estou... me sentindo eu mesma.

Na cama, na noite anterior, Reggie tinha me contado que suas lembranças humanas eram confusas. Ele as comparara com fotografias desbotadas da vida de outra pessoa. Seria porque fazia tempo demais que ele havia sido humano? Ou acontecia alguma coisa com a memória da pessoa quando ela se tornava um vampiro?

Era aquilo que Cassie queria dizer, com não se sentir ela mesma? Sam ficaria arrasado se sua melhor amiga não se lembrasse dele após a transformação.

— É melhor você ir descansar — disse Reggie. — Quando acordar, Freddie já vai ter trazido algo pra você comer.

A menção ao noivo fez Cassie sorrir. Pelo menos parte de sua memória permanecia intacta.

— Acho que o cansaço chega a ser maior do que a fome — admitiu ela.

— Voltar pra cama parece uma ótima ideia. Não vão achar grosseria da minha parte deixar vocês sozinhos aqui?

— A única coisa que eu acho grosseira é a sua arte — brincou Reggie, sorrindo. Cassie conseguiu dar uma risadinha fraca. Ele estava tentando tranquilizá-la. Ah, aquele homem... — Agora vá dormir.

Quando ficamos sozinhos novamente, Reggie se sentou na poltrona ao lado da minha, os cotovelos apoiados nos joelhos, então me olhou com curiosidade.

— No que está pensando?

Eu tinha tanta coisa na cabeça que nem conseguia responder àquela pergunta. Meus pensamentos se alternavam entre o Coletivo, a escolha que Cassie havia feito e a escolha que eu talvez tivesse que fazer no futuro, caso quisesse ficar com Reggie. Meu instinto me dizia para não me levantar daquela poltrona enquanto cada peça do quebra-cabeça à minha frente não tivesse se encaixado e os dez anos seguintes da minha vida fossem cuidadosamente planejados. No entanto, eu sabia que aquilo era impossível.

Eu finalmente estava me dando conta de que alguns quebra-cabeças só podiam ser montados com o passar do tempo.

— No que estou pensando? — repeti. Se dividisse aquilo com Reggie, ele ia se sentir culpado. Ou coisa pior. — Estou pensando que gostaria que você me abraçasse um pouquinho.

Pelo menos aquilo era verdade.

Não precisei pedir duas vezes. Seus braços me envolveram assim que as palavras saíram da minha boca, o abraço firme e reconfortante.

Então, como se lesse minha mente, Reggie disse:

— Não espero nada de você, Amelia. Nunca pediria que fizesse algo que não quisesse fazer. — A emoção perceptível naquelas palavras tocou meu coração. — Eu juro.

Enlacei seu pescoço com os braços e me afastei para encará-lo.

— E se você mudar de ideia? E se em vinte anos você não quiser mais estar com alguém que as pessoas poderiam achar que é sua mãe?

Ele abriu um sorriso torto.

— Uma semana atrás, você disse que nunca mais nos veríamos depois do casamento de Gretchen. Agora já estamos planejando sua aposentadoria?

Abri a boca para responder, mas voltei a fechá-la quando me dei conta de que ele havia descrito exatamente o que eu estava fazendo.

— Amelia — prosseguiu Reggie —, quero todas as partes de você que estiver disposta a oferecer. Planejar o futuro na maior parte das vezes acaba se provando um desperdício de tempo.

— Talvez um dia você queira mais que isso — falei. Como ele não enxergava? — Você não tem como saber agora o que vai querer lá na frente.

Reggie se inclinou na minha direção e deu um beijo demorado no canto da minha boca. Fechei os olhos, desfrutando da doçura do momento.

— *Se* eu mudar de ideia, a gente conversa a respeito — prometeu. — Mas não acho que eu vá mudar de ideia quanto a pedir a você que mude quem é só pra que possamos ficar juntos pra sempre.

Reggie se afastou para olhar bem nos meus olhos. Eu me perguntei se ele sabia que eu já sentia falta de sua boca na minha, ou se fazia ideia do friozinho na barriga que a expressão "pra sempre" me provocava.

VINTE E NOVE

De: John Richardson (jhcr12345@condewyatt.org)
Para: Amelia Collins (ajcollins@butyldowidge.com)
Assunto: Reunião

Cara srta. Collins,

Estou ansioso para encontrá-la uma última vez com o objetivo de deixar nossa declaração em ordem. Antes, no entanto, tenho algumas perguntas a fazer.

Primeiro: seria útil se outros integrantes da Fundação Wyatt (agora o Coletivo) comparecessem à reunião, para o caso de conseguirem recordar detalhes de que não sou capaz?

Segundo: os documentos que enviei na semana passada sobre a atuação beneficente de nossa organização na França durante a Primeira Guerra foram de alguma serventia?

Terceiro (desconfio de que a resposta vá ser não, mas não custa tentar): a reunião realmente não pode ser realizada à noite?

Atenciosamente,
John Richardson

REGINALD

FIQUEI MEIO SEM TER O QUE FAZER NO APARTAMENTO DE AMELIA enquanto ela se preparava para a reunião com John Richardson no dia seguinte. Ela me pediu que fosse até lá para lhe fazer companhia e opinar sobre as ideias dela. Como eu poderia negar?

Amelia estava salvando a minha pele.

E eu desconfiava fortemente de que estava me apaixonando por ela. Ou melhor.

Eu desconfiava fortemente de que estava apaixonado por ela.

Por séculos, eu havia tirado sarro de homens que não conseguiam negar a suas parceiras qualquer coisa que pedissem. E estava fazendo a mesma coisa.

— Ainda bem que Fundação Wyatt é um nome mais específico que Coletivo — comentou Amelia, do escritório improvisado na mesa da cozinha. Fazia três horas que ela estava trabalhando, enquanto eu zanzava pelo apartamento e fazia panquecas. Aquela cena tão doméstica, com Amelia trabalhando e eu cuidando dela, me dava um aperto no peito. — A busca no GuideStar poderia levar dias sem isso. Talvez semanas.

Os dedos dela voavam sobre o teclado. O cabelo estava preso em um coque alto e bagunçado, para não cair no rosto enquanto ela trabalhava. Eu não fazia ideia de como Amelia conseguia digitar tão rápido. Tampouco fazia ideia do que era GuideStar, ou do motivo pelo qual Fundação Wyatt era um nome que servia melhor aos nossos propósitos que Coletivo. Aquilo claramente a deixava feliz, no entanto, a julgar pelo modo como seus olhos brilhavam enquanto ela anotava coisas no bloco que mantinha ao lado do teclado.

Por um momento, pensei em fazer algumas perguntas, mas segurei a língua. Eu provavelmente não entenderia as respostas. No momento, Amelia precisava das panquecas que eu estava tentando fazer, e não de alguém que não sabia absolutamente nada sobre imposto de renda a atrapalhasse. Felizmente, como eu aprendera que não podia colocar uma grande quantidade de bicarbonato de sódio na massa, aquela leva iria sair muito melhor que a de Wisconsin.

Pelo menos a cozinha não estava cheirando a queimado.

— Uau — disse Amelia, então assoviou baixo. — Olhe só isso. A menos que por uma falha técnica a restituição deles não esteja sendo carregada no GuideStar, o que *nunca* acontece num caso dessa escala, a

Fundação Wyatt e o Coletivo não enviam uma declaração há mais de cinquenta anos.

Aquilo eu conseguia entender. Mais ou menos.

— Isso parece bem ruim.

Amelia assentiu, os olhos brilhando.

— E é. Se a Receita descobrir, os palhaços vão perder a isenção de impostos. E em consequência vão estar devendo um valor absurdo de impostos atrasados. Como eu disse no outro dia, talvez acabem até sendo presos.

Fui até onde Amelia estava sentada e a abracei por trás. Apoiei a bochecha em sua cabeça e dei uma olhadinha no monitor do computador. Os números na tela não significavam coisa alguma para mim. O fato de que algo tão complicado, tão além da minha compreensão, fazia todo o sentido para ela provavelmente era a coisa mais sensual que eu já tinha visto.

Minha, pensei, possessivo. Então a abracei mais forte, fechei os olhos e desfrutei do doce calor dela. *Esta mulher brilhante é minha.*

Pelo tempo que ela quiser.

Balancei a cabeça, tentando afastar o pensamento e me concentrar no que Amelia dizia.

— Acha que eles fizeram de propósito? — perguntei, sentindo seu cabelo macio na bochecha e quase me deixando distrair pelo perfume. Aquele não era o momento de pensar no quanto eu queria soltar o coque dela e passar os dedos por entre os fios. — O Coletivo provavelmente vai dizer que não sabia o que estava fazendo. Vampiros não se viram muito bem no mundo moderno.

— Não faz diferença, se foi intencional ou não — disse Amelia, muito séria.

— Não?

Ela se virou um pouco nos meus braços, só para me olhar de frente.

— Não compreender uma lei não invalida a infração dela.

Aquilo parecia injusto.

— E se você for um vampiro sem noção?

Amelia sorriu.

— Eu precisaria confirmar, mas tenho quase certeza de que ser um vampiro não invalida a infração também. *Muito menos* ser um vampiro que tenta se aproveitar das isenções fiscais dos mortais.

— Nossa. — Balancei a cabeça. — Está me dizendo que depois de séculos sendo babacas completos, o fim do Coletivo vai vir de algo tão bobo quanto se atrapalhar com a declaração de imposto de renda?

Pensando a respeito, era quase engraçado.

— Foi assim que pegaram Al Capone — disse ela. — Então tem precedente.

— O bom e velho Al Capone... — Soltei um suspiro, sentindo uma saudade repentina dos anos 1920. — Ele era meio cretino, mas dava cada festa...

Amelia sorriu para mim.

— Você *conheceu* Al Capone?

— Acho que conheci todo mundo que teve alguma importância nos últimos séculos — menti, pomposo.

Amelia ergueu uma sobrancelha, desconfiada, o que me arrancou um sorriso. Aquela mulher sabia quando eu estava falando besteira, e ainda assim queria passar um tempo comigo...

Era quase bom demais para ser verdade.

— Você que é bom de enrolar... — disse Amelia, sorrindo. — Pode me ajudar a responder a esse e-mail que John Richardson acabou de me mandar?

— Eu não estava enrolando — falei, fingindo que me sentia ultrajado. Duvidava de que aquilo iria colar, no entanto, porque eu sorria de uma orelha a outra. — Mas claro que posso ajudar. Se você acha que sim. O que o e-mail diz?

Ela apontou para a tela, e eu me debrucei para ler por cima de seu ombro.

— Sobre isso aqui, de ter mais gente do grupo na reunião — falei, apontando. — Melhor, não.

Amelia franziu a testa.

— Não acha que economizaria nosso tempo se o grupo todo estivesse presente? Talvez assim eles enxergassem que não tem saída mais rápido.

Balancei a cabeça.

— Diz o que for preciso pro cara ir sozinho à reunião. Ele pode nem desconfiar agora, mas vai quando você começar a falar. Ainda mais quando me vir com você.

Assim que Amelia me contara sobre o plano de confrontar Richardson no escritório, eu insistira em acompanhá-la. *Pra sua proteção*, argumentei. Caso contrário, ficaria morrendo de preocupação.

O medo do que poderia acontecer a Amelia voltou a tomar conta de mim só de pensar nela dividindo uma sala com mais de um integrante do Coletivo.

Não.

De jeito nenhum.

— A última coisa de que precisamos é que John Richardson tenha reforços — expliquei.

A maior parte dos vampiros não se comportaria tão bem quanto Frederick e eu em um prédio repleto de humanos. O Coletivo provavelmente escolhera John Richardson para ser o contato de Amelia porque ele se comportava melhor com humanos que os outros. Era muito provável que o sujeito não começasse a morder contadores indiscriminadamente. Mas não dava para ter certeza de que o restante do Coletivo conseguiria se conter da mesma maneira.

Mantive esses pensamentos só para mim — não havia necessidade de assustar Amelia. Principalmente se outros integrantes do Coletivo não estivessem presentes na reunião.

— Tá — concordou ela. — Vou dizer que é melhor ele ir sozinho.

— Ótimo — falei, satisfeito.

— Mais algum comentário? — perguntou Amelia, voltando a olhar para a tela.

— Sim. Diga que ele é um babaca cretino.

— Não vou dizer isso.

— Por favor — pedi, batendo os cílios.

Ela riu.

— Eu adoraria, mas não posso. O cara ainda é meu cliente.

— Eu digo, então — falei, tirando o computador dela e fingindo digitar, enquanto Amelia me dava tapinhas no ombro.

— Em vez disso, por que não traz as panquecas que você fez pra mim? — Amelia pediu, segurando meu braço. — O cheiro está ótimo.

Olhei para onde ela me tocava. Sua mão macia e quente parecia ainda mais branca em contraste com minha camisa escura. Eu sentia o calor de seu toque como se a barreira da roupa não existisse.

Seria sempre assim entre nós dois? Eu cuidaria dela, cozinhando e fazendo-a rir sempre que ela precisasse de uma pausa? Ela acharia graça das minhas piadas, ficaria grata pela minha companhia e seguraria minha mão sempre que o mundo parecesse pesado demais?

Precisei fechar os olhos diante daquela alegria ofuscante.

Só precisávamos passar pelo dia seguinte e aquilo poderia ser nosso.

— Vou pegar as panquecas — falei, quando consegui recuperar a voz.

— Espero que goste.

TRINTA

*Troca de mensagens entre **Reginald Cleaves**
e **Frederick J. Fitzwilliam***

REGINALD: E a Cassie?

FREDERICK: Está melhor. Continua dormindo a maior parte do tempo, mas consegue passar intervalos mais longos acordada. E tem tomado O+ direitinho
FREDERICK: *O que esperar* e *Anais* dizem que em uma semana ela deve estar mais ou menos igual a antes

REGINALD: Que bom
REGINALD: Olha
REGINALD: Não estou perguntando por um motivo específico
REGINALD: Só por curiosidade, e porque sempre preciso saber dos detalhes da sua vida
REGINALD: Mas depois de quanto tempo juntos vocês começaram a falar sobre "para sempre"??
REGINALD: Você sabe, no sentido vampírico

FREDERICK: Só por curiosidade?

REGINALD: Isso

REGINALD: E porque me importo com você, meu amigo mais antigo, e quero saber mais sobre sua vida

FREDERICK: Você NUNCA teve o MENOR interesse na minha vida

REGINALD: Não é verdade. Lembra que eu perguntei naquela festa em Madri sobre a mulher com quem você estava conversando?

FREDERICK: Você só perguntou porque queria dormir com ela e depois se alimentar dela, não porque se importava com minha vida

REGINALD: Você está me insultando
REGINALD: Mas, tá, é verdade

FREDERICK: Seja sincero. Você está pensando em pedir a Amelia que considere a possibilidade de ser transformada?

REGINALD: Não!
REGINALD: De jeito nenhum
REGINALD: De onde você tirou essa ideia?

FREDERICK: Ah, seu idiota...

AMELIA

ENTRAR NO ELEVADOR DO TRABALHO COM REGGIE DE UM LADO e Frederick do outro estava no topo da lista de experiências mais surreais da minha vida. Pelo menos até irmos para a sala de reunião, onde encontraríamos John Richardson. Aí entrar no elevador caiu para segundo.

O desconforto da situação, no entanto, me distraía do quão nervosa eu estava por dentro. Minha ansiedade com aquela reunião era tamanha que eu nem tinha conseguido tomar o café da manhã, mesmo com Reggie insistindo para que eu desse algumas colheradas no cereal.

Se tudo corresse bem, eu iria me livrar de uma vez só do pior cliente que já havia tido e dos vampiros bizarros que perseguiam Reggie fazia anos. Seria o exemplo mais extremo de matar dois coelhos com uma cajadada só que eu já tinha vivenciado. E, basicamente, cabia a mim conseguir aquilo.

A pressão que eu sentia era enorme.

— Não acha que deveria ter se vestido melhor para a ocasião? — perguntou Frederick a Reggie com um desdém declarado, mantendo a voz baixa para não correr o risco de ser ouvido.

— Não — disse Reggie, sem maneirar no volume. — Eu quis me vestir exatamente como gosto para esta reunião. Chega de me esconder.

Com aquilo, ele queria dizer uma saia xadrez marrom e branca com uma camiseta escrito "A culpa não é minha, sou só o Todd!" e coturnos pretos. Na minha opinião, a combinação o deixava mais gato do que parecia possível, embora eu não tivesse certeza de que conseguiria admitir tal coisa em voz alta.

— Mas estamos em um ambiente de trabalho — argumentou Frederick, exasperado. — Se não tem respeito por si mesmo, deveria pelo menos ter pelos profissionais que trabalham aqui.

Abri a porta da sala onde a reunião seria realizada e deixei que os dois entrassem. Minha assistente havia deixado a papelada de que precisaríamos na mesa. O nó de tensão que me acompanhava a manhã toda se desfez um pouco.

Menos uma coisa com que me preocupar.

Reggie deu sequência à discussão com Frederick.

— Eu respeito as pessoas que trabalham aqui. O modo como me visto não tem a ver com isso. — Ele puxou uma cadeira e se sentou. Depois se virou para mim e acrescentou, parecendo um pouco mais preocupado: — Espero que minha roupa não traga problemas pra você. Desculpe não ter perguntado antes.

— Não tem problema — falei, e me sentei à ponta da mesa. — Se tudo sair como planejado, no fim da reunião ninguém vai se importar com o que qualquer um de nós está usando. — Olhei para os dois antes de perguntar: — Todos sabem o que devem fazer?

— Acho que sim — disse Reggie. — Mas por que não explica mais uma vez, só pra garantir?

Frederick se sentou ao lado de Reginald e sorriu para ele.

— O plano é simples. — Depois Frederick fingiu sussurrar no ouvido do amigo: — Você só gosta de ver Amelia no comando, não é?

— Não — disse Reggie, olhando feio para ele. Depois murmurou baixo:
— Sim.

Seria possível entrar em combustão devido a uma mistura de constrangimento, afeto e desejo? Eu me forcei a ignorar a vermelhidão que senti surgindo nas bochechas. Precisava me concentrar. Estávamos no meu ambiente de trabalho, e em alguns minutos teríamos uma reunião muito importante com o chefe de um grupo de vampiros vingadores. Como a reunião correria dependeria majoritariamente de mim.

Tive um momento de desorientação ao me perguntar, pela décima vez só naquela manhã, como aquilo podia estar acontecendo.

— Vou repassar tudo, só pra garantir — concordei.

Reggie abriu um sorriso largo.

— Sou todo ouvidos.

Frederick soltou uma risadinha irônica.

— Eu tenho uma série de coisas pra fazer — comecei a falar, ignorando aquilo. — Primeiro, vou comunicar a John Richardson, em nome da Butyl e Dowidge, que não atenderemos mais a Fundação. Vou informar as consequências de sua falha em apresentar a documentação completa e quanto eles devem em impostos, depois vou explicar como estão encrencados com a Receita e talvez até mesmo com o Departamento de Justiça, se os entregarmos. — Fiz uma pausa antes de prosseguir. — Também vou deixar claro que sei exatamente o que eles são, embora ninguém mais na empresa saiba. E que, se eles não fizerem estardalhaço e prometerem deixar Reggie em paz para sempre, as coisas vão continuar assim.

— Depois que você fizer a parte mais difícil — me interrompeu Reggie —, vou explicar que não tive a ver com o Incidente e que, mesmo que fosse responsável, já faz mais de um século, e os caras precisam arranjar coisa melhor pra fazer com o tempo deles. Se não funcionar, vou me oferecer pra ajudar a descobrir os verdadeiros responsáveis.

Aquilo me surpreendeu. A oferta não era parte do plano com que havíamos concordado na noite anterior, enquanto eu comia panquecas e ele e Frederick devoravam bolsas de sangue.

— Vou me *oferecer*, claro, mas se aceitarem não vou me esforçar muito — explicou Reggie. Diante da minha cara de interrogação, ele acrescentou: — A pessoa responsável pelo incêndio provavelmente teve seus motivos. Não tive a ver com a história, mas não fico triste pelo que aconteceu. Não vou dedurar quem foi. — Depois de um momento de silêncio, ele concluiu: — Quem quer que tenha sido.

Fiquei olhando para Reggie. Então ele sabia quem era o culpado?

Antes que eu pudesse perguntar qualquer coisa, Frederick começou a falar:

— Eu farei o papel do adulto responsável, por assim dizer. — Ele lançou um olhar bastante significativo a Reggie. — Minha presença vai garantir que o Coletivo saiba que vocês não estão agindo por conta própria e que têm apoio da comunidade vampírica mais ampla.

— Ótimo. — Inspirei fundo e soltei o ar devagar. Iria funcionar. — Alguma pergunta de última hora?

Naquele exato momento, a porta da sala de reunião se abriu e Evelyn Anderson entrou com John Richardson.

Ao vê-los, entrei em pânico. Não podia haver mais alguém da empresa presente. Pretendíamos barganhar justamente com o fato de que ninguém além de mim saberia a verdade sobre a organização, desde que o cara e seus capangas concordassem com nossas exigências.

Não poderíamos falar abertamente da situação na frente de Evelyn.

Frederick e Reggie pareceram tão alarmados com aquele desenrolar quanto eu. John Richardson também, ainda que por outro motivo. Ele parou assim que passou pela porta da sala de reunião, e arregalou os olhos para Reggie, parecendo em choque.

Ótimo. Pelo menos aquela parte estava correndo de acordo com o plano.

— Desculpe, Amelia — disse Evelyn, sentando-se à outra ponta da mesa. — Sei que falei que você poderia tocar esta reunião, mas conversei com os outros diretores, e, considerando a ordem do dia, concordamos que seria melhor se eu estivesse presente também.

Ela olhou para mim de maneira significativa.

A ordem do dia, até onde Evelyn sabia, era apenas dar um fim ao nosso relacionamento com a Fundação Wyatt. Os diretores deveriam querer transmitir a ideia de que se tratava de uma decisão da empresa, e não minha.

— Obrigada, Evelyn — respondi.

O que mais poderia dizer? Ela era diretora. Se queria estar presente, não havia nada que eu pudesse fazer.

John Richardson continuava olhando para Reggie como se tivesse visto um fantasma. Já Reggie exalava um ódio que eu nunca tinha visto nele. Como se tudo que o impedisse de se atirar sobre a mesa fosse a presença de duas humanas na sala de reunião.

Minha mente girava. Eu me esforçava para encontrar uma maneira de sair daquela confusão.

— Tudo bem se eu ainda conduzir a reunião, Evelyn? Eu me preparei pra isso, então...

— Claro. Estou aqui, se precisar. — Evelyn voltou sua atenção a Frederick e Reggie. — E vocês são...?

— Meu nome é Reginald Cleaves — disse Reggie, sem tirar os olhos do sr. Richardson. Ele mal conseguia conter o ódio latente em sua voz. — E este é meu amigo Frederick.

— Vocês estão envolvidos de alguma maneira com a Fundação Wyatt? — perguntou Evelyn, parecendo confusa.

— De certa maneira, sim. — Reggie ergueu uma sobrancelha para o sr. Richardson. — John, quer explicar a todos por que Freddie e eu estamos aqui?

O sr. Richardson parecia prestes a sair correndo. Não havia se movido desde que entrara na sala de reunião, o corpo tenso como a corda de um arco.

Até que um músculo se contraiu em sua mandíbula.

— Não faço ideia de por que vocês estão aqui — disse ele, mantendo a calma. Como se a pessoa que a organização perseguia havia anos não estivesse sentada a dez passos de distância. — Parece uma decisão tola de sua parte.

Evelyn, que de repente se via em meio a uma disputa secular entre vampiros armada com nada além de suas habilidades de contadora, se esforçava para entender o que estava acontecendo. Ela se virou para mim e perguntou, baixo:

— Reginald e Frederick são membros descontentes do conselho da Wyatt?

Tive que morder a bochecha para não soltar uma gargalhada. *Se fosse simples assim...*

— Algo do tipo — falei.

— Freddie e eu viemos porque queremos conversar, John — disse Reggie, ignorando Evelyn e eu. Ele se levantou e começou a se aproximar lentamente de John Richardson, que continuava imóvel à porta. — Você e seus amigos acreditam saber de tudo, mas a verdade é que...

Reggie não teve a chance de concluir a frase.

— Preciso fazer uma ligação. — O sr. Richardson o cortou abruptamente. — Se vocês estão aqui, preciso que outros integrantes do Coletivo também estejam. Estão todos furiosos, Reginald Cleaves. — Ele se inclinou para mais perto e acrescentou: — Você se comportou muito mal.

O sr. Richardson levou a mão ao bolso, para pegar o celular. Notei que ele tremia. *Ótimo*, pensei. *Richardson está nervoso*. Sem dizer mais nada, o vampiro saiu da sala de reunião, digitando furiosamente no aparelho.

— Acho que é melhor alguém ir atrás dele — falei, procurando controlar o pânico cada vez maior. — Vocês sabem como membros descontentes do conselho podem ser.

O fato de que John Richardson estava vagando pelos corredores do escritório indicava que a situação estava saindo rapidamente de controle. O que aconteceria se outros integrantes do Coletivo aparecessem? Frederick e Reggie não atacavam humanos, mas eu não fazia ideia do que outros vampiros poderiam fazer.

Evelyn assentiu em concordância.

— Sim. Eu preferiria que eles não entrassem no prédio. Talvez seja melhor avisar a segurança.

— Não sei se isso ajudaria — disse Reggie, antes de olhar para mim. — Mas é melhor garantir, sra. Anderson. E eu vou atrás de John.

— Sozinho, não — interveio Frederick. — Eu vou junto.

— Ele não vai fazer uma idiotice em um prédio cheio de hu... — Reggie se interrompeu a tempo, percebendo no último minuto o erro que estivera prestes a cometer. Então pigarreou e voltou a falar: — Ele não vai fazer uma idiotice em um prédio cheio de *contadores*.

— Preciso lembrar a você de que não se trata de um grupo conhecido por tomar decisões razoáveis e cuidadosas? — perguntou Frederick. — Ou de um grupo acostumado a estar cercado de... *contadores*? Você não vai sozinho.

— Devemos chamar uma mediação? — Os olhos de Evelyn se alternavam entre Reggie e Frederick. Ela estava consciente de que havia perdido o fio da meada em algum ponto, e não era alguém acostumada a ser pega de surpresa. — Em geral não oferecemos o serviço de mediação de disputas internas aos conselhos administrativos das empresas, mas se for ajudar...

— Não vai — disse Frederick, apenas, arregaçando as mangas. — Isso é algo que precisamos resolver entre nós. — Ele olhou para mim. — Mas sua presença ajudaria, Amelia.

Arregalei os olhos para ele.

— A minha? Como posso ajudar?

Reggie acenou com a cabeça em direção à pilha de papéis sobre a mesa, o resultado de todas as horas que eu havia passado me preparando para aquela reunião.

— Você é a pessoa mais capacitada a pôr um fim nesta... disputa do conselho — disse ele, e seus olhos se abrandaram. — Você vem trabalhando tanto, Amelia. Vai conseguir. Vai dar um jeito neles. Precisamos de você.

— Concordo — disse Frederick. — Reginald e eu temos certos argumentos de que podemos nos utilizar, mas só você sabe exatamente quão encrencados eles ficarão se não... concordarem com o que o restante do conselho quer fazer.

Eu me virei para Evelyn. Ela era não apenas diretora da empresa, mas minha chefe. Se quisesse nos seguir quando fôssemos confrontar o Coletivo, eu não poderia impedi-la. No entanto, se Evelyn viesse junto, só Deus sabia como aquilo acabaria.

— Vou garantir que eles saibam que quaisquer decisões relacionadas à Wyatt foram tomadas pela empresa, e não por mim — falei, pensando rápido.

— Está bem — disse Evelyn. — Eu fico aqui. Parece o tipo de situação que quanto mais gente envolvida, mais explosiva se torna.

— Explosiva — repetiu Reggie, estalando os dedos. — Boa escolha de palavra.

Suspirei, aliviada.

— Obrigada, Evelyn.

Ela disse alguma coisa em resposta, mas nem ouvi o que era, porque já estava saindo.

— Como vamos saber se os outros conseguirem entrar? — perguntei, quando chegamos ao elevador. — Como vamos encontrar os caras?

— Se eles entrarem, encontrá-los não será um problema — disse Frederick, parecendo preocupado. Só então eu me dei conta de que seu comportamento anterior não passara de encenação para Evelyn. — Só espero que não cheguemos tarde demais.

TRINTA E UM

Trecho dos registros de segurança do edifício situado na rua North LaSalle nº 131, Chicago, Illinois, recuperado no dia seguinte

10h12: Grupo de quatro indivíduos estranhamente vestidos se aproximou da mesa e pediu para subir. Quando solicitei documentos, o líder do grupo fez um movimento com a mão e disse: "Você não precisa ver nossos documentos." O grupo foi informado de que eu tinha visto aquilo em um filme e portanto não funcionaria comigo. Então uma sensação de calma profunda se espalhou por meu corpo e eu me dei conta de que não precisava mesmo ver os documentos deles. Deixei todos subirem e não houve mais incidentes.

JSP

AMELIA

FREDERICK TINHA SE ENGANADO. ENCONTRAR JOHN RICHARDSON não fora uma tarefa fácil. Passamos mais de uma hora perambulando pelo trigésimo primeiro e pelo trigésimo segundo andares do prédio, verificando cada baia com todo o cuidado e enfiando a cabeça dentro de cada sala destrancada, e não vimos nem sinal dele ou de qualquer outro integrante do Coletivo.

— Talvez ele tenha ido embora — sugeri, enquanto aguardávamos que o elevador nos levasse para o trigésimo andar. — Não temos como saber se o cara continua aqui.

— John não iria embora depois de ter me encontrado. — Os lábios de Reggie formaram uma linha dura e determinada. — Ele tem que estar em algum lugar. Só precisamos descobrir onde.

A maior parte do trigésimo andar era ocupada pelo setor de expedição da empresa. O fato de que não havia salas fechadas ali tornou a revista do andar muito mais rápida que a dos outros. Avançamos tão depressa quanto possível, observando cada baia ao passar.

— Não tem ninguém aqui — disse Reggie, a ansiedade palpável em sua voz.

— Vamos olhar na sala de encomendas. Deve estar todo mundo lá — sugeri, torcendo para que fosse verdade.

Então ouvi as vozes alegres vindas da sala de descanso que ficava do outro lado do andar.

— Parabéns, Janice!

— Os quarenta estão te fazendo bem!

— Oba, o bolo é *red velvet*! Meu preferido!

Paramos a uns vinte passos de distância.

— Entramos? — perguntei baixo a Reggie e Frederick. — Não quero ser a contadora que interrompe a festa da expedição, mas talvez a gente possa perguntar rapidinho se não viram alguém perdido por aqui.

— Isso só assustaria as pessoas. — Um momento depois, Frederick perguntou: — O que é bolo *red velvet*?

— Eu estava me perguntando a mesma coisa — admitiu Reggie.

— É feito de veludo vermelho?

— Eu explico depois — murmurei, porque não tínhamos tempo para aquilo. — Precisamos continuar procurando por...

— Por mim? — ouvi a voz de John Richardson perguntar atrás de mim.

Senti o sangue gelar. Sem fôlego e com o coração martelando no peito, eu me virei devagar até estar frente a frente com ele.

Qualquer rastro do diretor financeiro educado, mas incompetente, com quem eu vinha lidando no último mês havia desaparecido. Richardson parecia implacável. Alguém determinado a não ir embora até conseguir exatamente o que queria.

Ele rosnou para mim. Suas presas, escondidas a plena vista quando nos encontrávamos todos na sala de reunião, estavam à mostra.

O que significava, se eu me recordava bem do que havia lido nos *Anais*, que aquele vampiro estava prestes a se alimentar.

— Vejo que armou uma armadilha, srta. Collins — disse Richardson, suas palavras como lufadas de ar fresco na minha pele. Ele se inclinou na minha direção, até que as presas estivessem a centímetros do meu pescoço, então fez *tsc-tsc*, como se eu fosse uma criança malcriada. — Mentir para mim não foi legal da sua parte, assim como esconder que você estava em conluio com nosso alvo esse tempo todo.

— Você não pode fazer isso aqui! — soltei. — Estamos em uma empresa de contabilidade!

Como se aquilo importasse. Eu não estava sendo racional. Mal controlava o que dizia.

Reggie empurrou Richardson e se colocou entre nós.

— Se morder Amelia... — grunhiu ele, o rosto uma máscara furiosa.

— Não. Se você chegar a respirar em cima dela, vou cravar uma estaca no seu coração.

Eu sabia que não deveria ficar tão encantada com a maneira como Reggie me protegia, mas estava perplexa e assustada demais com a situação para me importar.

John Richardson soltou uma risada sombria e ergueu uma sobrancelha para Reggie e Frederick, fazendo questão de olhar para as mãos vazias de ambos.

— E de que estaca estamos falando, meu irmão perverso? Seus dedos? Droga.

Droga.

Tínhamos nos preparado tanto planejando o que *dizer* a John Richardson que nem paramos para pensar em como o enfrentaríamos se a coisa toda acabasse em briga.

— Esquecemos completamente — murmurou Frederick, ecoando meus pensamentos. — Não estou armado.

— Não, não estou falando dos meus dedos. — A voz de Reggie soou fria e suave como seda. — Mas disso.

Para minha surpresa, ele sacou das pregas da saia um pedaço de madeira de uns sessenta centímetros de comprimento, que dava a impressão de ter sido parte de um cabo de vassoura, mas que contava com uma extremidade bem afiada.

— Quer tentar a sorte, *meu amigo*?

John Richardson arregalou os olhos e recuou um passo. Então sacou sua própria estaca e olhou feio para Reggie e Frederick.

— Quero, sim.

Ah, não.

— Nossos irmãos vão ficar decepcionados por terem perdido isso — prosseguiu Richardson, enquanto eu ficava mais e mais apavorada.

Seus olhos pareciam aço e não se desviaram nem por um segundo de Reggie, que girava a estaca na mão como se fosse uma baliza.

— Vocês não são meus irmãos — grunhiu Reggie.

— Somos, sim.

— Vai se ferrar.

Richardson prosseguiu como se Reggie não tivesse interrompido:

— Nossos irmãos e eu estamos esperando essa retaliação há um longo tempo, Reginald. Torcíamos para estarmos juntos quando acontecesse, mas você sabe como as coisas são. — Ele soltou um suspiro teatral. — De cavalo dado não se olha os dentes. Mandei uma mensagem antes que vocês me encontrassem, mas, com o trânsito, eles ainda vão demorar pelo menos vinte minutos para chegar. — Seus olhos se voltaram para o relógio pendurado na parede acima da minha cabeça. — Vão perder tudo, o que é uma pena. Sei que será uma decepção eu matar você sem que eles estejam aqui para ver, mas também sei que ficariam furiosos comigo se eu perdesse essa oportunidade porque fiquei aguardando que encontrassem uma vaga para estacionar.

Reggie ergueu as mãos.

— Falando sério agora: por que vocês acham que fui eu que provoquei o incêndio? — Ele parecia não aguentar mais. — Tá, eu admito que escrevi aquele bilhete, todos aqueles anos atrás. Mas tinha *um monte* de gente naquela festa que odiava vocês. Por que só eu estou sendo perseguido?

— Não se esqueça de como você era na época — disse Richardson, dando a impressão de que aquilo era o suficiente. Então se aproximou de Reggie, que ainda mantinha a estaca firme na mão, e fez sinal com o queixo para Frederick. — Pode ir embora. Isso não diz respeito nem a você, nem a ela.

— Só um louco acharia que eu faria isso — desdenhou Frederick.

Eu precisava iniciar a segunda fase do plano naquele instante, antes que Richardson e Reggie transformassem um ao outro em pó.

— Sr. Richardson — falei, muito mais alto que o necessário. — Vocês deixarão Reginald Cleaves em paz, a partir de agora, ou sofrerão as consequências impostas pela Receita!

Estremeci enquanto as palavras ainda saíam pela minha boca. De repente, aquele parecia o plano mais idiota da história. Em assunto de ameaça, aquela atingiria no máximo um dois na escala "probabilidade de impedir uma briga iminente entre vampiros". Mas eu não tinha uma estaca de madeira à mão, apenas um pescoço absolutamente passível de ser mordido. Aquela ameaça era a minha única opção.

Para meu choque e alívio, no entanto, pareceu funcionar. Ou, pelo menos, pareceu distrair Richardson de seu interesse em matar Reggie. Ele piscou algumas vezes, depois recuou um passo e se virou para mim. A expressão assassina de um momento antes foi substituída por confusão e desprezo.

— Como? — perguntou Richardson.

— Você ouviu — retrucou Reggie.

— Ouvi, mas acho que não entendi — admitiu ele. — Consequências impostas pela Receita? — Richardson parecia genuinamente confuso. *Ótimo.* Com sorte, pegá-lo de surpresa aumentaria nossas chances de que aquele plano ridículo funcionasse. — Você é nossa contadora, não é? Estamos pagando você para nos representar e garantir que não haja problemas. Não pode consertar o que quer que haja de errado?

Ele só poderia estar brincando...

— Não — falei, incrédula. — A empresa não vai mais representar vocês.

Richardson teve a audácia de parecer surpreso. Seus olhos se voltaram imediatamente para Reggie, que parecia tão ameaçador empunhando a estaca que, se eu não o conhecesse bem, ficaria com medo dele.

— Por acaso essa decisão é decorrente da relação entre nossa organização e seu atual amancebado? — perguntou Richardson.

Inacreditável.

— Não — falei, um pouco confusa com o uso da palavra "amancebado". Aquele cara devia ser *muito* velho. — Mesmo que você ameaçar morder meu pescoço como acabou de fazer não fosse motivo suficiente para a empresa abandonar sua conta, e *é*, sua organização é um completo caos. Vocês se recusaram consistentemente a fornecer as informações necessárias para realizarmos nosso trabalho. Não podemos nos dar ao luxo de prestar serviço a organizações que desperdiçam nosso tempo.

— Mas mandamos tudo que foi pedido — insistiu Richardson, parecendo ofendido.

— Não mandaram, não. Vocês só enviaram um monte de bizarrices que não ajudaram nem um pouco. Sinceramente, estou um pouco chocada comigo mesma por não ter percebido que vocês eram vampiros *antes*.

— Ah. — Para alguém que um momento antes havia mostrado as presas com o objetivo claro de cravá-las no meu pescoço, Richardson estava se mostrando muito comedido. — Perdão. Nunca foi nossa intenção desperdiçar o tempo de vocês.

Reggie soltou uma risadinha curta pelo nariz. Aparentemente, não acreditava no que John Richardson dizia.

— E não é só uma questão de tempo desperdiçado — prossegui. — Sua fundação não atende às exigências da Receita para entidades sem fins lucrativos. Todas as informações que obtive sugerem que se trata de uma fachada. E a Butyl e Dowidge não trabalha com organizações de fachada. — Fiz uma pausa, para que ele entendesse bem aquilo. — Mesmo que não estivessem tentando matar Reggie, vocês são o pior cliente com quem já trabalhei.

Richardson permaneceu imóvel enquanto eu falava, processando tudo.

— Quão encrencados com a Receita nós estamos?

— Muito. Mas é difícil estimar o quanto. No melhor dos casos, vocês não poderão atuar mais como uma entidade sem fins lucrativos. — Dei de ombros. — E, quando isso acontecer, vocês vão receber uma cobrança de impostos retroativos que não terão como pagar, considerando seu orçamento anual. No pior dos casos...

John Richardson se inclinou para a frente, atento a cada palavra. *Excelente.*

— Qual é o pior dos casos?

Demorei um pouco para responder, de modo que minhas palavras seguintes tivessem o máximo de impacto.

— No pior dos casos, a Receita pode descobrir que vocês não pagaram os impostos devidos de propósito. E vocês podem ser presos.

Pronto. Aquilo era o mais próximo que um contador poderia chegar de dizer alguma coisa e em seguida largar o microfone no chão. Eu me inclinei em direção a ele, preparada para dar o bote.

— A menos, é claro, que vocês façam exatamente o que eu mandar.

Os olhos de Richard se estreitaram.

— Que seria...?

Pronto. Aquela era a parte que eu mais esperava. A parte que eu treinara diante do espelho na noite anterior até conseguir a expressão exata que pretendia.

— Vocês vão deixar Reginald Cleaves em paz para sempre. Se fizerem isso, fingiremos que não sabemos de nada a seu respeito caso a Receita apareça. — Fiquei em silêncio por um momento, para que minhas palavras perdurassem no ar, aumentando o efeito dramático. Em todos os meus anos trabalhando como contadora, nunca havia tido a oportunidade de fazer algo só pelo efeito dramático. Eu sentia os olhos orgulhosos de Reggie em mim. — Se continuarem assediando Reggie, por outro lado, vou contar tudo que sei.

Diante de minha ameaça, a boa educação de John Richardson voltou a desaparecer.

— Ah. Agora eu entendi. — Seus olhos me fulminaram. — Trata-se de uma conspiração. Você maquinou esse... esse... esse esquema de chantagem só para salvar Reginald Cleaves.

— Não é uma conspiração — falei. — Posso enviar todas as disposições relevantes que demonstram que sua organização é péssima assim que terminarmos aqui. Se ainda não acreditar em mim depois que ler tudo, você pode pedir a opinião de Evelyn Anderson. — Sorri para ele. — Ela não faz ideia de quem vocês realmente são, mas tenho certeza de que confirmará que a Receita vai odiar vocês assim que ficar sabendo.

Àquela altura, o pessoal que estivera comemorando o aniversário começava a retornar às suas baias. Incluindo Janice, que era quem distribuía a correspondência no trigésimo segundo andar. Ela olhou para nosso grupinho com curiosidade enquanto retornava a seu lugar, usando um chapéu que dizia: "Quarenta são os novos trinta."

— Vamos dar sequência à conversa em um lugar mais reservado? — sugeriu Frederick, ecoando meus pensamentos. — Acho que nenhum de nós gostaria que essas pessoas nos entreouvissem.

— Estamos quase acabando aqui — retrucou John Richardson. Ele se inclinou na minha direção antes de voltar a falar, aparentemente considerando que era melhor não dizer nada no volume normal. — Se eu matar você primeiro, não vai ter como entregar a gente pra Receita.

— Você vai atacar uma humana na frente de dezenas de pessoas? — questionou Reggie, balançando a cabeça. — Vai mesmo deixar suas emoções impedirem você de tomar a decisão certa, Johnny? Fora que, se você matar Amelia, vai morrer em seguida — completou, com tamanha alegria que me provocou calafrios.

Pela primeira vez, eu vi algo sombrio em sua expressão que despertou dúvidas em mim quanto ao tipo de homem que Reggie havia sido antes de nos conhecermos.

— Se eu estiver morta, Evelyn Anderson vai entregar vocês — falei, me esforçando ao máximo para manter a calma. — E Reggie tem razão. Todo mundo vai ver se você me matar aqui. Se não for preso por evasão fiscal, vai ser preso por assassinato.

— Embora a perspectiva de vocês todos morrerem de fome em uma prisão humana me agrade enormemente — acrescentou Reggie —, imagino que não seja do agrado de vocês.

— Ouvi dizer que há inclusive uma quantidade de tempo diária de exposição ao sol nas prisões — acrescentou Frederick, estremecendo. — Credo.

John Richardson se manteve em silêncio por um longo momento, enquanto considerava nossa oferta. Depois do que pareceu ser uma hora, ele pigarreou.

— Se concordarmos em deixar Reginald Cleaves em paz, você não dirá nenhuma palavra à Receita?

Suspirei, aliviada.

— Isso.

— Você jura?

— Juro pelo juramento que fiz para me tornar uma contadora certificada. Aquilo não existia, claro, mas Richardson não precisava saber. De qualquer maneira, era a verdade.

Enquanto eu falava, John Richardson parecia se encolher cada vez mais.

— O que vamos fazer? — perguntou ele, tão baixo que ficou claro que era para si mesmo. — Faz tanto tempo que nos dedicamos à vingança...

— Vocês podem deixar para lá algo que aconteceu há mais de cem anos e encontrar outra obsessão com que ocupar o restante da imortalidade de vocês — sugeriu Frederick. — Seus genitores não iriam gostar que vocês passassem a eternidade atrás de vingança.

— Como ousa presumir o que eles gostariam que fizéssemos? — John Richardson rosnou.

— Como *você* ousa? — retrucou Frederick.

— Ou — interrompeu Reggie —, se não quiserem ter hobbies, como pessoas normais, vocês podem investigar quem foi o verdadeiro culpado pelo incêndio. Na verdade... — Ele estalou os dedos. — Posso até ajudar.

John Richardson pareceu pasmo.

— Você faria isso?

— Por que não? — Reggie deu de ombros. — Parece divertido.

— Se você não foi o responsável, por que não se ofereceu para ajudar antes?

— Foi só quando vocês começaram a me enviar ameaças que me lembrei de que eu havia sido ligado ao Incidente — comentou Reggie. — E não fiquei muito a fim de entrar em contato sabendo que vocês me queriam morto. — Ele balançou a cabeça. — Em casos assim, meu primeiro instinto é me esconder.

Aquilo fez John Richardson esboçar um sorriso fraco.

— Justo. — Ele se virou para mim. — Meus irmãos devem chegar a qualquer momento. Podemos discutir brevemente a situação antes de nos decidirmos? — O vampiro balançou a cabeça. — Trata-se de chantagem — voltou a repetir ele, em uma voz gélida. — Mas comunicarei aos outros que vocês nos colocaram numa posição em que não temos escolha senão aceitar seus termos. Passar qualquer tempo que seja em uma prisão humana, trancafiados e sem alimento, seria...

Ele deixou a frase no ar, e estremeceu.

Pela primeira vez naquele dia, eu senti que respirava de verdade. Aquilo estava dando certo.

— Vou subir para minha sala e enviar o material que mencionei. Discuta com seus colegas sobre o que querem fazer e depois me avise se devo ou não entregar vocês à Receita.

John Richardson verificou o celular.

— Eles estão esperando do lado de fora do prédio. Vou até lá agora mesmo.

— Eu acompanho você — se voluntariou Frederick.

— Não será necessário — respondeu John Richardson, depressa.

Frederick encostou no braço do vampiro.

— Seu grupo não vem inspirando muita confiança desde o século XIX. Precisamos garantir que você não volte atrás e faça alguma idiotice. — Ele se virou para mim. — Sei que isso não constava no plano original, mas eu me sentiria melhor se acompanhasse o sr. Richardson pessoalmente. Tenho que ir, de qualquer maneira. Preciso verificar como Cassie está.

O tom de preocupação com que ele a mencionou não me passou despercebido.

— Claro — falei. — Vá com ele. Depois vá ficar com Cassie.

— Vejo você no apartamento — disse Frederick a Reggie, assentindo de leve.

Depois que eles foram embora, Reggie e eu permanecemos um bom tempo olhando um para o outro. Ainda havia uma chance de que aqueles idiotas continuassem com a perseguição. Eu só conseguiria relaxar quando o Coletivo como um todo chegasse a uma decisão.

— Quer ver se sobrou bolo do aniversário? — perguntou Reggie, me surpreendendo.

Aquela não estava nem entre as primeiras cem coisas que eu imaginaria que ele diria no momento.

— Por quê? — perguntei, confusa. — Você não vai poder comer.

— Verdade. Mas ainda não sei o que é bolo *red velvet*. E... — Reggie sorriu pra mim. — Gosto quando você explica as coisas para mim.

Ele me deu um beijo tão doce na bochecha que tive que concordar.

....

De: John Richardson (jhcr12345@condewyatt.org)
Para: Amelia Collins (ajcollins@butyldowidge.com)
Assunto: Suas exigências

Cara srta. Collins,

Concordamos com suas exigências relativas à discussão que tivemos mais cedo (até porque não temos escolha).

A partir de agora, redirecionaremos os esforços voltados a nosso irmão Reginald a outras partes.

Pelo momento, no entanto, consideramos que é melhor não chamar a atenção, na eventualidade de que a Receita tente nos encontrar.

Atenciosamente,
John Richardson

— Acho que tudo correu tão bem quanto possível.

Estávamos sentados no sofá da sala de estar, eu com a cabeça apoiada no ombro de Reggie. Uma hora antes, depois de acompanhar um John Richardson derrotado à sala de reunião com Evelyn, para que ela pudesse dispensá-lo, eu comunicara que tiraria o restante do dia de folga. A pessoa que eu havia sido poucas semanas antes nunca sonharia em pedir uma tarde de folga durante a época das declarações. No entanto, eu havia feito aquilo, estabelecido um limite firme, tinha dito a uma diretora que só voltaria ao trabalho no dia seguinte. Tudo porque precisava de um tempo para descansar e me recuperar do que havia acabado de fazer.

Eu nem precisara olhar para o rosto de Reggie no elevador para saber que ele estava orgulhoso.

— Também acho — concordei. — O Coletivo vai deixar você em paz por enquanto, talvez pra sempre. E eu salvei o dia usando a legislação tributária. — Sorri para ele. — Isso *nunca* acontece.

Reggie riu e me puxou mais para perto.

— Você foi fantástica. Talvez seja a pessoa mais inteligente e determinada que eu conheci em meus mais de trezentos anos de vida — disse ele, com uma voz suave, e eu senti seus lábios delicados na minha cabeça.

— Só de pensar que usou seus talentos para ajudar alguém como eu...

Ele não concluiu a frase. Parecia emocionado demais para isso. Então escondeu o rosto no meu cabelo e suspirou baixo.

— Não mereço você — disse Reggie depois de um tempo.

Em algum momento, depois de chegarmos ao meu apartamento, havia começado a chover. Ficamos sentados ali, em silêncio. O som das gotas de chuva tamborilando nas janelas contribuía para tranquilizar meu turbilhão de pensamentos. Era tão agradável, ficar abraçadinha com ele no sofá, sem ter planos para o restante do dia, sem fazer ideia do que aconteceria depois, *caso* algo viesse a acontecer.

Sinceramente, eu poderia me acostumar com aquilo.

— Você me merece, sim — garanti. — Você compra lanchinhos vegetarianos horríveis pra mim porque não entende o que os humanos comem, mas não quer que eu morra de fome durante uma nevasca. Você me força a tirar um tempo para mim e me lembra de que eu mereço descansar, apesar de eu mesma mal lembrar. Você me faz rir. — Abri um sorriso para ele.

— E acha sexy quando eu falo de impostos.

— Porque é.

Dei risada.

— Talvez pra você. Ninguém mais acha.

Ele pareceu horrorizado.

— Não pode ser verdade.

— Mas é. — Voltei a me aproximar de Reggie e encostei a testa na dele. — Você gosta de mim como eu sou. Talvez eu não saiba exatamente o que vai acontecer se continuarmos juntos depois do casamento, mas, pela primeira vez na vida, estou feliz com um pouquinho de incerteza.

De repente, Reggie me derrubou sobre as almofadas e veio para cima de mim. Soltei um gritinho surpreso, depois suspirei, quando ele se acomodou melhor, apoiando um antebraço de cada lado da minha cabeça. O quadril pairava a poucos centímetros do meu.

Sua expressão era de uma alegria tão irrefreada que até perdi o ar.

— Eu falei sério no outro dia, Amelia. Nunca vou pedir que mude quem você é por mim — murmurou ele. — Você é brilhante, perfeita, do jeitinho que é. E cada dia que me deixar ficar perto de você vai ser igualmente perfeito. Não importa quantos sejam.

Enquanto ele me beijava, minha mente retornou à noite em que nos conhecemos. Reggie me parecera completamente maluco, com o sobretudo e as perguntas absurdas. Então me fizera aquela proposta ridícula de que eu risse com ele.

"Não sei fingir", eu havia falado.

Talvez eu tivesse melhorado um pouco naquilo desde aquele dia. Não era irônico, então, que, no casamento de Gretchen, eu não precisaria mais *fingir* que havia algo entre nós?

EPÍLOGO

Carta de Zelda Turret, conhecida anteriormente como Grizelda Watson, a Reginald Cleaves

Oi, Reg!

Quanto tempo. Como estão as coisas?

Só queria avisar que os manés que passaram tantos anos perseguindo você descobriram meu retiro de ioga aqui em Napa. (Estou morando em Napa, aliás. Incrível, né???) Não sei se estão aqui porque viraram uma página na vingancinha sem sentido, ou se vieram atrás de provas que nunca vão encontrar (serei eternamente grata por não ter havido um CSI: Sebastopol em 1872). De qualquer maneira, está todo mundo certo: eles são muito irritantes.

A boa notícia é que os caras parecem ter esquecido você. A má notícia é que se lembraram de mim (mas já tenho um plano, caso eles venham meter o bedelho onde não são chamados).

É isso aí, meu amigo. Se por acaso vier pra cá um dia, me avisa que mostro tudo pra você.

Grizzy

P.S.: Obrigada por ter deixado meu nome de fora dessa confusão toda por todo esse tempo. Você é um bom amigo.

....

UM MÊS DEPOIS

— REGINALD — DISSE MEU PAI, COM TODA A PACIÊNCIA, E TALVEZ até certa condescendência. — Tá tudo bem. Ninguém ganha de mim em jogos de perguntas e respostas.

Meu pai estava sentado no sofá da sala, já vestido para o casamento de Gretchen, com a cara de satisfação com a qual sempre ficava quando vencia um jogo de perguntas e respostas. O que era praticamente sempre.

Reggie também já estava pronto. O terno cinza-escuro, tão maravilhoso nele quanto na semana anterior, quando o experimentara. Eu ainda não conseguia acreditar que Frederick o havia convencido a usar um terno tradicional para o casamento, em vez de um de seus trajes mais ecléticos, mas o fato de que Reggie tinha aceitado significava muito para mim.

Ele não parecia notar que eu o observava, parada à porta. O que Reggie parecia era *ultrajado*. Ele se virou para meu pai.

— Você não está entendendo — disse Reggie. — As respostas no verso dessa ficha estão erradas. Eu vi com meus próprios olhos.

Meu pai ficou olhando para ele.

— Você estava em Constantinopla em 1835?

Era minha deixa para intervir. Sam continuava sendo a única pessoa na minha família que sabia sobre Reggie. Era importante que permanecesse daquele jeito, pelo menos até que tivéssemos mais noção de como os outros reagiriam caso eu contasse a verdade.

Pigarreei. Os dois se viraram para mim.

— Estão acabando aí? — perguntei.

Reggie pareceu voltar a si, como se minha presença o lembrasse de que, embora ele e meu pai estivessem se dando superbem desde que haviam começado a passar mais tempo juntos, confrontá-lo com fatos sobre o Império Otomano não era algo que deveria fazer.

Ele relaxou um pouco mais, sentado na cadeira diante do meu pai.

— Quase.

— Na verdade, já acabamos — disse meu pai, todo alegre.

Reggie grunhiu.

— Justo. — Então, acrescentou para meu pai: — Desculpe ter me exaltado. Não sou um bom perdedor.

Meu pai riu.

— Acontece com todo mundo. Mas embora eu tenha ganhado o jogo...

— Porque você já praticamente decorou todas as respostas depois de vinte anos jogando... — apontei.

Meu pai abriu um sorrisinho que o incriminava e não negou a acusação.

— Como eu estava dizendo, Reggie, embora eu tenha ganhado o jogo, você se saiu *muito* bem nas perguntas de história. — Ele olhou para Reggie. — Você disse que trabalhou como técnico de informática, mas deve ter cursado várias eletivas de história na faculdade.

Reggie balançou a cabeça.

— Aprendi sozinho.

— Você aprendeu sozinho? Como? Vendo History Channel? Lendo biografias?

— Hum... — Reggie esfregou a nuca. — Tipo isso. Apesar de a maior parte das coisas que vi no History Channel ser uma bobageira exagerada.

Meu pai ficou radiante.

— É o que eu sempre digo!

— Tipo aquele documentário idiota de alguns anos atrás sobre o arquiduque Francisco Ferdinando.

Meu pai riu.

— *Lixo*. Se quiser, posso recomendar um documentário de verdade sobre Francisco Ferdinando que vai derrubar tudo que você achava que sabia sobre o início da Primeira Guerra.

Reggie pareceu encantado. Abriu a boca para dizer mais alguma coisa, e eu me apressei a entrar em cena, para caso ele acabasse se incriminando e chocando meu pai.

— Por mais feliz que eu fique com vocês dois se dando tão bem — falei —, a gente precisa correr. Já faz vinte minutos que a mamãe saiu. E você ainda tem que me ajudar com a maquiagem, Reggie.

Seus olhos se arregalaram um pouco, como se ele tivesse esquecido o casamento de Gretchen.

— Tem razão. — Ele se virou para meu pai e disse: — Alguma chance de continuarmos depois? Você é um interlocutor fascinante.

— Se eu ganhasse uma moeda toda vez que alguém me diz isso, teria uma moeda — comentou meu pai, rindo e com os olhos brilhando. Então, só para mim, ele acrescentou, em um sussurro conspirador: — Esse é pra casar, Ame.

Algo desabrochou dentro do meu peito ao ouvir essas palavras. E ao constatar que meu pai aprovava uma pessoa que era tão importante para mim.

Quando estávamos a sós, apertei de leve o braço de Reggie.

— Obrigada por conversar com meu pai sobre história — falei. — Desde que ele se aposentou, não tem com quem fazer isso.

— Conheço a sensação — disse Reggie, pesaroso. — E é um prazer, de verdade.

....

— FIQUE PARADA.

— Estou parada.

Reggie me lançou um olhar cético.

— Você fica fugindo de mim.

— Porque você insiste em aproximar esse pincel com gosma preta do meu olho.

Ele riu, depois apoiou o pincel em questão na bancada do banheiro da casa dos meus pais.

— Algumas pessoas chamam essa gosma preta de rímel. E você não precisa se comportar assim. — Reggie se inclinou para a frente e beijou minha bochecha. — Foi você que pediu minha ajuda. Lembra?

— Desculpa. Não costumo usar maquiagem. Ninguém passa rímel em mim desde o ensino médio, quando eu e Sophie nos arrumamos pra formatura.

— Não é bom ter seu namorado pra fazer isso por você enquanto se arruma pro casamento da sua prima?

Meu namorado. Um arrepio agradável percorreu todo o meu corpo.

— Acho que é mais fácil eu fazer sozinha.

— Pode ser — falou ele. — Mas adoro passar maquiagem.

Aquilo não deveria me surpreender, conhecendo Reggie.
— É mesmo?
Com um lápis, ele fez uma linha acima de cada sobrancelha minha.
— É — confirmou Reggie. — Fazer maquiagem artística era um dos meus passatempos preferidos na década de 1970. — Ele deixou o lápis de lado e sorriu para mim. — Pronto. Agora se olhe no espelho e me diga se não está fabulosa.

"Fabulosa" não era a palavra que eu usaria para descrever minha aparência. Meu cabelo estava tão armado e tinha tanto spray que eu me encaixaria mais em uma banda de rock dos anos 1980 do que no casamento de Gretchen. E ele havia passado mais delineador em mim que eu mesma a vida toda.

— Pareço um guaxinim eletrocutado — comentei. — Tia Sue vai ficar maluca se eu aparecer assim.

Reggie segurou meu queixo e o ergueu um pouco para examinar meu rosto.

— Provavelmente — admitiu ele. — Vou dar uma aliviada. Uma *bela* aliviada. Aliás, mereço um prêmio por ter mantido as mãos só no seu rosto esse tempo todo. É injusto que beijar você estragaria todo meu trabalho. — Reggie ergueu meu queixo de novo para que eu o olhasse. — Aproveitando: você faz ideia de como é brilhante?

Não importava quantas vezes Reggie já havia me dito aquilo. Diante do afeto genuíno em sua voz, meu rosto pegou fogo, como se fosse a primeira vez. Passei os dedos por seu cabelo, porque sabia que ele gostava quando eu o deixava todo bagunçado.

— Fale mais sobre isso — pedi.

Aparentemente, aquele era o único incentivo de que Reggie precisava para se inclinar e encostar a boca na minha.

— Você é genial — começou ele. — Simplesmente genial. Nem dá pra descrever com palavras.

Quando Reggie se afastou para molhar uma toalha, eu o segurei.

— Ainda temos um tempinho, não?

Eu queria beijá-lo direito antes de irmos para o casamento.

— Temos — concordou ele. — Mas não o bastante pra eu fazer o que quero fazer com você.

Reggie me deu outro beijo, daquela vez mais intenso.

— E o que você quer fazer comigo? — perguntei, já ofegante.

Ele suspirou e descansou a testa na minha.

— Quero deixar o casamento pra lá e levar você direto pro meu apartamento.

— Pra fazer o quê? — perguntei, toda inocente.

Reggie abriu um sorriso safado, depois me empurrou para trás até que eu ficasse presa entre seu corpo e a parede.

— Não temos tempo pra isso — falei, rindo. Reggie beijou meu pescoço mesmo assim, e aproveitou para subir a saia do meu vestido azul-celeste até a cintura. Dei um tapinha em seu ombro. — Você vai amassar minha roupa.

— Não me importo. Vamos tirar, então.

Ele colocou uma das mãos entre nós e apertou, com a base da palma, o ponto sensível que em apenas um mês já conhecia tão bem. Reggie parecia insaciável desde que descobrimos que os vampiros que o perseguiam estavam se escondendo. E eu também. Me esfreguei nele, sem conseguir evitar.

— Temos mesmo que ir? — perguntou.

As presas dele estavam saltadas; dava para sentir o leve roçar delas no meu pescoço. Gemi, o desejo renovado. Ele já havia me mordido algumas vezes àquela altura, e eu ficara chocada com o quanto gostava daquilo.

Com o quanto ansiava por aquilo.

Mas não tínhamos tempo.

Afastei sua mão e soltei uma risadinha sem fôlego quando ele suspirou de tristeza.

— Temos mesmo que ir. Foi por causa desse casamento que eu propus a farsa toda.

— Você queria que sua família achasse que você estava namorando — disse ele. — E já estão todos mais do que convencidos disso.

Reggie voltou a baixar a cabeça e a passar a língua pela minha clavícula.

Ele tem razão, pensei, mas não cedi à tentação. Não só éramos um casal de verdade, como meus pais *gostavam* de Reggie.

No entanto, tínhamos que ir ao casamento de Gretchen. Era a coisa certa a fazer, ainda que naquele momento eu não conseguisse lembrar por quê.

Empurrei os ombros de Reggie, fazendo-o desistir e dar um passo para trás.

— Prometo que vamos ter tempo pra isso depois da festa — falei. — Podemos até ir embora cedo.

Reggie fez bico, como uma criança que havia acabado de perder um doce. Nossa, como ele era adorável.

— Promete?

— Prometo. — Eu queria aquilo tanto quanto ele. — Agora, vamos tirar o excesso de maquiagem do meu rosto pra chegarmos à cerimônia antes que fique todo mundo se perguntando onde estamos.

....

— PRONTA?

— Pronta — falei, sorrindo para Reggie, que estava ao lado do carro.

— Vamos entrar.

Quando recebi o convite do casamento, seis semanas antes, revirei os olhos para o fato de que seria no clube de campo, no mesmo lugar do casamento de todos os meus outros primos. No entanto, Reggie aparentemente não podia entrar em qualquer tipo de igreja cristã sem entrar em combustão espontânea. (*O que é um pouco inconveniente*, dissera ele quando me contara.)

Então, eu estava grata pela falta de originalidade de Gretchen.

Tia Sue havia feito um excelente trabalho com a decoração. Ela e tio Bill deviam ter gastado uma fortuna com as flores que pendiam dos balaústres e das cadeiras dos convidados. O espaço havia sido produzido de maneira tão elaborada que quase daria para fingir que eu não havia estado em cinco outros casamentos da família naquele mesmíssimo lugar nos últimos dois anos.

— É melhor a gente se sentar nos fundos — murmurou Reggie depois que entramos. — Assim posso passar a mão pela sua perna e sussurrar obscenidades no seu ouvido caso fique entediado.

Ele piscou para mim de um jeito sexy.

— Se comporte — repreendi, embora estivesse me esforçando para não dar risada.

O conjunto de cordas da escola de ensino médio onde minha mãe havia lecionado estava tocando uma versão passável do *Cânone em ré maior*, de Pachelbel. Procurei me concentrar na música, e não em como a luz do sol que entrava pelas janelas deixava os olhos azuis de Reggie ainda mais azuis.

— Posso fazer o que eu quiser — retrucou Reggie, com os olhos brilhando de divertimento. — Vou me comportar só se for do meu interesse.

Ele se sentou ao meu lado em uma das fileiras dos fundos, mas sossegou e ficou apenas segurando minha mão.

Mais e mais pessoas chegaram, incluindo parentes que eu não via desde o último casamento da família. Os irmãos da minha mãe se sentaram na frente e dirigiram sorrisos calorosos a tia Sue. Sarah, a prima que dois anos antes havia mandado o convite de seu casamento para meu trabalho, estava algumas fileiras atrás, com o marido de um lado e o pai do outro.

Eu não tinha como afirmar com certeza, mas Sarah parecia estar grávida de uns cinco meses. Se fosse mesmo aquilo, logo mais eu receberia um convite para o chá de bebê.

A maior parte dos meus parentes sorria para mim, depois olhava para Reggie. Se ele notava os olhares de avaliação, não dava sinais de que se importava, mais ocupado em fazer comentários no meu ouvido. Reggie sempre tinha algo a dizer sobre as roupas dos convidados, as flores e os deslizes dos músicos jovenzinhos, que certamente estavam fazendo o melhor que podiam.

— Quando as calças de náilon vão voltar à moda? — comentou, baixo, quando minha prima Elaine, que eu nunca havia visto usando qualquer outra coisa que não calça de couro justa, se sentou bem na nossa frente. A daquele dia era vinho. — Aquilo, sim, era estilo.

Como se soubesse que Reggie estava falando dela, Elaine se virou para nos encarar.

— Este lugar é maravilhoso, não acham? — perguntou ela, com um suspiro.

— É, sim — disse Reggie, sem tirar os olhos de mim. — É a coisa mais linda que eu já vi.

Tive que sorrir para ele.

Alguns meses antes, estar naquele clube de campo com tantos parentes me julgando teria acabado comigo. No entanto, ter Reggie ao meu lado, me fazendo rir, segurando minha mão, tornava tudo mais fácil.

Era difícil me concentrar em qualquer coisa que não fosse nele e em como eu estava feliz.

Quando Gretchen entrou, alguns minutos depois, de braço dado com o pai, toda linda e sorridente no vestido de noiva, eu me relembrei de todas as vezes que Reggie havia falado que não exigiria o "para sempre" de mim. E *se mais para a frente* eu *quiser o "para sempre"?*, eu tinha vontade de perguntar para ele.

Olhei para Reggie de canto de olho. Ele ignorava a noiva e continuava me encarando descaradamente, com uma intensidade sem igual.

Peguei a mão que ele tinha apoiado na minha perna e a apertei de leve.

Então a cerimônia teve início, e nossa chance de conversar passou.

....

FOI UMA CERIMÔNIA LINDA.

Gretchen fez os votos com a graça que os anos de treinamento vocal haviam lhe dado. Josh se atrapalhou um pouco com os dele, graças aos olhos marejados.

Foi muito fofo. Reggie se comportou na maior parte do tempo, fora duas vezes em que cochichara no meu ouvido coisas tão obscenas que me fizeram corar na mesma hora.

— Que bom que você falou baixinho — comentei, enquanto os convidados seguiam para o salão. — Se meu pai tivesse ouvido o tipo de coisa que você quer fazer com a única filha dele, não gostaria mais tanto assim de você.

— Não sei, não — disse Reggie, sorrindo. — Seu pai me ama.

— Ele até que gosta de você — brinquei. — Mas tem seus limites.

Reggie piscou para mim.

— Valeu o risco, se as coisas que eu disse fizeram você sorrir.

Quando chegamos, de braços dados, a festa já estava rolando. Assim como o espaço onde a cerimônia fora realizada, o salão estava repleto de flores. Tia Sue realmente havia se esforçado. Lírios-do-vale e crisântemos cobriam os balaústres, e havia arbustos podados de cada lado da entrada. Os convidados conversavam perto do bar, com taças de vinho na mão, enquanto o DJ se preparava para tocar o que quer que tivesse planejado para a noite.

— Não olhe agora — murmurou Reggie, me puxando para mais perto —, mas tem alguém da sua família vindo falar com a gente.

— Quem? — sussurrei de volta.

— Aí estão vocês. — Minha cunhada Jess sorria de orelha a orelha, com uma taça de vinho branco na mão. — Foi uma cerimônia linda, não acharam?

— Foi mesmo — concordei, sorrindo para ela.

— E aquele vestido! — Jess fez um gesto exagerado com a mão livre. — Maravilhoso! Ouvi dizer que ela comprou em *Nova York*.

Minhas sobrancelhas se ergueram em surpresa.

— Sério? Por quê?

Havia várias lojas refinadas de vestido de noiva em Chicago, não? Jess deu de ombros e tomou um gole do vinho.

— Vai saber — comentou ela. — Talvez nem seja verdade.

— Parece o tipo de coisa que alguém com inveja inventaria e espalharia pelas costas dela — comentou Reggie, parecendo pensativo.

Ri e dei uma cotovelada em suas costelas, de brincadeira.

— Como *você* saberia disso?

Jess nos observava deslumbrada.

— Vocês são um casal tão fofo. Alguma chance de serem os próximos?

A mão de Reggie congelou na minha lombar.

Meu Deus do céu.

Por sorte, meu irmão Adam apareceu.

— Deixe os dois em paz, Jess — repreendeu-a.

— Eu só estava brincando — retrucou ela, então disse mais alguma coisa, que eu nem ouvi.

Sabia que *alguém* faria um comentário daquele tipo, mas não estava preparada para quando acontecesse.

Jess e Adam foram atrás dos meus pais logo em seguida, e eu me virei para pedir desculpa por ela. Reggie me olhava com uma ansiedade que eu nunca tinha visto nele.

— Desculpa. — Então acrescentei, mais baixo: — Esse é exatamente o tipo de coisa que minha família faz. Eu devia ter avisado você.

— Vamos dançar? — perguntou ele, do nada, com certa tensão na voz.

Claro que Reggie queria se afastar das rodinhas de conversa e da minha família. Eu não podia culpá-lo.

— Vamos — respondi.

É claro que naquele exato momento "Baile dos passarinhos" começou a tocar.

Grunhidos e risadas se espalharam pelo salão. Pessoas de todas as idades começaram a puxar parceiros relutantes para a pista de dança. Meu pai tentava levantar minha mãe, enquanto ela ria e se segurava à cadeira.

— Pensando bem — falei —, podemos esperar a próxima.

Foi como se eu tivesse proposto a Reggie que cortasse o próprio braço fora.

— Você só pode estar de brincadeira — disse ele, horrorizado, então me pegou pelo pulso e tentou me puxar até onde os convidados se reuniam. — Nunca perco a chance de dançar essa música.

— Sério?

— Como a peste bubônica.

Tentei fugir, mas Reggie me puxou consigo, com o tipo de entusiasmo que eu não via em alguém desde que havíamos levado minhas sobrinhas à Disney.

Paramos quando chegamos à ponta da pista de dança, a uma boa distância dos outros dançarinos. Se é que eu podia chamar meus parentes se debatendo de "dançarinos". Os olhos de Reggie brilhavam de alegria.

— Vamos? — insistiu ele, esperançoso.

Engoli em seco.

— Não sei dançar essa música.

— Você não sabe dançar essa música? — Ele me encarou. — Está falando sério?

Confirmei com a cabeça.

— Nunca aprendi.

— É fácil — garantiu ele. — Só bata as asas e gire.

Atrás de nós, meus pais, tia Sue e tio Bill e vários amigos de Gretchen já batiam as asas e giravam, rindo muito.

— Parece fácil — admiti. — Você já deve imaginar que em geral me mantenho longe da pista de dança em casamentos. Mas... — Eu me aproximei dele, enlacei seu pescoço e o puxei para mim. — Esse parece o tipo de dança que você poderia me ensinar.

— Com certeza — concordou ele.

Então me beijou.

Eu já tinha visto filmes que acabavam com o casal de protagonistas se beijando no casamento de alguém. A maioria por insistência de Sophie. A música e o clima romântico sempre haviam me parecido exagerados e até cafonas. Ali, no entanto, em meio a pessoas que eu conhecia e pessoas que não conhecia batendo as asas e rindo, beijar Reggie me pareceu a coisa mais romântica, mais perfeita, que já tinha me acontecido.

— Promete que nunca vai me largar — disse ele, um minuto ou uma hora depois, com a respiração entrecortada, embora tivesse me revelado que, na teoria, não precisava de oxigênio. — Eu disse que nunca pediria algo que você não estivesse disposta a me dar, e fui sincero. Mas aqui, neste casamento, com sua prima e o marido prometendo se amar pra sempre, com sua cunhada nos perguntando se vamos ser os próximos...

A música terminou. Uma valsa começou a tocar, e os convidados começaram a balançar o corpo no lugar. Reggie e eu não nos movemos. Seus braços continuavam me envolvendo enquanto meu mundo saía do eixo.

— Reggie... — comecei a dizer, mas não continuei, porque não fazia ideia de como terminar a frase.

"Preciso pensar em todas as implicações" e "me apaixonar por um vampiro não era exatamente o que eu tinha planejado pra minha vida" travavam uma batalha na minha mente com "quero continuar rindo tanto quanto quando estou com você" e "acho que te amo" e "sim, sim, sim".

Quando não respondi, ele ficou inquieto.

— Esse tempo todo, o dia todo — prosseguiu Reggie —, só tenho pensado em como nunca quero perder você.

— Eu também. — As palavras saíram pela minha boca antes que meu cérebro pudesse estragar tudo. — Eu também.

Ele fechou os olhos e me puxou para mais perto. Devagar, começamos a dançar no ritmo da música.

— Venha comigo pra casa hoje à noite — propôs Reggie. — Podemos descobrir juntos como seria o nosso "pra sempre".

Deixei que Reggie me conduzisse na valsa, sabendo que não havia nada que eu quisesse mais.

AGRADECIMENTOS

O processo de escrita de cada livro é diferente. Escrever meu primeiro livro envolveu superar a síndrome de impostora e o medo que eu tinha de ser lida por pessoas que eu não conhecia. Escrever meu segundo livro envolveu utilizar diferentes softwares de transcrição e olhar feio para meu cotovelo direito, querendo que ele funcionasse direito e sem dor.

Logo no início do processo de elaboração deste livro, fiquei com tendinite (depois de uma fase em que me dediquei com muita intensidade ao tricô, uma paixão de infância). Enquanto escrevia, tive que aceitar uma série de verdades desagradáveis sobre envelhecimento, e o fato de que nem Reginald nem eu tínhamos mais vinte e oito anos. O choque de realidade mais trágico, no entanto, veio da necessidade de me despedir da maneira como sempre havia escrito. Ou seja, deitada no sofá, com os braços em ângulos desastrosos do ponto de vista ergonômico, cercada de latas de Coca Zero pela metade e de meus gatos indulgentes.

Agora, preciso trabalhar em uma *escrivaninha*. Sentada em uma *cadeira*. A vida nem sempre é justa.

Pelo menos a parte de escrever cercada por gatos e latas de Coca Zero não mudou.

Dito isso, escrever este livro foi *muito* divertido. Reginald é um dos meus personagens preferidos desde sua aparição em *Morando com um vampiro*. E leitores do mundo todo me disseram que Reggie é o personagem preferido deles também, o que me deixa muito feliz. Espero que tenham se divertido lendo as aventuras dele ao menos tanto quanto eu me diverti as escrevendo.

Tornar este livro realidade envolveu muito trabalho nos bastidores. Agradeço à minha agente, Gaia Banks, que me acolheu quando eu precisava e me deu a confiança necessária para tornar este livro o melhor possível. Serei eternamente grata à minha editora genial, Kristine Swartz, sem a qual desconfio que meus livros não teriam fim. Mary Baker foi fundamental para garantir que eu cumprisse os prazos e mantivesse o controle sobre quem precisava do que para quando. Também agradeço à editora executiva Christine Legon e à editora de produção Stacy Edwards por seu trabalho no processo de tornar este livro não apenas legível, mas lindo. Obrigada a Roxie Vizcarra e Colleen Reinhart por criarem uma capa de parar o trânsito para a história de Reggie e Amelia. Obrigada a Tawanna Sullivan e Emilie Mills por tocarem a parte de direitos subsidiários; a Yazmine Hassan, responsável pelas relações públicas; e a Hannah Engler, do marketing, por trabalhar incansavelmente para levar esta história aos leitores. Agradeço também a Kim Lionetti, pela ajuda nos estágios iniciais de tornar este livro uma realidade.

Agora, passemos ao pessoal do apoio emocional! Agradeço a Katie Shepard, Celia Winters e Rebecca Gardner, por serem pessoas inacreditavelmente hilárias. (E a Shep, não apenas pelas críticas construtivas, mas por exigir que eu começasse a jogar *Baldur's Gate 3* como recompensa após cumprir um prazo particularmente apertado, e assim me apresentar a meu mais recente namorado ficcional, Astarion.) Também agradeço à minha grande amiga Heidi Harper, que leu uma versão inicial deste livro e me disse que ele era bom em um momento em que eu realmente precisava ouvir aquilo. Obrigada a Thea Guanzon e Elizabeth Davis, minhas sommelières de Taylor Swift, e a Sarah Hawley, cuja amizade tem sido uma fonte de validação (e frivolidade) muito necessária. E, é claro, eu seria negligente se não agradecesse enormemente às Berkletes por sua perspicácia, sabedoria e amizade.

Eu não teria conseguido escrever este livro sem a maravilhosa rede de apoio que tenho em casa. Brian e Allison, vocês são tudo para mim. Eu não poderia fazer o que faço sem o incentivo constante de vocês. Também agradeço aos meus pais, que dizem ter orgulho de mim independentemente de estar trabalhando como advogada — o que estudei para fazer — ou escrevendo comédias românticas com vampiros. E agradeço a meus irmãos, Gabe e Erica, por serem pessoas maravilhosas.

Finalmente, um agradecimento especial a todos que leram meu primeiro romance e me perguntaram se Reggie ia ter seu próprio livro. Eu não teria conseguido sem sua ajuda. Mal posso esperar para escrever mais livros para vocês. Do fundo do meu coração, obrigada.

1ª edição	MARÇO DE 2025
impressão	BARTIRA
papel de miolo	HYLTE 60 G/M²
papel de capa	CARTÃO SUPREMO ALTA ALVURA 250 G/M²
tipografia	ELECTRA LT STD